魔法少女育成計画 episodesΣ

エピソーズ・シグマ

遠藤浅蜊

Endou Asari

illustration マルイノ

「ややあ、はじめまして」

魔法少女だ。見覚えがない。

床まで届く長い髪にはグラデーションがかかり、
コスチュームはパジャマ、大きな枕を抱いている。

にこにこと楽しそうな笑みを浮かべていた。

二年F組
弁当合戦

「はい、そこ！
ちゃんと合わせる！
ワン、ツー、ワン、ツー……
遅れてますよ！」
シャッフリンが
おどってみた

魔法少女育成計画

episodes Σ

エピソーズ・シグマ

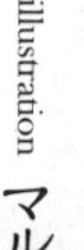

遠藤浅蜊

Endou Asari

illustration マルイノ

KL!
このラノ文庫

CONTENTS

イラスト：マルイノ
デザイン：AFTERGLOW

※各作品の初出はそれぞれのタイトルページに記載してあります。

シリーズのあらすじ

✝『魔法少女育成計画』✝ 1

大人気ソーシャルゲーム『魔法少女育成計画』は、数万人に一人の割合で本物の魔法少女を作り出す奇跡のゲームだった。幸運にも魔法の力を得て、充実した日々を送る少女達。しかしある日、運営から「増えすぎた魔法少女を半分に減らす」という一方的な通告が届き、十六人の魔法少女による苛烈で無慈悲なサバイバルレースが幕を開けた……。

✝『魔法少女育成計画restart』✝ 2

「魔法の国」から力を与えられ、日々人助けに勤しむ魔法少女達。そんな彼女達に、見知らぬ差出人から『魔法少女育成計画』という名前のゲームへの招待状が届いた。死のリスクを孕んだ、理不尽なゲームに囚われた十六人の魔法少女は、黒幕の意図に翻弄されながらも、自分が生き残るために策を巡らせ始める……。

✝『魔法少女育成計画limited』✝ 3

「あなたたちは魔法の才能を持っているのよ」放課後の理科準備室に現われた妖精は、そう告げると室内にいた女子中学生達を魔法少女へと変えてしまった。「魔法少女になって、悪い魔法使いからわたしを助けて!」まるでマンガやアニメのような展開に、色めき立つ少女達。誕生したばかりの七人の魔法少女は、妖精に協力することを約束するが……。

✝『魔法少女育成計画JOKERS』✝ 4

加賀美桜は平凡な少女で、桜が変身する魔法少女「プリズムチェリー」は平凡な魔法少女だった。平和な町で、地味な魔法を使い、淡々と人助けを続ける日々に退屈していた桜は、ある日クラスメイトの青木奈美から声をかけられる。「加賀美さんさ、魔法少女だよね?　あたしもなんだ――」非凡な魔法少女「プリンセス・デリュージ」との出会いによって、桜の運命が動き始める……!

✝『魔法少女育成計画ACES』✝ 5

盟友リップルの行方を探しながら「魔法少女狩り」としての活動を続けるスノーホワイトに、「魔法の国」の中枢たる「三賢人」の一人から呼び出しがかかる。指定された屋敷に赴いたスノーホワイトを待ち受けていたのは、高貴そうな雰囲気を身にまとった、幼い容姿の少女だった。少女はスノーホワイトに、とある魔法少女の護衛を依頼するが――。

『魔法少女育成計画』

✝『魔法少女育成計画QUEENS』✝ 6

着々と進行するプク・プックの「魔法の国」救済計画。多大なリスクを孕んだその計画を阻止するため、そして囚われの身となったシャドウゲールを救い出すため、プフレは起死回生の一手を打つ。「儀式」を止めるため、立場を越えて力を合わせる魔法少女達。しかし、その前に立ちふさがったのは——。

✝『魔法少女育成計画「黒(ブラック)」』✝ 7

市立梅見崎中学校、二年F組。女子ばかり、わずか十五人だけで構成された奇妙な学級だが——その実態は「正しい魔法少女」を育成するために作られた「魔法の国」肝煎りの特別クラスだった！　選ばれたエリート魔法少女たちは未来への希望に顔を輝かせるが、その陰には邪悪な意思が蠢いており……。

✝『魔法少女育成計画「白(ホワイト)」』✝ 8

「魔法の国」の転覆を狙う者の企みを阻止するため、魔法少女学級に生徒として潜入したスノーホワイト。しかし予想もしていない新たな陰謀が、学級の少女達を次々と毒牙にかけていく。一方、スノーホワイトと決別して以来行方をくらましていたリップルは、初代ラズリーヌのサポートを受け、フレデリカの命を奪うべく行動を開始する……。

✝『魔法少女育成計画breakdown』✝ 外伝

高名な魔法使いが、実験中の事故によって命を落とした。偉大な人物の死に、「魔法の国」の人々は嘆き悲しんだ。彼の死から数カ月。彼の代理人から、縁者たちに遺産相続の案内と招待状が届きはじめた。指定された場所は、故人が別荘兼研究施設として利用していた小さな無人島。権利者のひとりとして手紙を受け取ったマナは、その内容を訝しみながらも、熟慮の末に親しくしている二人の魔法少女に連絡をとった——。

✝『魔法少女育成計画F2P』✝ オリジナルコミック

「魔法の国」の研究部門、人事部門に所属する魔法少女「すぴのん」と「アルマ」は、「人の死をキャンセルする」という非常にレアな力を持つ魔法少女の噂をうけ、調査、確保のためにF市へと向かっていた。ところがF市に到着した二人が見たものは、まったく想像だにしていなかった、市全域を覆う巨大な魔法結界だった——。

CHARACTERS

スノーホワイト
姫河小雪（ひめかわ・こゆき）

魔王パム

ルーラ
木王早苗（もくおう・さなえ）

ユナエル
天里優奈（あまさと・ゆな）

ミナエル
天里美奈（あまさと・みな）

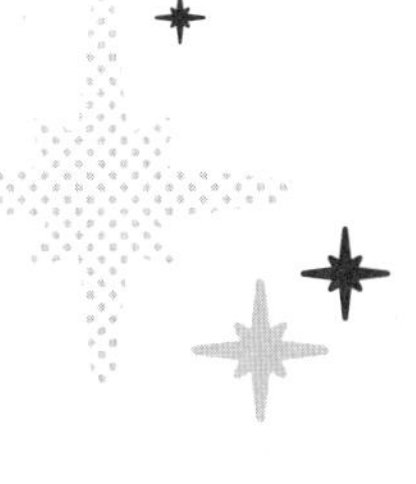

スイムスイム
坂凪綾名（さかなぎ・あやな）

たま
犬吠埼珠（いぬぼうざき・たま）

※魔法少女名／本名（判明している場合）／初登場巻／所有魔法　を記載しています。

マジカロイド44
安藤真琴（あんどう・まこと）

未来の便利な道具を毎日ひとつ使えるよ

魔法少女育成計画

ねむりん
三条合歓（さんじょう・ねむ）

他人の夢の中に入ることができるよ

魔法少女育成計画

トップスピード
室田つばめ（むろた・つばめ）

猛スピードで空を飛ぶ魔法の箒を使うよ

魔法少女育成計画

シスターナナ
羽二重奈々（はぶたえ・なな）

好きな人の力をめいっぱい引き出せるよ

魔法少女育成計画

ヴェス・ウィンタープリズン
亜柊雫（あしゅう・しずく）

何もないところに壁を作り出せるよ

魔法少女育成計画

リップル
細波華乃（さざなみ・かの）

手裏剣を投げれば百発百中だよ

魔法少女育成計画

ハードゴア・アリス
鳩田亜子（はとだ・あこ）

どんなケガをしてもすぐに治るよ

魔法少女育成計画

ラ・ピュセル
岸辺颯太（きしべ・そうた）

剣の大きさを自由に変えられるよ

魔法少女育成計画

CQ天使ハムエル

頭の中に直接話しかけるよ

ACES

ピティ・フレデリカ

水晶玉に好きな相手の姿を映し出すよ

limited

カラミティ・メアリ
山元奈緒子（やまもと・なおこ）

持ってる武器をパワーアップできるよ

魔法少女育成計画

マイヤ
武藤摩耶（むとう・まや）

嘘つきをやっつける魔法のステッキで戦うよ

breakdown

レーテ

相手の距離感をおかしくしちゃうよ

QUEENS

シャッフリンII

マークや数字によって能力が変わるよ

ACES

スタイラー美々（みみ）

魔法のコーディネートで身だしなみを整えるよ

JOKERS

レディ・プロウド

自分の血を好きな液体に変えられるよ

JOKERS

※魔法少女名／本名（判明している場合）／初登場巻／所有魔法　を記載しています。

のっこちゃん
野々原紀子（ののはら・のりこ）

まわりの人の気分を変えられるよ

restart

繰々姫（くるくるひめ）
姫野希（ひめの・のぞみ）

何本ものリボンを自由自在に操るよ

limited

袋井魔梨華（ふくろいまりか）
袋井真理子（ふくろい・まりこ）

頭にいろんな魔法の花を咲かせるよ

JOKERS

プフレ
人小路庚江（ひとこうじ・かのえ）

猛スピードで走る魔法の車椅子を使うよ

restart

プリンセス・クェイク
茶藤千子（さとう・ちこ）

土の力を使って敵と戦うよ

JOKERS

メピス・フェレス
佐山楓子（さやま・ふうこ）

甘い言葉で堕落させちゃうよ

「黒」

雷将（らいしょう）アーデルハイト
アーデルハイト・ミュラー

吸収したエネルギーを再利用できるよ

「黒」

シャドウゲール
魚山護（ととやま・まもり）

機械を改造してパワーアップできるよ

restart

プリンセス・ライトニング
田中愛染（たなか・あい）

雷の力で
敵と戦うよ

「黒」

クラシカル・リリアン
三木千景（みき・ちかげ）

魔法の編み機で
好きなものを編み上げるよ

「黒」

クミクミ
立野玖美子（たての・くみこ）

物体を壊したり
組み立てたりできるよ

「黒」

うるる

嘘をつくのがとても上手いよ

ACES

プク・プック

誰とでも仲良くなれるよ

QUEENS

ランユウィ
鈴井沙穂（すずい・さほ）

扉と扉を繋げる
ことができるよ

「黒」

中野宇宙美
（なかのソラミ）

封を切らずに中身が分かるよ

ACES

プレミアム幸子

誰かを少しの間
すごくラッキーにするよ

ACES

※魔法少女名／本名（判明している場合）／初登場巻／所有魔法　を記載しています。

魔王の在り方

『魔法少女育成計画』の物語が始まる少し前のお話です。

初出

「このマンガがすごい！WEB」内
「月刊魔法少女育成計画」

歴代最強と謳われた魔法少女「魔王パム」の著書『魔王の在り方』は電子書籍限定で発売されることになった。魔法少女が著した本は今までにも何冊か出版されているが、全て紙媒体でのこと。電子書籍での発売は初めてとなる。広報部門の書籍担当部署「編集第八局」は「我々には本を売るノウハウがある」「ぜひ紙で出すべきだ」「『よい子の知育絵本プク様シリーズ』を超えるヒットになるかもしれない」と散々にかき口説いたが、上層部の決定である電子書籍限定発売は覆ることがなかった。

電子書籍に限定された理由は二つある。

一つ目の理由は「魔法の国」に纏わる数々の事柄が詳細に描かれていたことに起因する。知育絵本やアニメ化された魔法少女のファンブックとは違い、誤魔化しが効く内容ではない。無関係な者が手にすることがないよう魔法的なロックをかけられるようにしておかねばならず、そのためには電子書籍の方がやりやすい。

二つ目の理由は、新設部門であるIT部門の実績を作っておきたいという権力者側の事情だ。そういった意見の出所はIT部門の設立を後押しした勢力であるため、マッチポンプといえなくもなかったが。

こうして最強の魔法少女による処女作は広報部門から離れIT部門に委ねられた。

魔王塾の成り立ちと歴史、強くなるための心構え、お勧めの鍛錬法、外交部門での日々、等々、内容は多岐に渡った。話題を広げ過ぎて焦点がぼやけてはいないか、といった厳しい書評もあったものの、概ね好意的に受け入れられ、魔王塾卒業生及び在校生、外交部門職員、魔王塾には所属していないが強くなりたい魔法少女、目新しいものが好きな魔法使い、魔法少女を愛するマスコットキャラクター、その他諸々が購入し、マーケットの母数を考えればスマッシュヒットといっていい数字が出、関係者は胸を撫で下ろしたという。

ほっとしたのは出版に携わった者だけではない。全く売れないということになれば敬愛する魔王パムの権威に傷がつく、と一人で複数購入した卒業生もいたくらい、魔王塾塾生及び卒業生は本の売り上げを注視していた。

幸い本は売れたため悲しい思いをする者は出ずに済んだが、後日大きな問題が発覚した。魔王パム自身が『魔王の在り方』を持っていなかったのだ。

◇臨時対策本部

機械が苦手なせいで電子書籍には手を出せず、著者本人が自分で書いた本を持っていない。そんなこともあるんだな、という会議上での雑談が発端になった。会議の席でその話を聞いた副部門長は、笑い話として部下に話して聞かせ、そこから下に、横に、話が広がり、笑い話はいつしか変質した。

魔王パムの機械音痴はあまりに酷い。外交部門の権威に傷がつきかねず、電子書籍限定発売という方針に泥を塗るような物笑いの種である、という怒りと嘆きを帯びた論調になるまで三日とかからなかったという。

笑い話として話していた外交部門幹部連は、自分達が発端とは知らずに「なるほど、そういう見方もあるのだなあ」と感心し、同時に、このまま放ってはおいては魔王パムがかわいそうではなかろうか、と考えた。

副部門長から「魔王パムが電子書籍を使えるようにちょっと手助けをしてやって、駄目なら駄目で仕方ないから」という指令ともいえないような指令を受けた上級職員は「まあそんな仕事かどうかもわからないものなら部下に任せればいいだろう」と丸投げし、その部下は「魔王塾のことなら魔王塾にやらせるのが一番いいだろう」と丸投げした。

下に仕事を投げる際、少しでも真面目にやらせようと元々の指令から少しずつ語調を強めていったため、魔王塾卒業生の中でも最古参である外交部門職員にまで達した時には「一命を賭して達成せよ」という一文が付き、彼女は重大な任務を授かったと大いに燃えた。

伝説の魔王塾一期生、通称七大悪魔。魔王の弟子だから悪魔と呼ばれたわけではない。悪魔のようだから悪魔と呼ばれたのだ。悪魔の召集を受け、怖い先輩には逆らえない魔法少女達が大勢集められた。根本に弟子への優しさがある魔王とは違い、あくまでも悪魔は悪魔でしかない。逆らえば、死か、死より辛い罰か、いつ終わるとも知れない逃避行だ。

こうして強制的に参加させられた魔王塾塾生だったが、熱意がないわけではなかった。胸の内にはいついかなる時でも魔王パムへの敬意があるのだ。

「年寄りはねえ。どうしても機械が苦手だからねえ」

ソファーの背もたれ部分、その頂点に寝そべり狐の尻尾をゆさゆさと揺らす魔法少女の物言いに幾人かが顔色を変えた。中には膝立ちになって殴りかかる寸前という者までいたが、「哀訴の顕現スレイリ」が絶妙なタイミングで小さな咳払いを挟んだ。

「みんな落ち着きなさいな。エイミーの無礼は今に始まったことでもないでしょう」

スレイリのフォローに対し、エイミーはわざとらしく肩を竦め頭を揺らした。

「いやでも事実だし。うちのおばあちゃんなんてガラケー使うのも四苦八苦で」

「魔王の場合は年寄り云々の理由じゃねえだろ」

「ええ、なに、もな子まで敵に回るの？」

「敵とかじゃなくてさ、年寄りだからって魔法の端末片っ端からぶっ壊すかって話よ。苦手意識があるとか世代が違うからとかそういうレベルじゃねえってあれは」

「それは確かにねえ」

「ありゃ体質じゃねえかと思うんだよな。まあ体質だったらどうしようもねえんだけど」

「どうしようもない、で終わらせてはいけないと思うぽん」

その場にいる全員――広くもないフローリングの部屋の中、立ったり座ったり重なったり固まったりでぎゅうぎゅうに詰めている数十名の魔王塾関係者――が声の方に目を向けた。声の主はガラステーブルの上に置かれた魔法の端末で白黒二色の立体映像を揺らめかせていた。映像は空中で一回転し、黄色のリンプンをパッと散らした。その間、誰も口を開くことはなく、キッチンで「双龍パナース」が野菜を炒める音のみが聞こえる。

「実は魔王パムの体質について研究した魔王塾卒業生がいるぽん」

「漁火ビィ・シィ」のマスコットキャラクター「ファイ」の言葉に魔法少女達がざわめいた。彼女達にとって魔王パムとは絶対の存在だ。魔王塾卒業生の身でありながら魔王パムを研究しようと図る不届きな振る舞いと、神をも恐れぬ豪胆ぶりに憤りと驚きが広がる。

「誰だ、そんなことをしでかした慮外者は」

「『森の音楽家クラムベリー』ぽん」

更なるざわめきが広がる。魔王塾の卒業条件の一つ「魔王パムに一撃を入れる」をクリアして卒業した唯一の魔法少女、それが森の音楽家クラムベリーだ。

「今日は音楽家はどうした？」

「あの人こういう集まり来ないからね」

「音楽家のマスコットキャラクター、鼻つまみ者のクズゴミ野郎『ファヴ』が魔王を観察した資料を残しているぽん。この動画を見て欲しいぽん」

「隠し撮りじゃないか。ろくでもないな」

「コピーしてもらっていいか？」

「これは……触った機械は例外なく壊しているな。パソコン、情報端末、固定電話」

「異様だ」

「あきらかになにかがおかしい。機械音痴で済ませていいものなのですか、これは」

「なにかこう原因がありそうな」

「羽が特殊な電磁波を発して機械類に悪影響を与えている……とか？」

「それありそう」

「電磁波かどうかはわかんねーけど羽が原因ってのはあるかもだな」

「魔王パムの機械類に対する忌避(きひ)感を察知した羽がオートで魔法を発動させ……とか？」

「うわ、超ありそう。あの羽はそういうことやるタイプだよ」

「それなら羽に対抗できる工夫を電子書籍リーダーの方に加えておけば」

「しかしどのような種類の魔法かもわからねば防ぐことはできない」

「電磁波、放射線、超音波」

「魔の闘気とかダークエーテルとかそういうのも魔王ならあり得ると思う」

「全然あると思う。ていうか魔王ならそれくらいあって欲しい」

「羽がなんか出してるってのは確実と見ていいんじゃね」

「要するに羽からなにが出ているのか確認することができればいくらでもやりようはあるぽん。羽の欠片でも手に入れれば専門家に相談するくらいはできるようになるぽん」

「魔王に羽の欠片くださいって頼んだら素直に聞いてもらえるかな？」

「あの人、機械類に関しては依怙地になってるとこあるから」

ヒートアップしつつあった魔法少女達の会話に「ちょっと」と言葉を挟んだ者がいた。皆が一斉にそちらに目を向ける。見るからに不機嫌そうな美容師風魔法少女「スタイラー美々」が腕組みをして壁に寄り掛かっていた。

「あんまり大きな声出さないようにお願いします。近所迷惑になりますから」

家主の意向には逆らえない。魔法少女達はトーンを落とした声で話し合いを再開した。

「じゃあなにか？　無理やり羽の欠片もらいにいくってか？」

「死人が出るぞ」

「いや……全ては魔王のためよ。あの方のため身体を張るなら本望だ」

「決死隊を募ろう。精鋭数十名で一斉にかかる」

「それは最後の手段として、できれば別方面からアプローチをしたい」

「どうした？　臆したか？」

「臆さないわけがあるか」

「新型電子書籍リーダー開発のため、という名目でＩＴ部門に協力を打診してみよう」

「でもさ、あそこ今すごく忙しいって」

「誠心誠意説得すればいい」

「魔王の友人である外交部門のレディ・プロウドにも協力を仰ごうと思う。彼女なら我々の知らない魔王のあれこれについても詳しいはずだ」

「でもさ、あの人って魔王塾の話振るとめっちゃテンション下がるって聞くけど」

「誠心誠意説得すればいい」

「魔法少女管理部門に特定の魔法を打ち消すことができる魔法少女を探してもらおう」

「でもさ、ラギなんとかいう部門長って魔法少女が嫌いなんじゃなかったっけ」

「誠心誠意説得すればいい」

「よし、作戦の骨子はだいたい固まったな。本部を中心として報告連絡相談を密に」

ヒートアップしつつあった魔法少女達の会話に「あの」と言葉を挟んだ者がいた。皆が一斉にそちらに目を向ける。縋るような表情のスタイラー美々が掴みかかるような姿勢で両手を前にし、魔法少女達を右から左へ見渡した。

「本部ってどこのことといってるんです？　まさかここじゃないですよね？」

魔法少女達は目を向けた時とは逆方向に顔を背け、人員の配置について話し始めた。

◇臨時対策本部・一ヶ月後

初会合時に比べ、人口密度と不快指数は激減し、本部ことスタイラー美々宅には快適な空間がもたらされていた。はずだったが、人数は減ったものの空気は重く淀んでいる。

現在リビングにいる魔法少女は合計四名。人差し指で二の腕をとんとんと叩くスタイラー美々が前回と同じ場所に立ち、右腕のギプスを包帯で吊った「虚無咆哮フォロディーテ」がどこを見ているわけでもない目を天井に向けながら籐椅子に腰掛け、ボロボロにさくれ焼け焦げた鎧に身を包んだ「魔剣士アロンディア」が真っ二つにへし折れた剣を抱くようにして部屋の隅で身を縮め、全身を包帯でぐるぐるに巻かれて露出している部分がほぼない「炎の湖　フレイム・フレイミィ」がソファーの上でもぞもぞと動いた。

誰も口をきこうとはしない。双龍パナースがキッチンでネギを刻む音、フレイミィの包帯が擦れ合う音だけが響く。スタイラー美々がわざとらしく溜息を吐いた。

「それで？　上手くいったんです？」

「ああ……成功はしたよ。魔王は『魔王の在り方』を持っているし、いつでも読めるようになったのだから上手くいったといっていいと思う……いいはずなんだ……」

フォロディーテの言葉を受け、アロンディアが剣の腹に拳を打ち付けた。

「これが上手くいったなどといえるものか！」

「上手くいったことにしておかなきゃやってられないでしょうが！」

二人の魔法少女は立ち上がり、睨み合い、やがてどちらからともなく目を逸らし、深々と息を吐きながら座りなおした。フレイミィがもごもごと口元を動かした。

スタイラー美々が苛立ちと侮蔑を隠そうともせず鼻を鳴らした。

「要するに、目的は果たしたけど犠牲は多かったってことでしょう？」

「それは……まあ、そうだね」

フォロディーテは力なく頷き、周囲を見回した。

「エイミーともな子は来てないの？　あの子らは怪我もないでしょうに」

「怪我がないから来れないんだろう。そりゃ早々に逃げ出せば怪我も負うまいよ」

アロンディア、フォロディーテ共に浅からぬ傷を負っているが、それでもここに来れなかった魔法少女に比べれば遥かにマシといっていいだろう。

IT部門は、忙しい中、快く協力を約束してくれた。

レディ・プロウドは元々魔王塾のお膝元といっていい外交部門の魔法少女であるため、こちらも断られることはないだろう、と思われていたが、案に相違して反応が渋かった。「子供好き」という外交部門職員からもたらされた事前情報があったため、外見年齢の低い卒業生が寄って集ってもたれて甘えてお願いし、どうにか頷いてもらうことができた。

ここまではスムーズに進んだ。問題はここからだ。

ＩＴ部門、外交部門と概ね計画通りに進行し、では次の魔法少女管理部門を誠心誠意説得しようと押しかけた一行は――これは後にわかったことだが――不平分子による襲撃と勘違いされて警備用ホムンクルスと交戦することになった。

光線が走り稲妻が飛ぶ。天を突くような巨躯を誇るホムンクルスが拳を振るって地盤を抉り、滅多に見せることがない魔王塾合体奥義が数百からなる悪魔の群れを消し飛ばす。戦いは数時間に及び、名の知れた猛者達が刀も骨も折れ矢も心も尽きて打ち倒れ、回収用ドローンによって攫われていった。しかし魔法少女達は最後まで諦めなかった。我々こそが最強の魔法少女集団であるという自負が限界を超えた肉体を支え続けていた。

魔法少女の脱落率は五割を超え、管理部門の建屋を除く周囲三キロが更地になった。それでも彼女達は攻撃の手を緩めなかった。双方に多大な被害を出し、最終的に勝利したのは魔王塾だった。警備部隊を沈黙させ、これで管理部門へ押し込めると進んだところで敷地に侵入した数名の存在が消失した。罠を踏んで異空間へ放逐されたのだ。

歴戦の戦士達は「数時間に及ぶ戦いの間に管理部門長が儀式と詠唱を完成させた」ことを素早く理解した。こうなってしまえば魔法少女は魔法使いにかなわない。

撤退の指示が出て即座に反転した魔法少女達が走り、あるいは飛ぶ。呼んでもいなかった袋井魔梨華が乱入したのはその時だった。残存兵は散々に打ちのめされた。正面から戦えば魔梨華が十人でも取り押さえられる戦力を揃えていたが、既に戦力が半減していた上、長時間に及ぶ戦闘で疲弊しつくしていたところに不意を打たれて勝てるわけがなかった。

こうして部隊は壊滅した。入院した者が九割五分、異空間から掬い出されて管理部門長に説教され続けている者が三分、残りは関係各位への謝罪行脚(あんぎゃ)だったり、本部で溜息を吐(つ)いていたりする。

そして本隊の壊滅とは関係なくプランは進行した。

レディ・プロウドにより魔王を説得、IT部門長の協力によって魔王の体質を調査した。結果、羽は電磁波も超音波も放射線も毒気も波動もエナジーもプラーナもオーラも出しておらず、あくまで魔王個人の資質が問題ということが明確になった。何度かのテストを経、操作ミスが機械の破損に直結しているらしいということがわかった。機能を減らして操作を簡易にしたがそれでも破壊され、魔法により強度を高めたがやはり破壊され、ナノマシンによる自動修復機能でも間に合わないくらい徹底的に破壊され、精神を安定させるための暗示も薬物も全く効果を示さず、魔王パムが壊した端末は千機を超えた。

テスト三日目にしてIT部門長がキレた。なにをしても駄目ならこうしてやると電子書籍をプリントアウトして冊子に纏(まと)め、魔王パムは『魔王の在り方』を手にすることができた。本末転倒気味ではあったが、IT部門長ならずとも参加者全員の精神は既に限界近く、魔王も満足しているしこれでいいやということになった。

「おまちどうさま」

湯気の立つラーメンどんぶりを両手に持った双龍パナースが玉暖簾を潜ってリビングに顔を出した。ラーメンスープがふわりと匂った。

「あのですね、うちのキッチンでラーメン作られると匂いが移るんですよ」

「あっさり系だから問題はない。ほら、冷める前に食べろ」

魔法少女達は、ある者は溜息を吐き、ある者は俯いたまま、ラーメンどんぶりと箸を受け取り、無言のまま食べ始めた。麺とスープを啜る音、熱い麺に息を吹く音だけが部屋の中を満たし、パナースは満足そうに頷いた。兵站を受け持っていた彼女は前線に出ることがなく、身体もコスチュームも傷一つない綺麗なものだ。そして、そのことについて「一人だけ安全なところでラーメンを作っていて申し訳ない」などと気にしている様子はない。

パナースは右手の魔法の端末を掲げ、ノックするように左手で叩いた。

「今連絡があった」

「連絡？」

「外交部門の会食に参加していた『傲慢教主シフィール』からだ。『魔王の在り方』の売り上げがよかったため二作目の刊行が決定したらしい。『次はワープロに挑戦してみようか』と魔王が会食の席で話していたということで、シフィールもぜひそうすべきと賛成し

――」

アロンディアがガラスを割って窓の外へ跳び、フォロディーテが間を置かずそれに続き、スタイラー美々が頭を抱えて悲鳴をあげた。フレイミィも二人に続いて飛び出そうとしたが包帯を足に引っかけて躓き、絨毯の上でもぞもぞともがいた。

パナースはフレイミィの傍らへ歩み寄り、手を貸して引き起こし、向き合った。

「さて、魔王はワープロをご所望だそうだ。どうする？」

フレイミィは首を大きく横に振り、顔の前で激しく両手を振るった。そんなフレイミィの様子を目にし、パナースは感に堪えないといった表情で呟いた。

「フレイミィ……そこまでの大怪我でまだやろうと」

フレイミィは大きく手を振ろうとしたが、引き攣ったような声をあげて腕を押さえた。

「合計三桁の骨折を負っていながらなんというやる気だ。魔王塾卒業生の鑑だな」

パナースはフレイミィの右手に自らの右手を重ね、それを高々と天井へ向けた。フレイミィは悲鳴のように呻き続け、そのせいで「他所でやってくれよ……」という美々の囁きを聞く者は誰もいなかった。

マジカル☆肝試し

『魔法少女育成計画』の
マジカルキャンディー競争が
始まる少し前のお話です。

初出

TVアニメ『魔法少女育成計画』
Blu-ray／DVD 第1巻 特典ブックレット

◇姫河小雪

「え？　肝試し、小雪も来るの？」

「いやあ、やめといた方がよくない？　マジ出るかもよ」

顔の前で両手を下げて「幽霊」を表現しているスミレに対し、小雪は首を横に振った。

「大丈夫だよ。お化けも幽霊も怖くないから」

「強がんなくていいんだよ？」

「強がりなんかじゃないってば」

友人達の不安そうな表情を吹き飛ばすような明るい顔で力強く否定した。そんな小雪を見、スミレは目を瞑って深く頷き、がばと抱きつき小雪を胸に抱いた。

「強くなったんだねえ、小雪」

「そんな……スミちゃんは大袈裟だなあ」

芳子はまだ不安げだったが、ふうと息を吐いて肩を竦めた。

「ま、気絶したり粗相したりした時は後片付けくらいしてあげますかね」

小雪は苦笑し、未だスミレに抱かれながら右手人差し指でポリポリと頭を掻いた。

◇ミナエル

体調の変化にいち早く気付いたのはミナエルだった。

十日前、威張って命令するだけで自分はろくに働かないという最低なリーダーであるルーラの指揮下、チームが拠点にしている廃寺、王結寺の大掃除を行った。すすをはらい、埃を拭き、ガラクタは捨てておけといわれたもののあまりに量が多かったので、こっそり床下に押し込めた。これでアジトとして使いやすくなる、と思ったのも束の間、翌日から身体が怠くなった。

動くのが面倒になり、じっとしていると欠伸ばかり出る。家にいる間は特に問題はないのに、王結寺にいると寝るか座るかしていたくなる。魔法少女に変身していれば身体は軽く、むしろ人間の時より動きたくなるのが常だったのに、今は全くそんな気にならない。自分だけかとあらためて周囲を見回してみると、他の魔法少女達もどこかおかしい。

ルーラは溜息の回数が増えた。今までなら怒鳴り散らされるような失敗をしても軽い叱責くらいで済むようになり、命令や断定の数が減った。言葉に勢いがない。

たまは元々ぼんやりした性質ではあったが、より一層上の空でいる傾向が強まり、ケアレスミス等些細な失敗が増え、自分で開けた穴に頻繁に落ちるようになった。

スイムスイムは正座しながら肩が落ち、背筋が曲がり、それに気付くと正しい姿勢をとろうとし、しかし自然と肩は落ちて背筋が曲がり、同じことを繰り返す。

こうした細かい変化にミナエルが真っ先に気付いたのは、特別鋭いからではない。たまやスイムスイムに関しては並外れてぼうっとしているためで、ルーラについては自分の問題点を一切認めようとしない性格だからだ。ユナエルと目配せし合い、相手もどうやら気付いていることを確かめ、家に帰ってから理由について論じ合った。

「なんだろうねこれ」

「時季外れの五月病かな？」

「ルーラに話してみる？」

「いや、あいつ認めるかな？　こっちがだるいなんていったら怒るかも」

「じゃあ向こうから話すまで待ってみる？」

その日は結論が出ず、とりあえず先送りにしておこう、もう少し様子を見ようということになった。それから数日間、ルーラは相変わらず溜息が多く、たまは失敗し、スイムスイムの姿勢は崩れた。今まで、誰かが失敗してルーラが怒り、ピリピリとした雰囲気に包まれることは何度もあったが、こういう形で居心地が悪くなるということはなかった。戸惑っているというのは双子だけというのが腹立たしい。

これ以上自分達で考えるのも面倒になり、ルーラの親友を自称しているトップスピードにあたってみた。ビルの上で、右からミナエル、左からユナエルがトップスピードの腕を掴み、話せ教えろと喚き、引っ張った。

「待てよ待てなんだお前らどうしたんだよ」

「最近変なんだよ」

「変なんだよ」

「変っていわれても……お前らはいつも変だろ」

「失礼な！」

「許せん！」

トップスピードは壁にもたれてこちらを見ていた忍者姿の魔法少女に目を向け、忍者はそっと目を逸らした。トップスピードは微苦笑を浮かべ天使達の顔を交互に見た。

「ごめんごめん、そう怒るなよ」

「怒らないから話聞いてよ」

「さっきから聞いてるじゃねえか」

「動くのがたるくなるんだよ」

「なーんか妙なんだよ」

「ルーラもかったるそうだし、他の皆もぼんやりしてるし」

「そりゃあれだよ。お前ら、あんな古くて黴臭くて埃っぽい場所を根城にしてんだろ？ あんな陰気臭いとこにいたら気分まで湿っぽくなって当然だぜ。もっとからっと爽やかな場所に引っ越せば問題解決するんじゃねえか？」

「引っ越そうなんていったってルーラが聞いてくれるわけないじゃん」

「ルーラがやっと見つけた秘密基地だもんねー」

「お姫様ご自慢のお城だもんね、あのクソボロ寺」

「となると……」

トップスピードは目と口元をきゅっと引き締め「考えている」風の表情になったが、両手に天使をぶら下げているので考えが深そうな人には見えていなかった。

「そうだな……模様替え、してみたらいいんじゃねえか？」

「模様替え？」

「物を置く場所を変えたり、壁紙変えたり、そういうちょっとした工夫で運気が上がったり性格が陽気になったりって話あんだろ。風水だっけか」

「胡散臭いなあ」

「本当だよ。マジ胡散臭い」

「いやいや、結局は気の持ちようだからな。部屋の中が明るくなれば気分も明るくなるし。なんつったっけ……プラシーボ？　ってやつか？」

「それ、プラシーボとは微妙に違わない？」

「似てりゃだいたい同じでいいだろ」

「そうかなあ？　まあいっか」

「てか風水ってトップスピードのキャラに合ってなくね？　あんた西洋の魔女っぽい格好じゃん。風水って確か中国のものじゃないの」

「風水っつってもようするにおまじないみたいなもんだろ。魔女ならおまじないは普通だろ」

「なるほど、一理ある」

「うーん……どうする、お姉ちゃん？」

「そうだなあ……ダメ元で試すだけ試してみる？」

「今はルーラもやる気ないから、ちょっと部屋の中の物の場所変えるくらいで怒ったりしないんじゃないかな」

「じゃあ試してみるか。一応ありがとうトップスピード」

「いやいや礼には及ばねえよ。俺達、魔法少女仲間だからな」

家に帰った双子は風水について検索、メモ書きし、それを王結寺に持ち込んだ。無駄なことを愚かなことをとくさしていたルーラも、自分達の星座や血液型をわら半紙に描き入れているミナエル達を見て「まあ、たまには付き合ってやってもいいけど」と偉そうに加わった。一通りのデータを揃え、それに基づいて物の配置を変えたり、小物を置いてみたりしてから三日後、いよいよ身体は怠くなり、眩暈（めまい）や頭痛にまで至ったところで双子は再びトップスピードのいるビルへ赴（おもむ）いた。

「全然解決しないじゃん！」

「嘘吐きトップスピード！」

「ちょっとお前ら待ってってそんなひっつくなよ」

トップスピードは詰め寄る双子にたじたじになりながら忍者の魔法少女を見たが、少女はそっと目を逸らした。トップスピードは溜息を吐いた。

「わかったわかった。責任はとるから。取りあえずなにをしたのか教えろよ」

「いっぱいやったんだよ、いーっぱい」

「これで効果ないとかマジ有り得ないレベルでやったんだからね」

双子が押しつけたおまじない大全集を一枚ずつ確認し、何枚か捲ったところでトップスピードは手を止め、小さく唸ってわら半紙を何度も見直した。

「あれ、こいつは……」

「なになに、なにがあったのさ」

「早く教えなよ、もったいぶってると噛みつくよ」

「教えるからちょっと離れろよ。お前ら見た目より重いんだよ」

双子を腕から下ろし、トップスピードは魔法の端末を起動、なにやらチェックし「やっぱりだな」と頷いた。

「ルーラの星座って今月か来月が誕生日なんじゃねえの？」

ミナエルの「はあ？」とユナエルの「ええー！」が重なり、直後にトップスピードの「まあまあ」が収束させた。先程までとは逆に、トップスピードは双子を両腕で抱き寄せた。

「せっかくだから祝ってやろうぜ」

「なんで！」

「あのヒスババアの誕生日なんて！」

「まあ聞けよお前ら。気分的なものが問題ならさ、誕生日パーティーなんて派手なイベントぶちあげればテンション上がって体の調子も上向くかもしれねえだろ？　じめついた空気をぱーっと吹き飛ばしてやろうぜ」

ミナエルは唸り、ユナエルは呻(うめ)いた。

「どうする？　お姉ちゃん？」

「パーティーやればさ、少なくともその日は合法的にサボってられるんじゃね？」

「確かにそうかも」

「それに私パーティー好きだし」

「あんたもよくよくパリピやね」

トップスピードは「準備は手伝うから心配すんな」と笑い、振り返った。

「おいリップル、お前も手伝って――」

忍者の魔法少女は既に居なくなっていた。

◇姫河小雪

祝日、休日、それに創立記念日が重なり、まさかの四連休。季節外れのゴールデンウィークともいうべき連休の出現に、生徒達は沸き返った。

小雪、芳子、スミレの三人もただ漫然と連休を過ごそうとは思っていなかった。どこかに行こうか、でもお金がない、などと話していた。

「ツチノコ探索とかどう？　M市の山の中で見かけたって人がいるらしくてさ。ツチノコ見つければお金貰えるらしいし一石二鳥じゃない？」

スミレの言葉に、芳子は見せつけるように溜息を吐いた。

「まーた出たよ、スミのおかしな趣味が」

「おかしな趣味ってなにさ」

「ツチノコだのネッシーだのヒバゴンだの雪男だのリトルグレイだの幽霊だの魔法少女だの、存在しないものを追い求めるのがあんたの趣味でしょ。自分一人でハズレ掴まされるなら勝手にやればいいと思うけど、私や小雪まで巻き込もうとするのはやめようよ」

小雪は誤魔化すように笑い、スミレは憤然と鼻を鳴らし抗議した。

「なんで存在しないって決めつけんのさ！」

「だって存在しないじゃない」

「じゃあ存在しないことを証明してみせてよ！」

「悪魔の証明なら他でやってよ」

　雲行きがおかしくなってきた。どこかに遊びに行こう、という話だったのに脱線し、二人とも「不思議なものが存在するかしないか」をムキになって話し合っている。

「よっちゃんにも幽霊とかＵＦＯとか宇宙人が実在することを認めさせてやるからね」

「いないものを認めさせることが出来るならやってみればいいんじゃない？」

「いったな！　よーし、じゃあ最強の怪奇スポットで肝試しするから。ツチノコみたいなレジャー性はないよ。ガチのマジの激ヤバスポットだからね。よっちゃんがビビって謝るなら考え直してもいいけど」

「なんで私がいないものにビビって意味もなく謝らないといけないの？」

「後悔すんなよ！」

　とんとん拍子に話は進み、連休の行楽は肝試しになってしまった。ツチノコ探しならまだしもピクニックのついでに、というくらいの軽い気持ちでやれたのだろうが、肝試しとなるとそうはいかない。普段のスミレであれば挑発しないし、普段の芳子であればここまで意固地にはならない。中学生女子が、夜に人気のない場所へ行くなんて心霊現象抜きにしても危ないことだ。スミレと芳子に理性があれば、そういった危険性にも気付いて「じゃあやめよう」となる。しかし売り言葉に買い言葉とはこういうことなのだろう。二人とも揃って感情的になり、当たり前のことにも気付いていない。

小雪も参加を表明したのは、それが理由だった。二人だけで行かせるのは危険だ。自分が一緒ならストッパーになることができるし、いざとなればスノーホワイトに変身して危険を排除することだってできる。小雪が魔法少女であることを知らない二人には反対されたが「大丈夫だから」で強引に押し通した。

「肝試しって微妙に季節外れじゃない？」

「怪奇スポットには賞味期限があるんだよ。季節が合うようになんて待ってたら、そこは怪奇スポットじゃなくなってましたなんてことがよくあるの」

「そうなの？　なんで？」

「そりゃねえ、怪奇スポットって廃墟だったりするわけじゃない？　そんなもの、いつ取り壊しになってもおかしくないからね。気が付いたら駐車場になってた、なんてこと珍しくないし。ふふん」

「なんであんたちょっと偉そうなのよ」

「怪奇スポット巡りの先達として後輩に教えてやっているんだよ。リア充がきゃっきゃとはしゃぎながらやる恐怖スポット巡りじゃないからね。ガチの、マジの、本当にヤバい場所に足を踏み入れるから色々注意してもらわないといけないの。霊障とかあるし」

「レイショウって冷たく笑うこと？」

「そっちじゃないよ。霊の障りって書いて霊障ね。気分が悪くなったりとか、怠くなったり、頭痛がしたり、眩暈がしたり、ぼんやりしたり、そういうのがあるのよ」

「更年期障害じゃないの？」

「年齢関係なしにそうなるの！」

正直に肝試しに行きます、などといえば両親は止めるだろう。友人の家で花火をするという理由を話し、それでも父は心配していたが、「迎えに行くから連絡はするように」という条件付きでなんとか許可を得ることが出来た。

親を騙すという行為に罪悪感を覚え、薄暗い心持が胸の内から染み出しかけるも、小雪は「これもまた魔法少女活動の一環」と自身を励ました。友人二人が危険なことをしようというのに放置することはできない。どうせ止めたところで聞きはしないのだから、いつでも魔法少女に変身できる小雪がついていくのが一番だ。

ラ・ピュセルに「外せない用事があって今日は行けない」というメッセージを送り、二人を待った。家まで迎えに来たスミレ、芳子の二人と連れ立って目的地へ向かう。

スマートフォンで時刻を確認すると九時を回っている。陽(ひ)はとっぷりと落ちて人通りは少なく、街灯の明かりは少々心もとない。魔法少女になってから夜の活動は慣れたもの、と思っていたが、いざ人間の姿のまま夜の街に出ると心細さがこみあげてくる。

小雪はぎゅっと頰を引き締め、左右に顔を振った。

「どうしたの小雪？」

「ううん、なんでもないよ。気合い入れただけ」

なるだけ力強く笑ってみせた。

◇ミナエル

「やあやあ、いらっしゃい」

「うーっす。ルーラはまだ来てねえな？」

「まだ来てないけどいつ来てもおかしくないよ」

「ところでトップスピード、そっちの人は……」

「こんばんはー。ずいぶんとー、なんていうかー、こうー、クラシカルな場所だよねえ」

パジャマを着て両脇に一つずつ、合計二つの枕を抱えた魔法少女がトップスピードの後ろでふわふわと浮いていた。物珍しげに周囲を見回し、仏像を見てはつつき、壊れた床板を見ては穴の中を覗き、天井の染みを気にして高く飛び、とにかく落ち着きがない。

「ひょっとして……ねむりん？」

「そうでーす。ねむりんでーす。トップスピードに誘われて珍しく外に出てきたよ」

「へえええ……ねむりんって実在したんだね、お姉ちゃん」

「てっきりチャットルームに仕込まれたプログラムかなにかだと思ってたよね」

「えへへ」

パジャマの魔法少女「ねむりん」は空中で一回転、次は逆向きに一回転し、なにが面白いのか知らないが、とにかく楽しそうに笑った。本堂は他に比べて広いとはいえ、ねむりんの動き方があまりに自由過ぎて動くたびに白いほわほわが天井や床を撫で、埃が舞う。ミナエルとユナエルは咳き込み、「ストップ！」と叫び、ようやくねむりんは動きを止めた。

「外に出ないなんていってるわりには動きがアクティブ過ぎるでしょ」

「たまの外出だからちょっとテンション上がっちゃって」

「なにか壊して怒られるのは私達なんだからね」

「ごめんごめん」

「ねむりんってルーラと仲良かったんだ？」

「ううん、ルーラってあんまりチャット来ないから。でも今日仲良くなればいいよね」

「ねむりんはいるだけで場が和（なご）むからな。こういう席にはいた方がいいだろ」

「アロマキャンドル的な存在やね」

「癒しの空間を演出やね」

「えへへー」

なにはともあれ、参加者は集まった。皆で内職仕事のようにせっせと作った折り紙の飾り輪でそこかしこを飾りつけ、スイムスイムが家で作ってきたというティアラや王笏を模した紙細工を天井から吊るし、双子が家で使っているという折り畳み式のテーブルを本堂の中央に置き、トップスピードがこしらえてきたという手作りのケーキをそこに置いた。偉そうなどや顔のルーラがクリームやフルーツで美味しそうに描かれている。たまが「美味しそう！」と瞳を輝かせてケーキに顔を寄せた。

「ちょっとちょっと、たまってば、涎落としたりしないでよ」

「でも本当美味しそうだわ。ルーラのくせに」

双子はたまを押し除けてケーキに顔を寄せ、ねむりんも「見せて見せて」と走り寄った。

「待って」

と、ケーキに近づこうとするねむりんの前にスイムスイムが立ち塞がった。

「え？　なになに？　ねむりんもケーキが見たいよー」

頰を膨らませて不満を表現するねむりんに対し、スイムスイムは「埃がついている」と指差した。双子の天使もねむりんに目を向け、すぐに顔を顰めた。

「ホントだ！　すっごい汚れてる！」

「えー、そんなに汚れてる?」

「違う違う、こっちこっち!」

　ねむりん本人はともかく、周囲を漂う白いもこもこが埃に塗れ黒く汚れていた。

「そんな埃つきそうな物抱えて色んなところ見にいくからだよ」

「それ外に置いてきなよ」

「ええええ……ねむりんアンテナが寂しがるよ」

「ちょっとの間だけだから我慢しなよ」

「トップスピードも箒を中に持ち込んでるのにー」

「俺とラピッドスワローは一心同体だからな。離れると爆発すんだよ」

　ねむりんは「嫌だなあ」を繰り返し、それでも不承不承ねむりんアンテナを持って外に出、戻ってきた時はふわふわのもこもこがなくなり、パジャマと枕と靴下だけのシンプルなスタイルになっていた。そして一人の魔法少女を伴っていた。

「ちょっとあんた達!　いったいなにをしてる!　どうしてねむりんが……トップスピードまで!　私の許可も得ず、勝手に……」

　怒りを露わに登場したルーラに対し、たま、スイムスイム、ミナエルとユナエル、トップスピードは用意してあったクラッカーを取り出し、紐を引いた。破裂音が本堂に木霊し、紙吹雪と紙テープが舞い散り、怒りから困惑へと表情を変化させたルーラの上にひらひら

と降り注いだ。トップスピードが「せーの」とタイミングを合わせ、魔法少女達は「誕生日おめでとう」と祝福の言葉を口にし、ルーラの表情は困惑からなんともいえないものへ変化した。

◇姫河小雪

「で、今日はどこに行くの？」

「寺だよ、お寺」

「お寺？　勝手に入っていいの？」

「いや、法的にはよくないかもしれないけど……でも住んでる人はいないはずのボロ寺だし、防犯カメラや警備システムがあるわけでもないから」

「色々怪しいなあ」

「ちょっと怖いよね」

「大丈夫大丈夫。法的なこと気にしてたらファンタジーは追いかけられないからねえ。そんなことより、とにかくすごい寺でさ。二度ほど下見したんだけど、荒れっぷりがとんでもなくて、しかも出る、らしいんだよ」

「ふうん」

「夜に人影を見たって人がいたらしくてさ」

「ねえ。そんなところに夜行くのって危なくないかな？」

「大丈夫、これがあるから」

　スミレはバッグの口を開いて見慣れない物をずらずらと取り出した。

「清めの塩でしょ、退魔のお札でしょ、十字架でしょ、それに聖水ね。危なくなったら迷うことなく使ってくれていいから」

「また役に立たない物ばっかり」

　芳子は胡散臭そうに眉根を寄せ、スミレは逆に笑顔を浮かべた。

「すぐに私のいってることが正しいってわかるからね」

「んなわけないでしょうが」

「まあまあ。見てみないとわかんないから」

「そうそう、百聞は一見に如(し)かずよ。小雪はよく分かってるなあ」

　スミレははしゃぎ、手を打って喜んだ。対照的に芳子は小さく溜息を吐いた。小雪に向かって首を横に振って見せ、小雪は少々の苦みを混ぜて笑い返した。

「で、なんて名前のお寺なの？」

「掠れて見え難(にく)くなってるけど、王結寺って名前が書いてあったよ」

◇ユナエル

「ルーラ、おめでとう」

スイムスイムが箱を開くと中から自動掃除機が出てきた。

「おお、これけっこう高いやつじゃねえか」

「家から持ってきた」

「あっ、私からも」

たまの出した大きな紙包みの包装を剥ぐと漬物石ほどもある三葉虫の化石が出てきた。

「すげえなこれ、本物かよ」

「ねむりんも持ってきたよ。ルーラ、おめでとー」

ねむりんが差し出したのは右手に持っている方の枕で、よくよく見れば桃色のリボンで飾り付けてある。

「NASAが開発したっていう特殊な緩衝材で作った最新鋭の枕だよ。現代科学の粋を集めたすごいやつなんだ。これを使うと誰でもぐっすり眠……ぐぅ」

「プレゼントで寝ちゃ駄目でしょコラ。涎つくって、涎」

「みんなすげえの持ってきたなあ。俺の作ったケーキがしょぼく見えるじゃねえかよ」

「そんなことないよー。このケーキすごい美味しいそうだもの」

「うん、うん。このチキンも美味しいよ」

「美味しい」

ルーラの横には豪華な貢物が積み上がっていく。まるでその姿が示す通り、本物のお姫様のようであった。ルーラは厳かな表情を作り、プレゼントが差し出される度に重々しく頷いてはいたものの、小鼻は膨らみ、頬には赤みが差していた。

ミナエルはユナエルに囁いた。

「ねえ、私達のプレゼントって」

「これだよお姉ちゃん」

ユナエルがそっと差し出した紙束には「肩たたき券」と殴り書きしてあった。

「私達だけ肩たたき券とかまずくない？」

「まずいね……てかあいつらどいつもこいつも豪勢なもんばっかり持ってきて」

「ここだけ景気がバブルの頃だよね」

「どうしようお姉ちゃん」

「ユナが金塊かでっかいダイヤにでも変身してそれをプレゼントするとか？」

「いつまで変身してればいいのさ？　後でバレたらまずくない？」

「まずいね。よし、じゃあ……あそこからなにか探そう」

「あそこって……あそこ？　でもプレゼントできるようなもの、あるかな？」

「肩たたき券より大抵マシだからセーフ。頼んだよ、ユナ」

プレゼントに視線が集まっている隙を突き、ユナエルは大きなムカデに変身し、壊れた床板の隙間からするすると床下に入った。先日の大掃除でガラクタの類が大量に出た。ルーラには「分別してゴミに出せ」と命じられたが、そんな面倒臭いことしてられるかと密かに床下に押し込めてある。その中から「なんとなくそれっぽい物」を探す。石ころを高価な庭石といい張ってもいいし、枯木の枝を有名な香木と主張する手もある。とにかく権威主義者のルーラが納得して他の贈り物と比べても遜色のない、見た目立派な物が必要だ。ユナエルはカサカサと脚を動かし、うねうねと身体をくねらせてガラクタの山を漁った。見るからにガラクタではない、古い中にも風格のようなものがあるようなないような気がする、そんな物を探し、あれでもないこれでもないと引っくり返していく。

やがてガラクタの山の底の方まで至り、出てきた物を顎で挟み、そろそろと取り出し、アライグマに変身して泥を拭い土をはらった。人間なら掌にのせられるサイズの壺だ。小ぶりではあるがご丁寧に蓋までついている。相当な年代物ではある。目利きでもないユナエルにはどんな用途の物かもわからない。有体にいってボロい、古臭い、ガラクタだが、古過ぎて妙な味が出ているといえなくもない。

「ちょっとユナ、まだなん？」

ミナエルの声が聞こえた。床の穴に向かって小声で話しているのだろう。ユナエルは壺を抱えたまま穴の方へ戻り、上に向かって壺を押し出し、自分は再びムカデに変身して本堂へに出、変身を解除してユナエルの姿をとった。

「私達からもプレゼントがあるよ」

跳ね上がる鼓動を押し隠し、用意しておいたかのように壺を出し、ルーラの元へ持っていった。ルーラは興味深そうに壺を見ている。そう悪い反応ではない。

「オークションで落とした安土桃山時代の壺だよ」

我ながら出鱈目(でたらめ)がスラスラ出てくるものだと感心した。

「おお、こりゃ立派なもんだな。けっこう値が張ったんじゃねえのか?」

「まあね。でも値段のことはどうでもいいのよ。普段からルーラにお世話になっているから、その感謝を示すためにもいい物を贈りたくてね」

たまは嬉しそうに、スイムスイムは無表情で拍手し、ねむりんは「これは利休(りきゅう)の使ったものかもねえ」と知ったかぶり、ルーラは天上を見上げ、二度三度瞬(まばた)きし、ふぅと顔を下ろし、ミナエルとユナエルに向き直った。

「……馬鹿にしちゃ随分気の利いた物を用意したもんね」

わざわざプレゼントしてやったのにどういう口のきき方だ、という怒りを胸に秘め、ミナエルは「ルーラのためだからね」と胸を張ってみせた。

「あんた達……」

ルーラは目元を撫で、今度は他の魔法少女達に向き直った。

「私の誕生日、今日じゃないんだけど？」

「いやあ、星座しかわかんなかったからさ」

「ふん。まあいいわ」

ルーラはワイングラスを手に取った。トップスピードが持ってきたという赤ワインがなみなみと注がれている。

「乾杯」

しばしグラスを掲げ、傾け、一息で飲み干した。他の魔法少女達も口々に乾杯を叫んでコップやグラスを合わせ、床をジュースで汚したりしながらパーティーが始まった。各人が持ち寄ったローストビーフやフライドチキンにかぶりついている。ユナエルはプレゼントをすんなり受け取ってもらえたことに安堵し、ミナエルと目配せをかわし合いながらスモークサーモンを箸で摘み取り、べろんと舌の上にのせた。

ルーラはテーブルの上に置いてあった一本のハンディマイクを手に取り、眉を顰めた。

「なんでハンディマイクが？」

「これからカラオケをするんだよ」

「はあ？　どうしてそんなことを……」

「パーティーにカラオケは必須でしょ」

「必須でしょ」

「はあ？　どうしてそんな騒々(そうぞう)しいもの――」

「ケーキ食べたい」

「スイムスイム、デザートは後にしなさい」

「そうそう、カラオケの後でね」

「そういうことをいってるんじゃ……」

「誰から歌うー？」

「じゃあ私達が先陣を切りまーす！」

「いぇーい！　お姉ちゃんマジ歌姫ー！」

◇姫河小雪

「今……寺の方でなにか物音がしなかった？」

「うん。なにか人の話すような声も聞こえたような」

「ちょっと、ここで雰囲気作り？」

「いや、そういうわけじゃ……まあいいや、さっさと行こうよ」

さっさと行く、という言葉に反し、一行の足取りは慎重だった。寺の門を潜ってから少しずつ少しずつ刻むように進んだ。懐中電灯は人数分あって歩くだけなら問題のない灯りがあったはずだが、早く先へ行こうとする者はいなかった。

芳子は雰囲気作りといっていたが、どう考えてもその必要はなかった。ここ、王結寺は作るまでもなくおどろおどろしい雰囲気がたちこめていた。幽霊が出るといわれても「そりゃそうだよね」と返すしかない。現実主義者の芳子でさえ真面目な顔をし、懐中電灯を強く握った右手の指が薄(うっす)らと赤くなっている。

肝試しというからには一人で順々に寺の中に入っていくのかな、とぼんやり想像していたが、誰もそんな提案をしない。というより、出来ないのだろう。こんな場所を一人で歩いていこうという者はいない。

不良だって好き好んでこんな寺を根城にはしないだろう。石畳が所々割れているし、首の外れた地蔵がずらりと並んでいるのを見て小雪は悲鳴を飲みこんだ。暗くてもそれとわかるほど建物が痛み、湿った空気が肌にまとわりつく。草はぼうぼう、壁は一部崩れていた。腕の外れた仏像が入口の脇に立たされているのはなにか理由があるのだろうか。

小雪は魔法少女である自分を強く思い描いた。強いところを、勇気があるところを見せるためにここへ来た。おどろおどろしい雰囲気はむしろ望むところだ。皆が怯(おび)えている場面で一歩を踏み出すことができてこその魔法少女だ。

足を速め、集団から一歩先に出た。芳子の「ちょっと小雪」という声にも足を止めず、小雪はしっかりとした足取りで前に進み、ふと足を止めた。

「なに……これ？」

「これ……声？　子供？」

小さな女の子のような高い声だった。歌っているようでもあり、お経を唱えているようでもあり、一定の調子でぶつぶつと呟くような声がお寺の方から聞こえてきた。二重にブレるように声は響き、しばらくして静かになった。

三人は黙りこくって寺の方を見た。あれがなんだったのかと話そうとする者はおらず、金縛りにあったように声のした方へ顔を向けていた。この寺には得体の知れない存在がいる、という噂話が足下から徐々に立ち昇り、そのまま捕えて沼かなにかの底に沈めようとしている想像を振り払い、小雪は再び奥歯を噛み締めた。

◇ミナエル

「なにが先陣を切るよ。歌ってんだか呪文唱えてんだかわかんないような輪唱聞かされるこっちの身にもなりなさい」

「失礼な！」

「我らピーキーエンジェルズのファニーボイス捕まえて呪文だなんて！」

「ふん。この私の誕生を祝う席で素人(しろうと)のど自慢が許されるなどと思わないことね。たとえハンディマイクで歌おうともそれなりのクオリティが要求されるの」

「ぶーぶー」

「ぶーぶーぶー」

「まったく……ちょっとマイク貸しなさい。手本を見せてあげるから」

「ええーっ、順番無視すんなよ。次は俺の番だろ」

「いつ順番なんて決めたのよ」

「じゃあ私が歌う」

「あんたは引っこんでなさいスイムスイム！」

「け、喧嘩しないで……あっ」

「あーっ、たまがサーモンの皿引っくり返した！」

「いけないんだー！」

「ほら、さっさと片付ける！　たまも泣かない！　鬱陶しい！」

「ご、ごめんなさ……ああっ！」

「あーっ、たまがクラッカーの残骸片付けた袋引っくり返した！」

「いけないんだー！」

「ああもう！　お前らーっ！」

◇姫河小雪

生臭い――魚のような匂いが、風に乗ってふっと香った。

「なに、この匂い」

「生臭くて……生暖かい風ってちょっと……こう、怪談でよくあるパターンじゃない？」

「変なこといわないでよ」

「だって……よっちゃんもおかしいと思うでしょう？　さっきの声だって」

「あんなの……気のせいでしょ」

「気のせいなわけないでしょ。子供が呪文唱えてるみたいな声だったよ。それにこの匂いだって」

スミレは上を向いて鼻を鳴らし、眉を顰めた。

「あれ？　生臭くない……なんだろう……この匂い」

小雪もスミレに従って匂いを嗅いでみるが、確かに先程までの生臭さとは違っている。

「なんか匂うね。花火みたいな……火薬？」

「昔戦場で機銃に撃たれて死んだ兵士の霊、とか？」

「やめてよスミちゃん」

「やめるもなにも、現実に匂ってるし。こんなところで火薬の匂いなんてするわけないし。これ霊的な現象以外有り得ないことだし。よっちゃん、認めてくれた？」

「どこかで花火でもしたんじゃないの」

「この期に及んでまだ認めないとか往生際の悪い――」

ことん、と寺の方でなにかが音を立てた。

霊的な現象が起こっていると主張するスミレ、そんなことあるわけがないと否定する芳子とも真顔になり、音のした方に顔を向けた。

◇ミナエル

「どう？　私の美声は？　聞き惚れたでしょう？」

「おおーっ、すげえなルーラ。金とれるレベルだろ」

「すごいねえ」

「ふふん」

「ぐぐぐ……」

「ぎぎぎ……いや！　でも今のは歌が上手いっていうのと違うと思う！」

「なに？　負け惜しみ？」

「今のは歌っていうか物真似じゃん！」

「そうだそうだ！　お姉ちゃんいいこといった！」

「ある程度元の歌い手を真似る方が上手く歌えるでしょう」

「でもさ、魔法少女ならオリジナリティが大事だよね」

「大事大事、超大事だよ」

「物真似ってオリジナリティなくね？」

「ないない、全然ないね」

「あんた達……！」

「なんだよ！」

「なんだよなんだよ！」

「やめなよー喧嘩(けんか)すると疲れるよー」

「そうだぜ、やめとけよ。せっかくの誕生祝いの席だってのに」

「そうだそうだー、やめろやめろー」

「やめちまえー」

「コラァ！　お前らぁ！」

「うわっ、ルーラが切れた！」

「おい！　物投げるな！　危ねえ！」

「仲良くしなよー」

「危ない」

「ひ、ひぃぃ」

「痛い！」

◇姫河小雪

聞き間違いや気のせいではない。風の音や虫の声というレベルではない。物が激しくぶつかる音が寺の中から聞こえてきている。

「ラップ音だ！　ポルターガイストだ！」

「ちょっとスミ黙って」

「聞いたでしょ！　聞こえてるでしょ！　これだよ！　これが怪奇現象だよ！」

「スミちゃん落ち着いて」

「やっぱり本物だったんだ！　この寺はガチでマジだったんだ！」

「そんなわけないでしょ」

「なんでよっちゃんはそこまで頑なに認めようとしないの！」

「認める理由なんてないもの。ホームレスがねぐらにしてるか、不良の溜まり場になってるかってとこでしょ。危ないからさっさと帰ろ」

「さっきの子供の声はなんなのさ！」

「若年ホームレスか声変わり前の不良……」

「ああいえばこういう！　よっちゃんなにいっても信じてくれないじゃん！」

「ちょっとスミちゃん、声大きいって。向こうに聞こえちゃうよ」

スミレはぐっと言葉を飲みこみ、芳子は苦々しげに地面を睨んだ。小雪はスミレ、芳子と、交互に視線を移動させながら諭すように話した。

「たとえどっちのいうことが正しかったとしても、見つかったら大変じゃない。不良でも霊的なものでも、誰にも助けを求められない街の外れで出会いたくないよ。ねえ、帰ろうよ。夜に出歩いてこんなところ来るの、やっぱりよくないよ」

ようやくいうべきことをいうことが出来た。スミレは言葉にならない言葉を口にして俯き、芳子は「まあ、馬鹿なことしてるかもね」と呟いた。

「ね、帰ろうよ。どっちが正しくても間違っていても――」

がさがさと茂みの奥でなにかが動いた。小雪は慌てて振り返り、下を向いていたスミレと芳子は勢いよく顔を上げた。

「なに？　なに今の？」

「なにかいる……みたいだけど」

「幽霊？　ＵＭＡ？　ツチノコがここまで来たとか？　あ、魔法少女って可能性も」

「馬鹿馬鹿しい」

芳子が二歩三歩と進み出、雑草が茂るすぐ前に立った。

「ちょっとよっちゃん、あんたそんな近くに」

「野良猫かなにかでしょ。なあにビビッてんの」

強いて明るくしようとしているのはわかったが、声は若干震えている。

「私は犬派か猫派かでいったら圧倒的に猫派だからね。私が好きなだけじゃなくて、猫にも好かれてる相思相愛なタイプだから。今までに撫でさせてくれなかった野良猫は一匹だっていなかったし」

芳子は草をかき分けて藪の中を進み、やがて草の向こうになにかが見えた。ぼんやりとした雲のような白いなにかがいくつも茂みの奥で浮いている。

綿、に見えた。まるで時間が止まったかのように芳子は微動だにせず、スミレと小雪も声をかけることさえできない。ふっと風が吹きつけ、葉がさざめき、枝がギシギシと音を立て、白い綿のようななにかはふわふわと揺れ、くるりと反転した。

綿ではなかった。こちらを向いた面には、一つ一つ、まるで人間のような顔が浮かんでいた。「顔」はどこか悲しげな表情を浮かべ、口々に寂しいと呟き――芳子は回れ右で駆け出した。スミレは悲鳴をあげて逃げた。小雪も転びそうになりながらどうにか足を動か

した。もう魔法少女だから心が強いとかそういうものは消し飛び、本当に幽霊がいたということが頭の中のほぼ全てを占め、入ってきた門を駆け抜け、外に出た。

三人の女子中学生は縺れ合うように走った。商店街のあたりまで走って数台の自動車、訝し気な目を向ける通行人とすれ違い、ゆるりと足を止め、自分達が固く手を繋ぎ合っていたことに気付き、誰からともなく揃って溜息を吐いた。

◇ミナエル

ミナエルは空を飛びながら大いに主張した。

「ルーラにばっかり偉そうな顔させてやるもんか！」

「ルーラの誕生日だから偉そうでもいいと思うけどなあ」

隣を飛ぶねむりんがのんびりと話すのを苦々しげに睨みつけた。

「よくないっつうの！」

「うん、よくないよね。お姉ちゃんが怒るのも無理ないよ」

歌に関しての主張は双方ともに曲げなかったため、誕生日会は一時中断と相成った。完全決着をつけるためにはちゃんとした機器と採点システムが必要不可欠ということをルーラ天使ともに主張したため、本格的な採点機能付きカラオケセットを持って再集合ということになった。現在は自宅に戻ってカラオケセットを担ぎ、ビルの上で待たせていたトップスピードとねむりんに手伝わせて運んでいる。

「これなら絶対に負けないもんね」

「お前らなんでこんな物持ってんだよ。いくらすんだこれ」

「カラオケで高い点数とるためならこれくらいの出費微々たるもんよ」

「その通りだよ。あのね、カラオケの点数ってのは単純に上手(うま)い下手(へた)じゃなくてコツがあんのよ、コツが。声がいいとか技術があるとかそんなのよりも、点数を取るコツを身に着けている者が勝つの。だからこそマイマイクとマイカラオケというレギュレーションをチョイスしたのよ、私は。カラオケ好きなら常識だよ、常識」

「聞いたことねえ常識だなー」

「気合い入ってるカラオケ好きなら当然だっつーの」

「気合いいねえ」

「ルーラだってマイマイク持ってくるって家戻っていったじゃん。しかもたまとスイムスイムにのど飴買ってこいって小銭渡して、気合いだけなら私達以上っしょ」

「だよね、ルーラ超張り切ってるよ」

「ま、結局ルーラは負けるんだけどね」

「お姉ちゃん、ＤＵＭのカラオケめっちゃ練習したもんね」

「マジカルデイジーオープニングならアベレージ93はいけるね」

「いぇーい！　デイジーカーニバルいぇーい！」

「お前ら本当どうしようもねえやつらだなあ」

「もっと仲良くすればいいのにねえ」

ふわふわと宙を舞うねむりん、空飛ぶ箒に跨るトップスピード、どちらも言葉ほど深刻そうではなく、そのことがかえって癇に障る。ミナエルは叫んだ。

「仲良くなんてするもんか！　決着つけてやる！」

「なんだかんだで、そこまでしてルーラの誕生日祝いたいのか。いいやつだなあ」

「でかい顔されるのが嫌なんだよ！」

「ねむりんアンテナも仲良くすればいいっていってるよ。今日は喧嘩ばっかりだなあって」

「知らないよそんなもこもこ軍団。それよりカラオケよカラオケ」

「お姉ちゃんマジ歌姫だね」

◇スノーホワイト

小雪はスノーホワイトに変身し、寺の門を見上げた。人間の時はあれほどおどろおどろしい建物だったのに、魔法少女になってしまえばただの古い建物に見える……ということにしておいた。変身しても完全には消えてくれなかった恐怖心を胸の内に押し込め、スノーホワイトは門を潜った。

ただの姫河小雪であれば逃げ帰って「怖かったね」と友達と慰め合うだけでいい。しかし魔法少女であるからには、不思議なものを不思議なままで放置しておけない。放っておけば不幸になる人がいるかもしれない。そんなことになれば、もうスノーホワイトとして魔法少女活動を続けることはできない。

歯を食いしばり、恐怖を噛み殺し、スノーホワイトは藪の中に入り、白い顔がいくつも浮いていた場所までやってきた――が、そこにはなにもなく、深々と息を吐いた。

いや、まだ安心していいわけではない。なにも解決していない。

寺の方へ足を向け、小さな声で「お邪魔します」と訪いを告げて中に入った。

魔法少女は夜目が利く。灯りがなくとも、部屋の中をつぶさに観察することができた。大きな三葉虫の化石、枕、マイク、食べかけの食べ物、ジュース、ワイン、ミネラルウォーター、ケーキ、食器、小さな壺、小テーブル、そして自動掃除機。

――なんだろう、これ？

よくわからない組み合わせだ。誰かが飲み食いをしていたようではある。果たして不良か、ホームレスか、それとも人ならざる何者かか。焼いた鶏足に手を翳してみると、仄かに熱を持っている。食べていた何者かは、まだ遠くには行っていない。

まだ近くにいるのか。スノーホワイトは慎重に周囲を見回し、そろそろと奥へ進もうとしてふっと足を止めた。微かに、すごく微かに声が聞こえる。「苦しい……」「渇いた……」そう呟くような声。これは肉声ではない。困っている人の心の声だ。

芳子やスミレと一緒に聞いた、子供のように高い声ではない。枯れ木のように細々とした乾いた声だ。「渇きが……渇きが……」という、小さいが切実な声が聞こえてくる方向に目をやると、そこには先程の小さな壺があった。

スノーホワイトは小さな声に誘われるようにふらふらと、足元に並べてあったミネラルウォーターのボトルを手に取った。壺の蓋を開け、中に水を注ぐ。むっとする匂いが周囲に立ち込め、同時に声は小さくなり、消えていった。スノーホワイトはその場にしゃがみ、というより腰が砕け、壺に向けて手を合わせた。そうせずにはいられなかった。何度も何度も繰り返し「ごめんなさい」「すいません」と誰に対してのものかもわからない詫び文句を口にした。

唐突に外から大きな羽音が聞こえ、スノーホワイトは慌てて立ち上がった。魔法少女に変身する前と同じく、後ろも見ずに——羽音は表の方からしていたので、裏口に向かって全速力で駆け出した。

◇ミナエル

後日、倦怠感(けんたい)も頭痛も眩暈も綺麗さっぱりなくなったルーラは今まで通りに怒り、たまはそこそこに失敗し、スイムスイムは背筋を伸ばして正座するようになった。誕生日を祝っただけで全て解決すると思ってはいなかったが、現実に解決してしまった。つまりトップスピードのいう通りだったのだろう。ミナエルとユナエルは「プラシーボ効果って恐ろしいねえ」と頷き合った。

「問題は一つ解決した、と。それじゃ次にいきますか」

「家に帰ってカラオケの練習だね！　今度こそルーラに勝つぞー！」

魔法少女 vs. 鮫

『魔法少女育成計画』の物語が
始まる少し前のお話です。

初出

TVアニメ『魔法少女育成計画』
Blu-ray／DVD 第2巻 特典ブックレット

◇マジカロイド44

雑居ビルの屋上にロボット型魔法少女が一機——否、一人立っていた。彼女、マジカロイド44は屋上から気持ち身を乗り出して向かいの時計店を見下ろしていた。時計店の看板と創業百周年記念のモニュメントを兼ねた巨大な時計がぱっくりと割れ、中から数体の人形が躍り出た。生きているように滑らかな動きで、ある者はトランペットを吹き、ある者は太鼓を叩いて時計の外周を行進する。夜間ということもあり音はない。人形達が静かな行進を終え、再び時計の中に戻っていくのを確認し、マジカロイドはウェポンラックを下ろした。

午前零時に未来の魔法道具をチェックするのがマジカロイドの日課だった。「掘った場所が油田になるツルハシ」や「預金通用に数字を書き足すと実際に金額が変わるペン」といった夢のアイテムが出てくるのを願ってウェポンラックに手を入れ、しかしその願いが叶ったことはない。どうやって使ったものかを考えて、その上で「やっぱり使えないな」という結論が出る物が大半だ。たとえば昆虫雌雄鑑定機など、シスターナナがいなければ役に立つ機会はまずなかっただろう。

当たりを引くという経験すらなく、どうせ当たりなんてないんだろうという冷笑的な諦観に肩まで浸かりながら「ひょっとしたら次は当たるかも」という思いを捨てられず、今日もウェポンラックに手を突っ込んでいる。ソーシャルゲームのガチャを止められない人というのはこういうものなんだろう。しかし四億四千四百四十四万四千四百四十四ものアイテムの中にいくつ当たりが入っているのかわからないとは違法ガチャもいいところじゃないかと溜息混じりで引っ張り出した。今日のマジカルアイテムは、ビニールパックでラッピングされたこげ茶色の球体だった。直径二センチほどの大きさで数は一つ。指の腹で押してみると柔らかな弾力で押し返してくる。

「ふむふむ……」

アイテムの使い方は、それを取り出した時点で自然と頭の中に浮かんでくる。この「ペット用マジカル成長促進餌」をペットに与えることで、愛するペットをオンリーワンの存在にすることができる。超合金の甲殻を持つコーサカス大カブトムシ、人間並の知性を持つピグミーマーモセット、百キロ先の獲物の匂いをも逃がさないダックスフンドというように、ペットの能力を極限まで強化し、飼い主には絶対の愛と忠誠を持つようになる。

「ふむ……」

マジカロイドは宿無しだ。即ち（すなわ）ペットを飼っていない。ペットを飼うという行為は金が余っている者に許される娯楽道楽であり、貧乏人がすべきことではないと考えている。逆にいえば、ペットを飼っているなら金持ちである可能性がそれなりに高く、いいお値段でこのアイテムを購入してくれるかもしれない。

カラミティ・メアリ、ラ・ピュセル、トップスピード、リップル、ルーラ、ピーキーエンジェルズ、シスターナナ、ヴェス・ウィンタープリズン、ねむりん、クラムベリーと次々にN市内の魔法少女へ商談を持ちかけるメールを送信し、しかし色よい返事は一つとしてなかった。ラ・ピュセルやウィンタープリズン、クラムベリー、ねむりん、トップスピード、リップルからは「ペットは飼ってないから必要ない」とすげなく断られた。ルーラからの返信には「部下達をカモにしようとはとんでもないやつだ。これ以上続くようなら法的な措置も辞さない」という言葉の後に恐ろし気な文面が延々と続いていた。カラミティ・メアリとシスターナナは奇しくも同じ質問を返してきた。「人間に対して使うことはできるのか」という両者からの質問に「それは無理」と返したところ、メアリからは「つまらないことで煩わせるな。死ね」という簡潔な返事があり、シスターナナからは「ペットは飼っていないのです」と人間についての質問には一切触れない返事があってメアリからの返信以上に恐怖を覚えた。

魔法少女といえばマスコットキャラクターを連れているのがお約束だろうに、誰一人としてペットを飼っている者がいない。マジカロイドは魔法の端末を屋上の縁に置いた。

「そういえばファヴに使うことはできるんデスかね？」

魔法の端末から立体映像が浮かび上がった。

「知的電子生命体であるファヴをペット扱いとはいい度胸ぽん」

それだけいうと消え失せた。マジカロイドは魔法の端末を仕舞おうと手を伸ばし、するとまた立体映像が浮かび上がった。

「魔法少女相手の商売も本来ならグレーゾーンぽん。ファヴの寛大な心で見逃してやっていることを忘れては駄目ぽん。一般人相手に商売しようとなんてしたら魔法少女の資格を剥奪(はくだつ)させてもらうから覚悟しておくようにぽん」

「一般人相手に商売してる人なら他にもいると思いマスが……」

「誰のことぽん？　ファヴのところにはそんな報告届いていないぽん。もしマジカロイドがそのことを不満に思っているなら本人にそういってみればいいんじゃないぽん？」

「アナタそれ絶対知っててていってマスよね」

「そういうことでよろしくぽん」

今度こそ立体映像は消えた。

ああいう形で釘を刺されてしまった以上、一般のペット愛好家相手に商売をすることはできない。かといってペットを飼っている魔法少女はいない。ペットのよさについて説き、誰かがペットを飼うように仕向けるというのはいくらなんでも時間が足りない。マジカロイドの未来アイテムはその日限りの使い捨てであるため、あれでもないこれでもないと使い方を迷っていれば気付いた時には期限切れでゴミとなってしまう。いったんアイテムを使えば、「餌を食べさせた動物に生じた変化」は恒久的なので大変お得であるのだと売り込んだが、誰も買ってはくれなかった。

マジカロイドは素早く考え、結論を出した。

ブースターを吹かして屋上から飛び立ち、市内の中心から外れた場所にある中規模の公園近くで着陸、周囲に人がいないことを確認後変身を解除し、安藤真琴の姿に戻った。目当ての知り合いは、この公園近くで生活していることが多い。しかし彼は行政から目をつけられないようこまめに移動しているため、ここが定宿というわけではなかった。今日はいてくれよと祈りながら公園に入り、街灯の光を頼りに茂みの奥を探すこと五分。遠目にはけしてわからないよう木の枝葉を用いて絶妙に隠蔽された「住処」を発見した。

いくつかの頑丈そうなダンボールと青いビニールシートで組み立てられた簡易式折り畳み住居のドア部分をノックした。返事がなかったのでより強くノックし、それでも返事がなかったので許可を得ることなく開けた。毛布にくるまっていた厚着の中年男が慌てて起き上がり、暗い中で顔を庇うように両手を上げた。

「なっ、なんだ！　オヤジ狩りか！」

「違うよおっちゃん。私よ、私」

「ああ、なんだ真琴ちゃんか。え、なんだよ。まだ暗いぞ」

「釣りは夜から朝にかけてやるのが一番釣れるんだっていってたじゃん」

「そりゃいってたけどよ。なんだよ、今から行こうってのか」

「急ぎの用なんだよ。上手いことといけば相当な収入になるからさ。その時はおっちゃんにもたんまりと分け前あげるよ」

「しょうがねえなあ」

二人で手分けし、簡易式住居を畳んだ。男はリュックサックと一緒に住居を背負い、真琴はバケツと釣竿を両手に、てくてくと三十五分歩いて港へと出た。倉庫の隙間から材木置き場に出、そこからさらに歩いてずらりと並ぶ県外ナンバーの車の後ろを通り、有刺鉄線で侵入者を阻む港内側の堤防、通称内防の入口に出た。

立ち入り禁止の大看板も有刺鉄線もアウトサイダー二人を止めるには至らない。大荷物を抱えながらも器用に棘をかわし、防波堤の上に降り立った。厳重に侵入を防止されていて、時折見回りも来るというのに、防波堤の上にはずらっと太公望達と釣竿が並んでいる。

「なんかこうインパクトあるやつがいいな」

「インパクトか。ヒラメかチヌか……いや、今の時期ならアイナメか」

「聞いたことない魚だね」

「見りゃわかる。顔つきにインパクトあるから」

ペットがいなければ、ペットを作ってしまえばいい。カラスや雀では食い逃げされる可能性が高く、虫では懐いてくれるか微妙なところがあり、野良犬や野良猫がその辺を闊歩しているような時代ではなく、野生の狸や栗鼠は捕まえるのに骨が折れ、ネズミやゴキブりは嫌で、保健所にいって犬猫を求めたとして、宿無しが相手をしてもらえるとも思えない。そして金がかかる愛玩動物は論外だ。なにせ金がない。

魚なら捕まえてくれる知り合いがいる。鯉に餌をやって芸をさせている動画を見たこともあるし、それくらいの知能があるならなんとかペットになってくれるはずだ。見世物にして金を稼ぐか、不思議なペットとして他の魔法少女に売りつけるか。最悪、ペットにならなくても食べることくらいはできるだろう。魔法の力で普通の魚より美味しくなっているかもしれない。

他の釣り人達が落としてカラカラに干からびたコマセを拾いながら十分程堤防の上を歩いた。クーラーボックスやバケツの中を覗くが、釣れている者あり、釣れていない者あり、といったところだ。全体的にいいとも悪いとも思えなかったが、真琴の連れは「悪くねえな」といっていたので悪くはないのだろう。男は「ここらだな」と足を止め、人の隙間に竿を出し、拾ったコマセを使って五センチ前後の豆鯵を何匹か釣った。仕掛けを落とせば即入れ食い状態で面白いくらいにたくさん釣れる。

「でもこれじゃないんだろ？」

「インパクトが小さいからね」

竿と仕掛けを変え、今度は釣った豆鯵を餌にして大物を狙う。

「心配はいらねえよ。ここで捌けるように包丁もまな板も持ってきてあっから」

「食べるんじゃないんだなあ」

「あ？　そうなの？」

「まあ最悪食べるけどね。でもそれは、あくまで最悪の場合だから。できることなら他に使いたいのよ。そうすりゃ私も嬉しいしおっちゃんも嬉しい」

「よくわからんが、任せとけ。でかいのをあげてやる」

　釣りには二度付き合ったことがある。竿を貸してもらい、自分で振るったこともあった。が、これは自分向きではないな、と思うばかりだった。なにせ待ち時間が長い。釣り人連中にいわせれば「釣り糸を垂らして座っている時間は待ち時間ではない」とのことだが、真琴から見れば無駄な時間以外の何者でもない。平日午前中、年金支給日の翌日あたりで風邪を引いて病院に行くよりもまだ待ち時間が長い。病院の待ち時間は待っていれば終わりは来るが、魚釣りの場合終わりが来ると決まっているわけでもない。「今日は釣れなかったなあ」などと苦笑いを浮かべながら空の魚籠を大事に抱えて帰らなければならないこともあるのだ。

　だから真琴は釣りをしない。やりたくないことはけっしてやらない。ロープを結わえたバケツで海水を汲み上げ、後は任せたとリュックサックの上に腰掛けた。

「せっかくだから真琴ちゃんもやりゃいいのに」

「趣味じゃないよ」

「釣りってのは楽しいもんだよ」

「それがわからない」

「海ってのはとんでもねえところだぞ。人間がどれだけわかったような気になっても、海の深いところはもちろん、浅いところだって十分の一も理解できてねえんだ。だからこそ俺達は海に来て魚相手に戦ってるってわけさ」

「はいはい」

男は防波堤に使われている護岸用ブロックの隙間に竿を差し込み、糸を垂らした。

「落ちないでよ」

「落ちねえよ」

長期戦を覚悟し、真琴はスマホを開いてウェブ小説を読み出した。時間を潰したい時は漫画よりも小説の方がいい。なにせ読むのに時間がかかる。あとはバッテリーがもっている間に釣り上げてくれれば――

「かかった！」

「おお、早い！」

男が仕掛けから外した魚は、体長三十センチ強、全体が茶色で腹の部分が白っぽく、上から押したように潰れた顔で口が大きい。あまりスタイルがいいとはいえない魚だ。

「これがアイナメ？」

Musica

「おうよ」

針を外し、バケツの中にぽちゃんと落とした。悠々と泳ぐのではなく、底の方にじっと沈んでなかなか動こうとしない。

「インパクトはあるかもだけど、見栄えはよくないなあ」

「見た目の不味い魚ほど食うと美味いんだなあ」

「味はあんまり問題じゃないんだけど……まあいっか」

ポケットからビニールパックを取り出し、中に入っていた球状の餌を掌にころんと転がした。何度か掌の上で餌を揺らし、バケツの中にぽちゃんと落とす。餌は気泡を出しながらバケツの底に沈んでいき、アイナメの顔の前に落ち、と思った時には恐ろしく素早い動きでアイナメが餌を一飲みにした。

「なにやったんだ?」

「餌よ、餌。おい、聞いてるかアイナメ」

真琴はバケツの横腹を叩いてアイナメに呼びかけた。

「私がお前の主人だぞ。私に忠誠を誓え。逆らったりしなければ食うには困らないようにしてやるから。おい、聞いてるかアイナメ野郎」

「アイナメに人間の言葉がわかるかね」

呆れたような男の言葉には返事をせず、真琴はもう一度バケツの横腹を叩いた。

「おい、聞いてるか」

アイナメはバケツの底を撫でるように一周、二周した。餌を食べる前の緩慢な動きとは明らかに違ってきびきびと動いている。どうやら効果はあったらしい。真琴はさらに呼びかけるべく水面に顔を寄せ、いきなり飛び跳ねたアイナメが額にぶち当たった。真琴は短い悲鳴をあげて尻餅をつき、逆方向に跳ねたアイナメは、コンクリの上を二度三度跳び、護岸用ブロックの隙間に吸い込まれるように海へと消えていった。

「お、おい。大丈夫かい」

「あっ、ぐっ、ああ……」

ペットはより強い忠誠心を持つ、ということになっていたはずだが、どうやらあのアイナメは真琴をご主人様とは認めていなかったようだ。

「あの……アイナメ野郎！」

どれだけ怒ろうとアイナメは戻ってこないし、追いかける手段もない。逃げた魔法のアイナメをもう一度捕まえられるとも思えない。真琴は握った拳を堤防に叩きつけ、食い逃げを果たしたアイナメに呪詛の言葉を投げかけた。

真琴の呪詛がどの程度影響を及ぼしたのか誰にもわからないが、逃げたアイナメは「幸福の中で生きて子孫を残し死んでいく」ことはできなかった。魔法のアイナメとして揚々たる第二の魚生に一進を踏み出したまではよかったが、有り余る身体能力と身体の底から湧き上がる無尽蔵のエネルギーは彼の分を超えていた。

本来の生息域である護岸用ブロック地帯を超え、さらに港内を超え、遥か外海へと飛び出し、もっと泳ぎ、まだ泳ぎ、見たこともない小魚を味わい、入ったこともない海流に乗り、彼はより広い場所、より自由に泳ぐことができる海を目指した。だが自分の知らない場所には想像もしなかった捕食者がいた。自由自在に泳いでいるつもりが、巨大な生き物に激突して跳ね飛ばされ、それでも彼は負けん気を発揮して戦いを挑み、散々に敗北し、逃げることもできずに食べられた。

普段の彼であれば、体重にして千倍もあるような相手に挑むことは絶対にない。身体が当たる以前、近づくよりも前に存在を察知してただ逃げる。不意に与えられた大き過ぎる力を過信し、自分は誰にも負けないと勘違いした末の無惨な最期だった。

真琴がアイナメを呪ったように、アイナメは真琴を呪った。「あいつが余計なことをしなければここで食われることなどなかったのに」と、新たな力、現在の自分、食おうとしている敵、それらの因果関係を魚類にあるまじき知性で理解し、一心に呪い、そして食われた。アイナメを食べたホホジロザメは、小さな獲物からは想像もできない満足感を得、腹の中に巨大な熱量を感じながら普段の生息域とは違うどこかへと泳ぎ去った。なぜそちらに向かうのか、自分でも理解できていなかった。アイナメの呪いに動かされていることなど、ただの魚でしかない鮫には知る術もなかった。

◇ヴェス・ウィンタープリズン

N市内には随分と魔法少女が増えた。が、それでもN市全域をカバーするには数が足りなかった。誰のホームでもない地域が市内には多く、そういった「無魔法少女地帯」は近隣の魔法少女が自主的に見回るという暗黙の了解があった。とはいえ、カラミティ・メアリやルーラチームのように内にこもる魔法少女は多く、自然と真面目に活動する魔法少女にしわ寄せがいく。この辺、負担が公平になるようルールを明文化して是正すべきではないかと思うが、シスターナナのように喜々として周辺地域を見回る者は文句をいうこともない。ナナの優しさ、おおらかさにつけこんで自分の地域がよければ全てよしとしている身勝手な魔法少女達への怒りを静かに燃やしつつ、今日のウィンタープリズンはシスターナナに随伴して浜辺を歩いていた。

「風が吹いてきたね」

さりげなく位置取りを変え、斜め後ろからナナを追う形を作り、彼女の身を風から守る。

魔法少女は風雨をものともしない強さを持つということと、シスターナナを風雨から守らなければならないということは全く別のことだ。

「人、いませんね」

「深夜だからね」

「ふふっ」

「なにかおかしかったかな」

「いえ。夜の浜辺には恋人が来るもの、という古臭い固定観念があったものですから」

「古臭くなんかないよ。ただ、時期が時期だから」

「まだ寒いですからね」

「魔法少女であれば気にはならないんだろうけど……しかし、これから暑くなるわけか」

「どうしました?」

「いや、夏になっても私はこの格好で活動するわけだな、と」

二人は声を揃えて笑った。和(なご)やかな雰囲気のまま浜辺を歩き、しかしウィンタープリズンは内心思うところがあった。冬場はナナの隣に立っていても絵になる。しかし夏にこのままでは流石にどうだろうか。コートを着ているのは変質者か殺し屋くらいしかいない。自分がナナの隣に立つことで他人がナナを見る目までおかしなものになってしまっては申し訳が立たず、かといってナナの隣に立たないというのは寂しくて死んでしまう。

冬でも寒そうな格好で普通に活動している魔法少女が多数派を占めるのだから、夏に暑苦しい格好でも別にいいじゃないか、と割り切るにはナナへの思いが邪魔をする。和やかな空気で内なる煩悶を隠しながら談笑し、ふと背後に足音を捉えて振り返った。

「あ……すいません。邪魔でしたか」

「ああ、あなたか。ラ・ピュセル」

シスターナナの弟子であり、いうなればウィンタープリズンの姉弟子ともいえる魔法少女「ラ・ピュセル」は深々と頭を下げ、反動で尻尾が上がった。彼女は竜騎士をモチーフとしているらしいが、騎士というには余りにも装甲が薄く、特に下半身の露出が激しい。春という季節、見るからに寒そうだと思っていたが、本人は全く気にすることなく、黒と灰色に汚れた雪の残る道路を飛んだり跳ねたりしていた。

シスターナナはおっとりと微笑み、顔の前で右手を振った。

「気にしなくていいんですよ。別にプライベートなデートというわけではありません。あくまでも魔法少女としてパトロールしていたんですから」

のんびりとしたシスターナナに対し、ラ・ピュセルの表情は緊張を湛えていた。

「パトロールですか……やはり、あの噂を聞いて？」

「噂？」

「あ、ご存知なかったんですか。沖防の一部が破壊されたそうです」

「沖防？　というと防波堤が？」

ウィンタープリズンは柳眉(りゅうび)を寄せ、右手で眉間を撫でて皺(しわ)を解(ほぐ)した。ナナの隣にいる時はなるべく難しい顔をしたくはなかった。

「波に耐えられず壊れた、とか？」

「そういう類(たぐい)の壊れ方ではなかったそうです。ただ壊れたというより滅茶苦茶に崩されたらしくて」

ラ・ピュセルは海の方に目を向け、ウィンタープリズンもつられてそちらを見た。沖防こと港全体を守る外側の防波堤は、内防と違って海の中に独立して作られているため、歩いて渡るということができない。壊すにしても、春先の冷たい海を泳いで渡るか船を使わなければならないだろう。

「明日から業者が入って修理が始まるそうです」

「ふうん……いったいなぜそんなことに」

「この辺じゃ色んな噂が飛び交っていますよ。不審な外国船が爆弾を落としていったなんていうのはまだ現実味のある方で、ＵＦＯが現れて破壊光線を撃っていったとか、巨大生物が体当たりをしていったとか」

「巨大生物？　クジラとか？」

「この辺でクジラが出た、という話は聞いたことがありませんね」

シスターナナが小さく首を傾げ「そういえば」と続けた。

「一昔前はよく鮫が出たという話を聞きました」

「鮫……ですか」

ウィンタープリズンの脳内で巨大な人食い鮫の姿が形作られ、もう少し大きい方が恐ろしかろうと一回り大きく修正された。鮫が好き、というわけではない。ゾンビやモンスターパニックものの映画が好きだった。ナナを初めてデートに誘った時もゾンビ映画を観にいった。後から聞いてみると「申し訳ないけれどどこが面白かったのかわからなかった」という嬉しくない感想が出てきて、そもそも映画の趣味がまるで違っていたことがわかった。ウィンタープリズンはゾンビやモンスターの映画から遠ざかり、ナナの好む恋や愛が絡むものを観るようになった。ナナに嫌な思いをさせてまで観なければならないものではないのだからこれでいい、と思ってはいても、ふとした時に思い出すことはある。

ウィンタープリズンは雑念を振り払った。

「防波堤を破壊するとなると少々大きいくらいの鮫では難しいだろう」

「まあ鮫ではないでしょうね」

「ラ・ピュセルはなんだと思っているんですか？」

「私が一番心配していて、尚且(なおか)つありそうだな、と思っているのは……魔法少女です」

「ああ……」

「なるほどな。ラ・ピュセルのいう通り、魔法少女なら防波堤の破壊くらいやってのける」

魔法少女という誰とでもとれる言い方を使ってはいたが、特定の個人を示していることは明白だった。ほんの二週間前、港南地区でカラミティ・メアリと戦った時のことを思い出す。シスターナナの無事というなにより優先すべきことがあったため、防御重視の逃げ戦に終始し、無事二人揃って逃げのびることに成功した。成功した、といってもウィンタープリズンには忸怩たる思いが残った。あそこで徹底的に叩いておくべき相手ではなかったかという後悔が消えてはくれなかった。メアリにしても獲物に逃げられたという悔いがあるに違いなく、その思いがいつまたシスターナナに危害を及ぼすか知れたものではない。シスターナナもシスターナナで、よしなさいと止めたにも関わらず「ウィンタープリズンがメアリを撃退した」ということを英雄譚のようにチャットで吹聴し、あれがメアリの耳に入れば挑発であると解釈されかねなかった。

頭に浮かんだ「メアリかもしれない」が「メアリに違いない」に変わろうとし、しかしその寸前で「メアリがその気になった時、倶辺ヶ浜の防波堤を破壊するというのはおかしくないだろうか」になった。シスターナナに対する宣戦布告にはならない。シスターナナのホームではない倶辺ヶ浜で破壊行為をしてもシスターナナに対する宣戦布告にはならない。新しく手に入った武器の実験だろうか。それにしても沖防などという泳ぐかボートを使わなければ行けない場所でするものだろうか。

ウィンタープリズンは右に首を傾け、左に傾け、関節を鳴らして元に戻した。

「魔法少女だとしてもおかしいな」

「そうですか？」

「どこかの釣り船か漁船がうっかりでぶつけて当て逃げしたというあたりじゃないかな」

「まあ、なににせよ確認してからと考えています」

それでは、と頭を下げ、ラ・ピュセルが港の方へ走り出した。ウィンタープリズンとシスターナナは頷き合い、ラ・ピュセルの後を追って走り出し、すぐに追いついた。

「私達も行こう」

ラ・ピュセルは少し驚いた顔をした。

「ありがとうございます。でもいいんですか？」

「いいんですか、とは？」

「その……デートのお邪魔になったのでは」

「気にしなくていい」

「ええ、はい。すいません」

「お二人とも、なんのお話ですか？」

「いや、大したことではないよ」

ナナ自慢の弟子ということで悪い子ではない。が、少し気を回し過ぎるところがある。

それにデート云々関係なく気になることではあった。三人の魔法少女は、釣り人を避けて倉庫の上やコンテナの陰を走り、内防の入口、有刺鉄線と巨大な鉄の門の前で足を止めた。頑丈そうな錠前で封じてある。

「普段なら内防は釣り人でいっぱいなんですが」

ラ・ピュセルは周囲を警戒しつつ門の上に飛び乗った。

「沖防が壊されたということで一時間ごとに巡回が来るそうです。出入りする人はいません」

上から手を差し伸べるラ・ピュセルに掌を向けて助けを断り、ウィンタープリズンはナナを抱きかかえ、跳躍一つで門を超え、向こう側に音もなく着地した。ラ・ピュセルは右手人差し指を鉤型に曲げて頭をかき、小さく咳払いすると門から飛び降り駆け出した。ウィンタープリズンとシスターナナも後を追い、十秒で内防の端に辿り着いた。そこから海を挟んで五十メートル以上先に沖防が見える。魔法少女であってもジャンプで飛び越えることができる距離ではない。

「あの……大丈夫ですか？　随分と距離が離れていますけど」

「問題はない」

「そうですか。ではお先に」

ラ・ピュセルが剣を掲げ、海へと跳んだ。見る間に剣が大きく、長くなっていく。空中で長大な剣を振り下ろし、棒高跳びの要領で再度跳躍、上手く距離を稼ぎ、剣を掌に収まるサイズまで縮めながら沖防の端に着地した。

ウィンタープリズンは内防を使って壁を作った。せり上がる壁からさらに壁を、さらにさらに壁をと縦に伸ばしていき、やがて壁は耐え切れず沖防の方へ倒れていく。ウィンタープリズンはシスターナナを抱き上げ、倒れゆく壁の上を駆け、跳び、沖防の上に着地、背後ではバラバラに崩れた壁が水柱を上げながら落水していた。壁は魔法を解除すればすぐに消えてなくなるため環境に悪影響を与えることもない。

「では巡回が来る前に」

「ああ」

ウィンタープリズンはナナを下ろし、走り出した。なにかある度にナナを抱き上げるのであれば、もう最初から抱きかかえたまま走ればいいのではないか、と思わなくもないが、それはきっとナナの趣味ではない。ここ最近ようやくナナの趣味、その片鱗を理解しつつあった。このまま理解を深めていければそれに越したことはない。

内防に比べると沖防は半分ほどの長さしかない。五秒もかからず件の場所に着いた。そこにはいわれずとも見ればわかるほどの破壊痕が残っていて、これなら波で削れたという者はいないだろう。

「これは……」

「酷い……ですね」

護岸用ブロックが砕かれ、防波堤の上半分が五メートル程に渡って削り取られていた。大きな壊された部分に波がかかって濡れている。砕けた破片が周囲に飛び散っていた。欠片は人間の胴体程もある。これは確実に船がぶつかったなどというものではない。

ウィンタープリズンはその場にしゃがみ、防波堤の一部だった物と思しき拳大の欠片を一つ手に取った。撫でてみるとざらっとした感触がある。指の腹を返すと灰色の粉が手袋を汚していた。表面がやすりのようなもので削られている。

破壊されへこんだ部分に下りていたラ・ピュセルが「これは」と声を上げた。

「ここです、見てください」

上から身を乗り出して見下ろした。ラ・ピュセルの指した先、破壊された防波堤の残骸部分に刃物のようななにかが刺さっている。魔法少女であるラ・ピュセルが力を込めても中々抜けず、二度三度左右に揺すってようやく抜けた。二十センチ強の長さで月の光を反射しギラギラと光っている。刃物のようでもあるが、それにしては形が丸っこい。石を研磨し、磨き布で擦り上げればこんなふうになるかもしれない。

「なんでしょうか、これ」

シスターナナが身体を震わせ、小さな声で「なにかの牙……に見えます」と呟いた。いわれてみればなにかの牙に見えなくもないが、それにしては大き過ぎる。シャチやカジキでもここまで大きな牙を持っているとは思えない。

「これは牙というより――」

水音が聞こえ、複数の悲鳴が続いた。沖の方に目をやると釣り船が揺れている。嵐のただ中に漕ぎ出したように、右へ、左へと大きく揺れ、男達が落とされないよう船べりにしがみついているのが見えた。

海は凪いでいる。波は小さい。なのに船は転覆寸前に傾いている。あの分だと一人や二人は落ちていてもおかしくない。ウィンタープリズンは軽く右拳を握り、左腕はシスターナナの前に出し、自身の後ろへと引き下げた。背筋を撫でるようなぞっとする感覚が上から下に抜けていく。なにか、とんでもないことが起こっている。急いで救助にいかねば、とわかっているのに、理性ではない別の部分がウィンタープリズンの足を止めている。

ラ・ピュセルは「助けてきます」と海へ飛び込もうとし、制止する前に水面が白く盛り上がった。海の水を一度持ち上げてから叩き落としたような水音が鳴った。ウィンタープリズンはシスターナナを抱えて横っ飛びに転がり、振り返った時にはラ・ピュセルがいなくなっていた。

船の揺れは徐々に静まり、男達はこちらを指差し騒いでいる。話しかけようとしたシスターナナの柔らかな唇に人差し指を当てた。ウィンタープリズンはシスターナナを抱えたまま、防波堤の上に這い蹲るような低い姿勢で周囲を窺った。水面が大きく波立った。砕けた防波堤の一部が崩れ落ち、水面に波紋を起こして白く泡立てている。

ウィンタープリズンは、くん、と鼻を鳴らした。生臭いというより獣臭い。

水面に泡が立った。泡の数が増え、大きくなり、盛り上がった水面から棒状のなにかが水に包まれたままで顔を出し、すぐに沈んで消えた。泡もなく、音もなく、静かに波打つだけの水面に戻った。今の「棒状のなにか」はラ・ピュセルの剣の柄だった。彼女は水面下で何者かと交戦している。果たして魔法少女と戦うことができる生物がいるだろうか。たとえ地の利が相手にあったとしても魔法少女の身体能力は絶対的だ。

ウィンタープリズンはゆっくりと名残惜しげにシスターナナの唇から指を離した。シスターナナの耳元に口を寄せ、水分の足りない掠れた声で囁いた。

「私は水に潜る。シスターナナは安全な場所へ」

シスターナナの表情が驚きで歪んだ。ウィンタープリズンはシスターナナからの返事を待たず、止めようとする彼女を押し退けて海に飛び込んだ。冷たさは肌に沁みるが、我慢できない程のものではない。魔法少女の頑健さは春の海が持つ人を拒む冷たさにも耐え、着衣での水泳も可能とする。

纏わりつく水泡が薄らいでいく。月しか明かりがない夜の海、それなりに見通すことができるのもまた魔法少女故だ。ウィンタープリズンは顔を顰めた。塩辛い海の水が目に沁みたからではない。海底近くで泥が巻き上がって視界を塞いでいる。時折見える姿はラ・ピュセルと、隠し切れない巨体で暴れ回る——鮫、だ。

目を疑いたくなるが、それは間違いなく鮫だった。体長は六メートル、背鰭が大きく、牙そのものが動いているのかと錯覚するほど口が横に広い。鮫という存在を戯画化して「人間が考える鮫の特徴」をより強調したかのように極端な形をしている。

ラ・ピュセルは身長の二倍程度まで巨大化させた幅広の剣を盾にし、鮫の牙からなんとか逃れようとしているようだったが、牙が自分まで届かないようにするだけで精一杯という有様で、胸当てのストラップは片方が千切れ飛び、鎧はへこんで一部が割れ、あるいはやすりをかけたように傷がついている。髪は乱れ、ほつれ、脚や腕といった露出した箇所は悉く血が滲み、白い肌を赤く汚していた。

ウィンタープリズンは足を天に向け、一かきで一気に潜った。上方向から鮫を攻撃しようとし、こちらも見ずに振り回された尾鰭を慌てて回避した。水中ということでいつものように動くことができず、腕でガードすることになった。身体の芯まで響くほどの威力がある。ウィンタープリズンは尾鰭を受けた腕を見た。コートが裂けて血が滲んでいる。頑丈な魔法少女のコスチュームが一撃で破壊され、ウィンタープリズンの身体に傷がついている。

ウィンタープリズンは距離をとって再び背後から攻撃しようとしたが、鮫は尾鰭を振るって海底の泥を巻き上げた。泥の範囲から逃れようと右側に回りながら後退しようとし、足を退き、岩を蹴ろうと力を込めた——その瞬間！　突如泥の中から現れた鮫が突進、ウインタープリズンは咄嗟に跳ぶ方向を九十度変え回避し、更に鮫の横腹を蹴って水中で一回転した。鮫は即Uターンで戻ってきた。動きが機敏で恐ろしく素早い。水中であることを差し引いても異常だ。ウィンタープリズンは再び岩を蹴って回避しようと右足を海底に下ろし、鈍い痛みを感じて顔を顰めた。足から血が流れて海の中に溶けている。さっき、鮫の身体を蹴った方の足だ。触れただけで靴が削り取られるサメ肌に驚きながらも動きは止めなかった。鮫は頭からぶつかっての一撃で壁を破壊してしまったが、ウィンタープリズンにしても予想の範囲内だった。魔法の壁によって僅かに動きを鈍らせた鮫の体当たりを跳んで回避し、足元に壁を立て、それを蹴って追撃の尾鰭から逃れた。

鮫は攻撃を止め、巨体を捻らせながら上方向へ急浮上した。一瞬遅れ、泥の中から長剣が伸びるも、鮫には届かない。

鮫は泥の中のラ・ピュセルの攻撃を読んでいるとしか思えない動きで浮上した。

ウィンタープリズンは、鮫に関するいくつかの知識を映画から得ていた。その中の一つ。鮫という生物は特殊な感覚器官を有し、水中の微弱な電流を感知するのだそうだ。それにより、光の届かない深海や巻き上がった泥の中でも正確に獲物の位置を把握するのだという。泥の舞う水中では敵が一方的にこちらの居場所を知るということになる。

鮫は尾鰭を一跳させて急下降し、ウィンタープリズンはそれを避けた。ギリギリで巨体を起こした鮫は、そのまま海底を撫でるように移動、通過した場所の泥を巻き上げて視界を塞いでいく。こちらの目を塞いで一方的に嬲(なぶ)るつもりだ。

ウィンタープリズンは泥の中から浮上したラ・ピュセルに向け「指を上に向けて二度突き上げる」サインを見せた。ラ・ピュセルは意図を理解してくれたのか、ウィンタープリズンに向かって頷き返し、長剣を海底に突き立てると一気に伸ばした。伸びた長剣に押し上げられる形でラ・ピュセルの身体が水面に向けて上昇していく。

ウィンタープリズンは足元に壁を生み出し、その壁から更に壁を、更に更に壁をと上方向へ向けて壁を繋げ、水面から顔を出して大きく息を吸った。久々の酸素は涙が出るほど有り難い。

ウィンタープリズンはもう一段壁を伸ばして水中から脱し、跳躍一つで防波堤へと戻った。幸い、鮫からの追撃はない。釣り船は逃げてしまったらしく、周辺は波立つばかりで巨大な怪生物がいるとも思えない当たり前の海にしか見えなかった。

「大丈夫ですか、ウィンタープリズン」

「ああ、大丈夫。私のことより君の方だ。随分と攻撃を受けたようだが」

「いえ、私は別に……」

「どうした？　なぜ離れる？」

「いえ、あの……コートが随分と痛んでいるようで、その、露出が」

「ああ、確かに邪魔だな」

ウィンタープリズンは破れかけたコートを脱ぎ去った。見ると、その下に着ていたセーターにも酷い裂け目ができていて、大きく地肌が見えている。ウィンタープリズンはそれも破るように脱ぎ捨て、ラ・ピュセルは顔を背け(そむ)ながら更に一歩退いた。

「いや、どうした？」

「あの……お気になさらず」

ばしゃんと海水が跳ねた。ウィンタープリズンは背筋から全身に拡散する強い寒気を感じた。コスチュームを脱ぎ捨てたせいだけではない。

鮫がいた。黒い海のただ中に巨大な背鰭が見える。鮫の背鰭は防波堤の外側に出てきたのではなかった。防波堤の内側、即ち港側にいる。

ラ・ピュセルが叫んだ。

「そんな！」

悲痛な叫びも鮫は無視し、港の方へ進んでいった。見せつけるように尾鰭を揺らし、水中で見せた動きに比べ遥かにゆっくり、堂々と進んでいく。それは見せつけるように、というより、実際見せつけていたのかもしれない。「お前らはこっちに来て欲しくないんだろう」という鮫の声が聞こえた気がした。

ウィンタープリズンは「馬鹿な」と呟(つぶや)き、自分の妄想を否定した。イルカやシャチであっても「港とそこにいる一般人を攻撃されれば困る」という魔法少女の事情、人間の社会を察することができるとは思えない。ましてや鮫は魚類だ。そこまでの知能はない――はずなのに、なぜか港の方へ向かっている。

二人の魔法少女は駆け出した。来た時と同じ方法を使って内防へと戻り、港内へと走り、身体の内側にずんと響く衝撃が足元から伝わった。揺れはすぐに止み、二度目の更に大きな揺れへと続いた。地震ではない。港内に設置された巨大な荷揚げ用のクレーンが海の方に向かって倒れ込み、遠くからでも見える水しぶきを上げて倒れた。鮫はクレーンの足元をもう一撃削り、海に落ちたクレーンに噛みつき、鉄骨を噛み砕いた。

鮫は嘲笑うように水上を跳ね、地面は更に三度四度と揺れた。ウィンタープリズンはコンテナの上に跳び、最短距離でクレーンのある場所を目指した。真っ青な顔で逃げていく人達とすれ違い、無人のトラックから倉庫の屋根に飛び移り、屋根の上で助走し、全力でジャンプした。コンクリートの破片が塩辛い水と一緒にバラバラと落ちてくる。

見る間に港が削り取られていく。噛みつき、尾鰭をぶつけ、体当たりし、紙細工を壊す如く気軽に破壊行為を繰り返し、化け物鮫は自分のテリトリーを増やしていた。

「なんなんでしょう、これは。本当に鮫なんでしょうか？」

「鮫だな。私も鮫と戦うのは初めてだが、極めて強い生物であることは知っている」

「まさかこれほどとは……」

「気を付けろ。映画ではもっと強い個体もいた」

「え？　映画って」

「行くぞ！」

ウィンタープリズンは迷うことなく海へと飛び込み、ラ・ピュセルがそれに続く。コンクリートの欠片やクレーンの残骸がそこかしこで沈みつつある。鮫はそういった邪魔なオブジェクトの間を縫うように泳ぎ、ウィンタープリズンとラ・ピュセルの元へ加速した。ウィンタープリズンはそれに合わせ、沈みゆくコンクリ片から壁を生じさせた。壁は鮫の横腹を直撃し、怯（ひる）んだところへラ・ピュセルが斬りかかった。鮫は素早い動きで身体を捻（ひね）り、剣の一振りをギリギリ避けたが、寸前、剣が伸びた。伸びた剣に背中を斬られた鮫は苦痛に喘いでか、尾鰭を大きく振り、口を開けた。牙を見せつけるようだ。あれで迎撃しようというのだろうか。鮫はふっと口をすぼめ、勢いよく黒い液体を噴き出した。

――墨を吐く……？　馬鹿な！

飛び道具を予想していなかったラ・ピュセルはもろに浴び、煙幕に包み込まれた。

ウィンタープリズンは巻き込まれることを嫌い、墨の範囲外へ逃れようと壁を蹴って浮上した。しかし墨は猛烈な勢いで広がっていく。墨を吐き続けているのか、黒一色に染められた場所は際限なく大きくなっていき、ウィンタープリズンの足先にかかりかけたが、水を一かきし、一気に離れた。

水面を目指し必死で泳いでいると、背後からなにかが近寄る気配を感じた。水中で鮫のスピードに勝てるはずはない。逃げ切ることを早々にあきらめ、振り向いて迎え撃つ――態勢を整えたところで、鮫はウィンタープリズンの少し横を通り過ぎていった。いったいどういうつもりかと、振り向いて鮫が向かう先を確認すると、そこにはシスターナナの姿があった。海に飛び込み、自分の魔法が届かなくなったウィンタープリズンを心配して、防波堤の先から海中を覗き込んでいる。鮫は真っ直ぐにそちらに向かっていた。

ウィンタープリズンの体から一気に血が引いた。急いで水を蹴り、鮫を追うが、どんどん離されていく。

「シスターナナ！」

自分の生命と引き換えにしてもいい、鮫を止めなければ――と、その時、背中にどんとなにかが当たった。ウィンタープリズンは驚き、振り返った。ラ・ピュセルだ。彼女は剣の柄を踏み台にし、鮫を超える速度で剣を伸ばし続けている。ラ・ピュセルは肩を貸すようにウィンタープリズンを支えた。鮫の身体がどんどん近づいてくる。ウィンタープリズンの中を満たそうとしていた絶望は、焼けつくような熱い怒りに変化していった。内側から全てを燃やす温度で炎の舌を伸ばし、怒りの対象――鮫へと向かう。

水面にたどり着く前に追い着かれることを悟ったか、鮫が身を反転させた。近付きつつあったラ・ピュセルとウィンタープリズンに向かって大きな口を開け、三者はそのまま激突した。ラ・ピュセルは弾き飛ばされたが、それでも彼女は剣から意識を離さず、剣を伸ばし続けた。衝撃を辛うじて持ちこたえたウィンタープリズンは、巨大な顎で肩に噛みつかれたが、同時に鰭と鰓を掴み、剣の柄を足場にしたまま、鮫と正面からがっちりと組み合った。手袋は破れ、掌も指の腹も鮫の皮膚で削られ、肉まで削げている。噛みつかれた肩からは骨の軋む音が聞こえた。出血量は尋常ではなく、常人なら失血死しているだろう。

ウィンタープリズンと鮫が力比べをする間にも剣は伸び続けた。水面がほど近くなった時、ウィンタープリズンの体に力が漲った。シスターナナの魔法が届いたのだ。そのまま空中へと飛び出し、ウィンタープリズンは雄叫びをあげ、鮫の巨体を空中へ放り投げた。投げる際、肩の肉を削ぎ取られたが、シスターナナの加護さえあれば、この程度は大した傷ではない。口から血と海水の混ざったものを吐き出しながら、ウィンタープリズンは着地し、遅れて鮫が落下——しない。

上空を見上げたウィンタープリズンは肩を押さえ、膝を突いた。その目には、信じられないものが映っていた。防波堤の上で祈りを捧げていたシスターナナも、いつの間にか地上にあがってきたラ・ピュセルも、唖然として「それ」を見上げていた。

鮫は白く大きな翼をバサバサとはためかせ、空を飛んでいた。口を開け、並んだ牙を見せつける。まるで笑っているようにも見えた。口の端に引っかかっていた白い鳥——恐らくはカモメが、ずるりと飲み込まれていった。

海中で、鮫は墨を噴いていた。奴はひょっとして、食べた相手の能力を得ることができるのではないのか。映画で見たとんでもない鮫の数々はフィクションでしかないと思っていたが、魔法少女が実在するのならば「鮫」がいてもおかしくはない。

現実離れした、恐ろしくもどこか神々しい光景。それを目の当たりにし、ウィンタープリズンの全身に震えあがるほどの寒気——恐怖心が広がった。指先にまで達しようとしていた悪寒は、鮫がシスターナナ目がけて急降下してきたことで霧散した。ウィンタープリズンは横っ飛びでシスターナナを抱えるとそのまま転がりながら鮫を回避した。獲物を捕らえ損ねた鮫は、また上空へと舞い上がり、次の獲物を見定めるべく地上を見下ろした。鮫は今度はラ・ピュセル目がけて襲いかかり、ラ・ピュセルは剣で牙を受け止めたものの、衝撃で吹き飛ばされ、付近で横転していたトラックに激突した。鮫は三度舞い上がった。

鮫と戦う時に必要なのは勇気だ。映画ではトンデモ展開やびっくり兵器が鮫を倒すこともままあったが、まあ概ね勇気が必要になるといっていい。ウィンタープリズンはシスターナナを離すと、自分に注意を引きつけるように、鮫の視線の先に身を躍らせた。

上空から襲い掛かる鮫。ウィンタープリズンは地面に転がりながらそれを躱すと、辛うじて残っていたクレーンを駆け上がり、鮫よりも高い位置を押さえ、鮫が再び舞い上がる寸前、その背に向かって飛び降りた。

いくら翼があるとはいえ、鮫の動きは水中ほど自由自在ではない。無防備な背中を見せた鮫に向かって、ウィンタープリズンは渾身の跳び蹴りを繰り出した――が。

「馬鹿な！」

鮫の胴体から生えた巨大な蟹バサミがウィンタープリズンの足を挟み止めていた。ウィンタープリズンは足から伝わる激痛に歯を食い縛った。痛みには支配されない。未だ力が湧き続けている。シスターナナが再びウィンタープリズンに力を与えてくれている。

ウィンタープリズンは渾身の力を込めて身体を捻り、蟹のハサミを捩じり上げた。甲殻がミシミシと嫌な音を立て、鮫は空中でバランスを崩してふらついた。ここが好機と蟹のハサミを蹴りつけ、締め付けが緩んだところでもう一度蹴り飛ばし、拘束から脱した。鮫の背へ跳び、ばたつかせていたカモメの羽を押さえつける。空中でコントロールを失った鮫は螺旋の軌道を描いて旋回しながら落下し、地響きを立てて着地、コンクリートにヒビを入れながらバウンドした。ウィンタープリズンは痛みと衝撃に堪え、地面に横たわる鮫の顔の前へと回り込んだ。

鮫は目の前に移動したウィンタープリズンを見て、威嚇するように口を開け――否、威嚇ではない。口の中から白と赤の長く細いなにかが飛び出し、ウィンタープリズンの身体に巻きついた。弾き飛ばそうと手の甲で叩き返したが、べちゃりとくっつき離れない。そのまますると巻きつき、身体を締めあげる。蛸やイカの触手だ。

「だが、もう……遅い！」

ウィンタープリズンは、自分と鮫の間に壁を生みだした。魔法のコンクリート壁は、触手を何本かちぎりながら、ウィンタープリズンと鮫の口を隔てるように突き立った。さらに、その壁から垂直に、鮫の口に向かって壁を生み出す。厚み三十センチ、幅一メートルほどの壁が巨大な鼻面をひっ叩き、怒れる鮫は壁に齧りつき、咥えた。ウィンタープリズンがそうするように仕向けていたことにも気付かなかった。

咥えられた壁の上辺から、新たな壁を延長する。さらに壁、壁、壁。口の中で壁を増やし、伸ばし、口の中で爆発的に広がった壁は、内側から鮫の身体を攻撃した。鮫は血を吐き出しながらのたうつが、すでにその動きも制限されている。身体に亀裂が走り、そこから大量の血液が迸った。

「終わりだ」

放射状に広がる壁が、鮫を内側から引き裂いた。牙が飛び、骨が飛び、臓物が飛び、巨大な鮫の体が細かく分断、辺り一帯に飛び散り、支えを失くした壁も同時に崩壊した。

ウィンタープリズンはよろめき、倒れそうになったところを後ろから支えられた。

「ああ、こんな血だらけになって」

「君を守るためなら安いものさ」

ウィンタープリズンはナナの額に口づけし、シスターナナはウィンタープリズンを抱き締め、悲鳴をあげた。ウィンタープリズンは振り返り、驚きに目を見開いた。

身体が内側から弾け飛び、頭も胴体も中身を飛び散らせた。にも関わらず、最も大きな頭部のパーツから無数の細かい蟹のような足が生え、海に向かって動き出していた。まだ生きているのか。ここから蘇るというのか。ウィンタープリズンは鮫の残骸を追いかけようとし、足をもつれさせ、膝をついた。

右膝、左脇腹、左二の腕、小さな痛みが立て続けに走った。先程引きちぎったはずの触手が蠢いている。青、白、黒、薄茶、こげ茶、色とりどりの縞模様になり、小さな牙を突き立て、食らいつき、ウィンタープリズンは瞬時に首を落とした。

——ウミヘビ……！　離れた肉体も変化させるのか！

身体がふらつき、膝に手を置いた。ウミヘビには毒を持つ種も多い。魔法少女に毒は通用しないはずだが、この鮫相手に魔法少女だから云々がどこまで通じるものだろうか。意識と思考が乱れている。こんなことを考えている場合ではない。

もはや、シスターナナの力を借りても立っていることさえできない。足を生やした鮫の頭部はぽんと跳んで着水し、でたらめに生やした十枚ほどの鰭を使い、陸地との距離をどんどん広げていく。

ウィンタープリズンは遠ざかろうとする意識を必死で繋ぎ止めた。ここで倒さねば、次会った時に勝てるとは限らない。そうなれば犠牲になるのは無辜の市民、その中に奈々が混ざっていないとも限らないのだ。奥歯を噛み締め、血を飲み下し、一歩踏み出した。

と、不意に影が差した。ウィンタープリズンは見上げ、息を呑んだ。十メートルを超える巨大な剣を掲げたラ・ピュセルが宙を舞っている。シスターナナがラ・ピュセルに向けて祈り、振りかぶった剣が更に十メートル、二十メートル、三十メートルと、普段ならとても持てないほどに長く、大きくなっていく。これなら、十分に鮫まで斬撃が届く。既に鮫が小さく見えるほどの巨大な剣を振り下ろすラ・ピュセルを見ながら、ウィンタープリズンは安堵すると共に、軽い嫉妬を感じて下唇を突き出した。

◇ラ・ピュセル

鮫騒動の後日、ラ・ピュセルはウィンタープリズンから呼び出された。これまでシスターナナから連絡を受けることはしばしばあったが、ウィンタープリズンからというのは珍しい。しかもシスターナナ抜きで会いたいという。なにがあるというのか。新たな問題が発生したのか。それとも鮫退治で活躍したラ・ピュセルの姿を見て新たなパートナーになって欲しいとか……いや、ウィンタープリズンに限ってそれはないだろう。

どんな用事なのか結局思い至らないままに待ち合わせの廃スーパーに到着したが、そこには紙切れ二枚を指に挟んだウィンタープリズンがいた。

「ダメ元でシスターナナを誘ったのだが、怖いのは嫌だと断られてね」

そういいながら見せられたのは映画のチケットだった。「ロケットシャークｖｓバレットシャーク」というタイトルと、二匹の巨大な鮫がぶつかり合う写真が印刷されている。

「どうだろう、私達二人で行かないか？」

「え？　いや、でも」

「事件の方はファヴが上手い具合に揉み消したといっていたが、実際に起こったことが消えたわけではない。そう、実際に起こったんだ。すごいとは思わないか？　フィクションでしかないと考えていた『鮫』という存在が現実に存在したんだ」

「いや、鮫は元々現実に存在すると思うんですが」

「そうか……私はそんなことを知らなかった。モンスターパニックムービーはA級B級C級Z級問わず全てフィクションだとばかり」

ウィンタープリズンは拳を握り、掲げ、振り下ろした。明らかに興奮し過ぎている。話が噛み合っていないことにも気付いていないようだ。

「ちょっと落ち着いてください。私がいいたいのはそういうことではなくてですね」

「ラ・ピュセル。鮫の実在を知っていたということは、君も相当なモンスター強者だな」

「も、モンスター強者？」

「そういうモンスターフレンドがいれば、今後、N市で別のモンスターが出現した時にも対策を立てやすい」

「モンスターフレンド……なんかモンスターペアレンツみたいですね……」

「一緒に鮫に立ち向かった君にならわかってもらえるだろう。我々は鮫についてもっと知らねばならない。そのためにもこの映画を」

「え、ええ？　でも、これから行くんですか？　流石(さすが)にこの格好では」

「変身を解除すればいいいんじゃないかな」

「い、いやいや、それは駄目です。それはまずいですよ」

「ならコートでも羽織っていけばいいだろう。さあ、急ごうほら急ごう」

「いや、それもちょっと。あ、いや、ちょっとちょっとやめて……誰か助けて！」

黒い少女と女騎士

『魔法少女育成計画』のマジカルキャンディー競争が始まるちょっとだけ前のお話です。

初出
TVアニメ『魔法少女育成計画』
Blu-ray／DVD 第3巻 特典ブックレット

「えっ？　合宿？　この季節に？」

「合宿は夏にしかしないってわけじゃないよ」

鉄塔の上で向かい合った二人の魔法少女は対照的な表情を浮かべた。不安そうな表情を浮かべるスノーホワイトに対し、ラ・ピュセルは余裕をもった笑みで応えた。敢えて余裕を見せた。サッカー部の合宿は楽しみだったものの、スノーホワイトを一人置いて魔法少女活動をさせる、というのはそれなりに心配だった。だからといってラ・ピュセルまで心配そうな顔をしていてはスノーホワイトは増々心細くなってしまうだろう。

「大丈夫だよ、心配する必要はないさ」

「そう……かな？」

ただ、それは所謂「考え過ぎ」であると思っていた。シスターナナに相談しようとさえ思ってはいなかった。そんなことをしても笑われるか冷やかされるかするだけ――いや、シスターナナなら真面目に聞いてくれるかもしれないが、それでも恥ずかしいということに変わりはない。

「スノーホワイトなら一人でも立派に魔法少女をやっていけるって」

「え？」

「ん？」

対照的な表情だった二人は、似たような表情――不可解――で顔を見合わせた。

「どういうこと？」

「どういうことって？　え？」

「私は……そうちゃんが旅先でなにかトラブルに合ったりしないか心配だったんだよ」

「え？　そうなの？　私はスノーホワイトが一人で心細いって話かと……」

二人はしばし顔を見合わせ、どちらからともなく笑い出した。ラ・ピュセルは「そうちゃんはやめろって」と指摘することも忘れ、腹を抱えて大いに笑った。魔法少女を愛する者同士、色々と似てしまうということもないのだろうが、なんだかんだで同じことを心配していたことが面白かった。

◇ハードゴア・アリス

ゲーム開始から三日目の深夜、鳩田亜子(はとだあこ)は魔法少女となった。

その場で飛び上がろうとし、行動へと移る前に自室だったことを思い出した。叔父さんと叔母さんが階下にいるというのに、飛んだり跳ねたりして騒いでは迷惑がかかる。魔法少女に変身した亜子は窓を開けてこっそりと外に出、家の前の道に下りた。右腕を高々と上げ、思い切り跳び上がると当人が驚くほど高く跳んだ。気付けば二階の屋根を見下ろしている。部屋の中で跳び上がらなかったことに安堵し、おかしな体勢でほっと一息吐いたためバランスを崩し、肩からアスファルトの上に落下し、強かに全身を打ちつけた。

普通の人間なら即死級の衝撃にも大した痛みは感じなかった。それを上回る幸福感と達成感があった。説明に現れたマスコットキャラクター「ファヴ」のいうことも耳には入らず、一時間後、ようやく興奮も静まってから再度呼び出して「さっきは聞いていなかった」とファヴに今一度の説明を求めた。マスコットキャラクターは不機嫌さを隠そうともしなかったが、それでも一応は「魔法少女」について色々と教えてくれた。

見返りを求めることなく困っている人を助ける。日々のちょっとしたトラブルを解決する。想像していた、期待していた通りの魔法少女像は亜子を大変に満足させた。

魔法少女になった。魔法少女「ハードゴア・アリス」になったのだ。

亜子が魔法少女になったきっかけは白い魔法少女に助けられたことだった。白い魔法少女の傍らで同じ魔法少女として活動できると考えただけでも胸は弾み頬は緩む。白い魔法少女をサポートし「ありがとう」などと笑顔を浮かべられでもしようものならそれだけで天に舞い上がる。

「その不気味な動きはなにぽん？」

「不気味……？」

「なんかぎくしゃく動いてたけど」

どうやら喜びが外に漏れてしまっていたようだ。小さく咳払いし、背筋を伸ばした。魔法少女はゴールではなくスタートだ。気を引き締めていなければすぐに落ちこぼれてしまうかもしれない。そうなってはみっともなくて白い魔法少女の隣になどいられるものではなかった。

「でも不思議ぽん。白い魔法少女に憧れていたんだったら自分のデザインもホワイトカラーをメインにすればよかったんじゃないぽん？　白と黒じゃ正反対ぽん」

「白と黒で一緒にいれば……コントラストが綺麗だから……」

「え？　そうぽん？　白と黒の組み合わせはそんなに綺麗ぽん？　いやあ、そんな風に褒められたりするとファヴも照れちゃうぽん」

このマスコットキャラクターとは必要がない限り会話をしないようにしよう、と決めた。

アリスは魔法少女目撃情報まとめサイトで白い魔法少女についてつぶさにチェックを入れていた。そこにはいくらかのデマや法螺が含まれているのかもしれなかったが、アリスには活動の概要がなんとなくわかる。なにせアリス――亜子自身が白い魔法少女から助けられていたのだから。アリスの目的は白い魔法少女の隣で人を助けることだ。活動内容は当然白い魔法少女に寄せていく。

それから四日間、アリスは人助けをするため夜の木挽町(こびきちょう)を駆け回った。電線の上を走ろうとして感電し、屋根から屋根へと跳ぼうとして足を踏み外し、道の端を走ろうとしてグレーチングを踏み抜いて側溝の中に落下し、体の動かし方を学んだ。

いくつもの失敗を経、魔法少女の優れた身体能力についてはまずまず把握しつつあったが、肝心の人助けはさっぱりだった。元々N市内でも人が多いとはいえない地域でのこと、走り回ったくらいでぽんぽん都合よく助けを求めている人に出会えるわけではない。いっそ担当区域外に出ればトラブルに遭遇しやすくなるかもしれないが「まだまだ見習い期間みたいなものぽん。他の魔法少女と接触するのは早いぽん。外に出たかったらちゃんと魔法少女活動ができるようになってからだぽん」とファヴから禁じられている。とにかく足を使って駆け回り、困っている人を探し、解決するためのスキルを身に着けていき、白い魔法少女の隣に立つに相応(ふさわ)しい魔法少女になる。機会は少なかろうとも皆無ではないのだ。

深夜の木挽町を三日間飽きることなく徘徊し、ようやく最初の困っている人を発見した。ハードゴア・アリスの記念すべき一人目は、街灯の下へ持っていこうと自転車を押している人だった。パンクしてしまったか、それともチェーンが外れたか。掲示板で見た白い魔法少女のエピソードの一つに「真っ白なコスチュームを黒く汚して自転車を直してくれた」という素敵なものがあった。うってつけの状況に胸は弾み、心は踊り、アリスは全力で走った。チェーンはともかく、パンクを直すだけの道具も知識もテクニックも持たないということは頭になかった。

気ばかりが急いていたため全く余裕というものがなく、見通しの悪い深夜の路地裏であるということを忘れてしまっていた。道の狭さを気にせず動いたため、廃工場の壁に肩をぶつけ、ブロック塀をショルダータックルで砕いて現れるというインパクト抜群の登場シーンを演出し、助けるべきだったはずの相手は目を見開き口を大きく開けて転げるように逃げていってしまった。追いかけることもできず、右手だけ中途半端に前に差し出したままアリスは要救助者を見送った。

二件目の事案は、大きな風呂敷包を担ぎヨロヨロと歩いているお婆さんを見かけ、持ってあげようと風呂敷包に手を触れたら「おまわりさん！」と一言叫んで逃げられたというものだった。到底おまわりさんには見えないのに、なぜ「おまわりさん」と叫ばれたのか頭の中で吟味し、黙って荷物に手を触れたことを泥棒と解釈され、おまわりさんを呼ばれたのだと気付いたのは翌日朝だった。

三件目の事案はこうだ。なんとなく困っていそうな顔で歩いている人を見かけたが、しばらく見ていてもなにに困っているのか、アリスにはわからなかった。困っているように見えるけど別に困っていないのかもしれない。なのに「困っているんじゃないですか？」なんて声をかけたら失礼にあたることになる。でも本当に困っていたらどうしよう。そんなことを迷いながら、どうしようどうしようと後を尾けていき、男の人はちらちらと後ろを振り返りながら足を速める。アリスもそれに合わせて早足になり、やがて駆け足になり、いつしか追いかけっこになり、男の人は悲鳴をあげて木挽町の外に走っていってしまった。四件目は派手だった。トラックが側溝で脱輪していたのを見た時は喜びで打ち震え、いくら機会がやってきたとはいえ他人の不幸を喜ぶのは本末転倒だと自分を叱った。五日前の自転車事案とは違い、ただただ急いで飛び出そうとはしないだけの分別を持つようになっていた。

アリスは塀にぶつからないよう注意してブロック塀を跳び越え、トラックの死角からこっそりと近づき、後部に取りついた。タイヤは一生懸命回転していたが、空回りしてしまっている。これでは側溝から抜け出すことはできない。

アリスは渾身の力を込めてトラックの後部を持ち上げようとした。魔法少女の腕力はそれを可能としたが、少々力を入れ過ぎてしまった。トラックは勢い余って宙に一メートル程浮かび上がり、道路上で大きくバウンドした。

アリスも驚いたが運転手も驚いたのだろう。なにを思ったのか、三メートルほど前に出てから一気にバックし、呆然としていたアリスはトラックに倒され、タイヤに押し潰された。アリスの上でタイヤが回転、アリスの身体が削れ、血が噴き出し、痛みよりも精神的な衝撃で驚き、下から車体を蹴り上げ、トラックが浮いた瞬間に脱出した。

運転席にもなにかを踏んだ感触は伝わったのだろう。窓が開き、運転手が恐る恐る顔を

出して車体後方を見た。そこにはトラックに踏み潰され、タイヤで身体と服を削られて血を流しながら立ち上がろうとしているアリスの姿が、古い街灯に照らされてぼんやりと見えていたはずだ。

運転手の悲鳴とともにトラックは走り出し、カーブを曲がる際に内側のブロック塀を巻き込んで砕き、それでも止まらず逃げていった。

失敗に次ぐ失敗でアリスはアリスなりに考えた。ひょっとすると自分は魔法少女向きではないのかもしれない、と思い、しかしすぐに打ち消した。ちょっと失敗が続いたくらいで諦めてしまうのはよくない。そもそも魔法少女になったばかりの自分がすぐに立派な魔法少女として活動できるのはおかしいのではないだろうか。

「今は試用期間というか練習期間みたいなもんだから多少失敗してもいいっちゃいいけど……でも他の子達はすぐに上手いこと魔法少女やるようになるぽん。アリスみたいに失敗ばっかりしてるドジな魔法少女はあんまりいないぽん。あ、ひょっとしてドジっ子キャラを確立しようとかそういうことを考えたりしてるぽん？　あざと過ぎると嫌われるぽん」

このマスコットキャラクターとは会話をしないと決めた。

アリスに才能がないというよりは、白い魔法少女が凄いのではないだろうか。まとめサイトの中でも目撃数最多、人気投票をすればトップに次ぐトップで、正に魔法少女の中の魔法少女、トップオブ魔法少女とでもいうべき存在に、アリスという凡人が並ぼうとしているのだから失敗ばかりになるのは当然といえば当然だ。だからといってそれに甘えていつまでも進歩しなければ、夢は永遠に叶わない。白い魔法少女の隣に立って和やかに笑いながら共に魔法少女活動を営むことはできないのだ。

数度の失敗で痛感したのは、自分は他人とのコミュニケーションが非常に苦手だということだ。魔法少女になる前から、人とスムーズに話をするということができなかった。頭も舌も上手く回らず、次になにを話そうと考えているだけでタイミングを逸してしまう。魔法少女は陰ながら人を助ける存在ではあるが、そうはいっても人助けの際には多少なりとも他人との関わりが生じる。そこで上手くコミュニケーションをとれないと、魔法少女としての活動にも支障が出てくる。

普段からやり慣れていないことをやろうとするから失敗する。アリスはそう考え、まずは練習をすることにした。会ったばかりの人に話しかけるなんて高難度のミッションを練習なしでやろうとすることがそもそも間違いだったのだ。しっかりと練習してから本番に臨めばきっと上手くいく。白い魔法少女の隣にいるアリス、という来るべき未来を想像し、幸福に緩む頬を両人差し指を立ててきゅっきゅと持ち上げ、表情を引き締めた。まだ笑うのは早い。上手くいってからだ。

「練習でどうにかなると思うのはちょっと安易じゃないかぽん？　こういうのは日々の積み重ねと生まれ持った性情が大きいぽん。ちょっとやそっと練習したくらいでコミュ障が治ったりするなら心理士もカウンセラーも必要ないぽん」

魔法の端末を学習机の引き出しの奥に仕舞い、鍵をかけてから外に出た。黒いコスチュームで闇に紛れながら深夜の街をあちらからこちらへと移動し、困っている人を探すという日課はいつも通りこなしながら、同時に人と話す練習をする。兎のぬいぐるみを困っている人に見立て、なるだけスムーズに、詰まったりどもったりしないよう話しかけていく。

人通りのない深夜の木挽町に、アリスのぼそぼそ声が響いた。

「こんにちは……いや、違う……こんばんは……そう、夜だから。夜だからこんばんは……いや……話しかけない方が……でもびっくりされると困る……じゃあこんばんは……そう、こんばんは……こんばんは……こんばんは……で……こんばんはから……今日は……今日はいい天気ですね……曇ってる……今日は曇り空ですね……明日は月が見えるといいですね……これでいこう……」

「おい、誰かいるのか」

誰もいないと思っていたところへ、いきなり声をかけられて跳び上がった。こちらに向けられようとしていた光を横っ飛びでかわし、物陰に転がったが光は追ってきた。ちらと確認すると二人組の警察官が懐中電灯で周囲を照らしている。治安を守るのが仕事のおまわりさんであれば、深夜出歩いていても全く不思議ではなかった。

おまわりさんは困っている人ではない。むしろ出会うことによってこちらが困っている人になってしまう。「夜中になんでそんな格好をして出歩いているの」と訊かれても「魔法少女ですから」としか答えられないし「じゃあ親御さんに話するから」となったらアリスはどうしようもなく困ってしまう。

幸いとまだ見つかってはいない。懐中電灯の光は避け切っている。ブロック塀の陰を小走りで移動し、逆サイドから車道へ出たが、光はまだ追ってくる。足音もこちらに向かってきている。

トラックが停車しているのを確認し、そちらの陰に隠れた。光はまだ追ってきている。アリスはトラックの後部へ回り込み、荷台のドアが開いているのを見てすかさず中に潜り込み、内側からそっとドアを閉めた。外からは声が聞こえる。

「確かに声したよな」

「聞こえましたね。あっ、ちょっとそこのトラック。駄目だよこんなところに止めちゃ」

「いやあ、すんません。ラジオの調子が悪くていじってたんすよ」

「夜中の住宅街にこんな大きなトラック停まってたら皆さんなんだと思うでしょ」

「はい、はい。今どけますんで」

ドアがガチャリと外から閉められた。鍵をかけられたようだ。トラックは走り出し、アリスはほっと息を吐いた。これでおまわりさんから離れることができた。あとはトラックが停まるのを待って脱出すればいいだろう。

◇ラ・ピュセル

小学校の修学旅行は夜が一番楽しかった。当時の岸辺颯太と友人達にとって、昼の寺社仏閣巡りは刺激が足りず少々退屈だった。それよりは夜だ。枕を投げ合ったり、誰が好きなんだよと小突きあったり、度胸のいいやつが持ち込んだテレビゲームで対戦大会を開いたりと刺激に満ち溢れていた。

今回の合宿は、その点、夜が面白いわけではない。先生もコーチも大変に厳しく、ちょっとでも騒げばかっとんできて叱られる。夜になったからといって入浴と食事以外にこれといったイベントはなく、昼の反省会や明日の説明を受けたりがせいぜいだった。それ以前に昼間走ったり蹴ったり叫んだりしかしていないものだから、全員疲労困憊して眠る以外のことをする気力はなかった。大浴場で「あいつのは一際大きい」「あいつのは限りなく大人に近い」といった下ネタで盛り上がったのが最も修学旅行のノリに近かったくらいで、サッカー合宿なんだから当然サッカー尽くしの一日だった。

それは当然だ。当たり前だ。颯太もわかっている。

しかしせっかくバスに揺られて異郷の地までやってきたのだから、もっとこう「旅行感」が欲しいと思うのは贅沢だろうか。疲労困憊していたのはチームメイトと変わらなかったが、颯太には「魔法少女に変身する」という他の者が持たない奥の手があった。魔法少女「ラ・ピュセル」に変身してしまえば、眠ることなく活動することが可能となる。夜に合宿所から抜け出すのは当然禁止されていたが、皆が皆、疲れ切って泥のように眠っているため、見つかる恐れは限りなく少ない。

午前零時、皆が寝静まったのを確認してからラ・ピュセルに変身した。足音を殺して並んだ布団の間を抜け、そろそろと窓を開ける。誰にも気付かれないようこっそりとベランダに出、窓を閉めた。見上げれば屋上まで遠く、見下ろせば下界まで遠い。十階建ての建物の五階、ほぼ真ん中だ。ベランダの手摺(てすり)を蹴って上に跳び、上階の手摺を掴んで更に上へ、と三度繰り返して屋上へ出た。やはり魔法少女に変身している時は人目が届かない場所にいないと落ち着かない。

弾む足取りでフェンスに沿って屋上を歩き、一周して元の場所に戻ってきた。築四十年という古いホテルは更に古い街並に囲まれ、その街並は四方を山に囲まれ、そのいずれも山肌がまだらに白く、天辺(てっぺん)は輝かんばかりに真白い。N市からバスで一時間半の距離とはいえ、冬ともなれば雪に埋もれてなにもかも見えなくなってしまうような土地だ。山の雪もぬかるんでくる季節とはいえ、それでも白い。もう少し冬寄りの季節だったら市営グラウンドも使えず合宿もなかっただろう。

ラ・ピュセルは大きく息を吸い込んだ。目を覚ましてくれるような冷たさが心地良く、吸い込んだ時触れた箇所がしんしんと沁みる。人間なら凍える寒さであっても魔法少女なら興奮で火照った身体を程よく冷たくしてくれる程度のものだ。

「さて……」

一つ、やりたいと思っていたことがあった。オフ会にも参加したことがある魔法少女ファンサイト「マジマジカルカル」で局所的に流行っている行為がある。旅先に魔法少女のフィギュア、ドール、ぬいぐるみなどを持っていって、その土地ならではの風景と一緒に写真を撮る「魔法少女と行く小旅行」だ。当初は報告スレッドでのちょっとしたネタとして投下されたものだったが、今では単独スレッドとして独立し、常連達は推し魔法少女の写真を連日投稿していた。連休の後などは殊更活発になり、投稿された数多くの画像のせいで、スクロールするのも難儀するほどページが重くなる。

マニアが集まる掲示板常連の中でも特にマニアックな人達が熱中していて、ライトなファンは少し「引いている」風でさえあった。ラ・ピュセルもどちらかといえば「よくやるなあ」と遠間から眺めるタイプに属していたが、彼らの行為に仄かな憧れを抱いていたのも事実だった。

ちょっとやってみたいなあ、と思うが、かといって大々的に準備をして撮影旅行をしようと思うほどではない。とりあえず、真似事、合宿のオマケ、それくらいでいい。撮影機器はスマホのみ、撮影対象は小さなキーホルダー、これで充分だ。もっと大掛かりなことをしようとすれば、合宿中、チームメイトに気付かれたりして大惨事を引き起こしてしまいかねない。もしそうなったら、などということを想像するだけで怖気が走る。

ラ・ピュセルは、うん、と背伸びし、天を見上げた。黒一色の不機嫌そうな空模様で、今にも雨か雪が降ってきそうだ。更に身体を反らし、アーチ状になったブリッジ寸前の体勢で逆側に顔を向けた。角がこつんと床を叩き、一息で身体を戻した。

やはり町を歩いてみるのがいいだろう。散歩がてらぶらりとそぞろ歩き、街の様子を見てみる。面白い風景を見つけたら、そこで写真を撮る。ファヴに見られれば冷やかされそうだったので、魔法の端末はホテルの荷物内に置いてきた。自前のスマホを使って初代キューティーヒーラーのキーホルダーを美しく、そして可愛らしく撮影するのだ。このキーホルダーは、かつてダブってしまったことを理由に魔法少女好きの幼馴染に渡した片割れだ。幼馴染――姫河小雪がまだ持っているのか、なんとなく聞きそびれている。たぶん忘れているだろうが、岸辺颯太にとっては思い出の品だ。既に絶版でそこそこのレアリティということもあり、記念撮影をするにはぴったり合う。

ラ・ピュセルはホテルの壁面を駆け下りて駐車場に着地し、数歩で駆け抜けるとブロック塀から民家の屋根へと上り、そこから屋根伝いで走り出した。

早速面白いものを発見した。ボロボロに錆付いた看板が工場の入口上に設置されている。年季の入り様からいって昭和、それも中期くらいのものではないだろうか。栄養ドリンクを掲げた眼鏡のタレントらしき中年男も、岸辺颯太の知識にはない。平成デビューであるキューティーヒーラーとのアンバランスさというかギャップが良い。ここで一枚撮っておく。

店主か創業者の名前がそのまま使われているであろう定食屋は、名前だけでなく佇まいもまたプリミティブで飾り気がなかった。廃業しているのか、それとも営業しているのか、この時間帯では判断し難い。ここでも一枚押さえておく。

美容室の隣に美容室があった。ポスターを見れば未だ張り替えられているようだったし、隣の店先に飾ってある看板も掃除されているようだった。つまりどちらも営業している。競合していないわけがないのに、なぜかここでは両立している。どちらかが後から店を始めたのだろうに、なにか問題にはならなかったのだろうか。深く考えてみると面白味がある。ここでも一枚撮影しておく。

観光名所ではない、普通の街中をただ歩いているだけでもそれなりに面白いものを見つけることができる。ラ・ピュセルはそれなりの満足感と悪くない画像ファイル数枚を手に入れながら散策を続けた。N市とは違い、ここから先は誰かのテリトリーだからなどと遠慮する必要はないし、夜間出歩く人は殆どいない。自由に堂々と道をゆくことができる。

しばらく歩くとコンビニがあった。N市のコンビニと比べても駐車場が広いのは、更に田舎だからだろう。だだっ広い駐車場のコンビニに、大きなトラックが一台停まっていた。

ブロック塀ギリギリに寄せ、ぶつかる寸前で停めている。駐車スペースを斜めに使うという乱暴な停め方だった。少し気になり、こっそりとトラックに近寄って中を覗き込んだ。

運転手は座席を引き倒し、自分の顔の上にゴシップで有名な週刊誌をかけて眠っている。苦しんだり悶えたりではなく、純粋に寝ているらしいのをイビキと寝息、安らかな胸の上下で確認した。ラ・ピュセルはトラックから離れようとし、ふと足を止めた。トラックの後部、荷物を出したり入れたりする口の扉が僅かに開いているようだ。ラ・ピュセルはコンビニの方を見た。店員が天井に顔を向けて隠そうともせず大きな欠伸(あくび)をしていた。気付いている様子はない。

このままトラックが動き出しては荷物が転がり落ちてしまうかもしれない。運転手は困るだろうし、後続車が荷物を避けようとしてハンドルを切り、そこから大事故に発展してしまわないとは誰にもいえないだろう。

敷地外に出、一メートル二十センチ程のブロック塀の外からそっと近寄り、手を伸ばして扉を閉めた。ではロックをかけよう、というところでまた扉が開いた。

ラ・ピュセルは眉根を寄せた。強めに扉を閉めたが、また開いた。開き方も強かったため、ブロック塀に当たって大きな音を立てた。運転手も店員も気付きはしなかったようだ。もう一度扉を閉めようとして、気が付いた。扉を閉めようとするラピュセルに抵抗するように、内側から力が加えられている。寄せた眉根をゆっくりと開いた。中から開けようとしている者がいる。誰かが閉じ込められているのか。

姿勢低く身構え、右手は背中に回して剣の柄に軽く当てた。程なく軋むような音を立て、ブロック塀に当たるところまで扉が開いた。内側に何者かがいる。魔法少女の腕力に匹敵するような、とんでもない力を持っている何者か、だ。這いずるような――ずるずると聞き苦しい音が聞こえた。ぶつかるような音、なにかがしぶく音、呻くような声――そう、声だ。

身体が声に反応した。ラ・ピュセルは右手に力を込め、剣の柄を握った。

声だけではない。くん、と鼻を鳴らすと生理的な嫌悪感をもたらす不快な臭いが鼻腔を突いた。雫の垂れる音が声に紛れている。視線を下に向けると、大量の血がトラック荷台からだらだらと絶え間なく流れ落ちていて、思わず息を呑んだ。ずるり、となにかがはみ出し、血をはね飛ばしながら血だまりの中に落ちた。

なにが落ちたのか確認するため、ラ・ピュセルは塀の内側を恐る恐る覗き込んだ。それがなんであるか理解した瞬間、三度のバク転で後方へと下がりながら剣を抜き放ち、構えた。

それは腕だった。肩口からざっくりと切り取った人間の――恐らくは子供、中学生くらいの女の子の腕だった。鮮やかな赤い血と比べなくとも肌の色は雪のように白い。ラ・ピュセルは左手で胸を押さえた。動悸が激しくなり、呼吸は荒くなる。

またなにかが落ちた。今度は脚だった。吐き気が込み上げ、口を押えた。剣が転がる音で自分が剣を手放してしまったことに気付き、慌てて拾い上げた。またなにかが血だまりに落ちる音が聞こえ、ラ・ピュセルは顔を上げ、意を決してそれを確認した。

ラ・ピュセルは目を見開いた。見たくはないものなのに、背けることができなかった。そこにあったのは、もう一本の脚——さっきのは右で今度は左だった——と、黒いドレスを着た少女らしきものの胴体だった。胴体にはただ右腕のみが残されていた。左腕、両脚、それに首から上もなく、ぶつ切りにされた傷口から真新しい血を噴き出していた。

逃げたかった。が、逃げることはできなかった。ラ・ピュセルは恐怖を怒りで塗り潰した。女の子が一人殺されているのだ。こんなことをした何者かは、恐らくまだトラックの中にいる。トラックの中で可哀想な被害者をバラバラにし、まるで廃棄物のように外へ出したのだ。許されることではない。

ラ・ピュセルはブロック塀を跳び越え、一歩、二歩、慎重に距離を詰めた。魔法少女の力であれば、トラックの扉を破壊することは容易だ。ラ・ピュセルは剣を振り上げて扉に狙いをつけ、そこで足首に違和感を覚えて目を下ろし、固まった。

血だまりからナメクジのように這った跡を残して、少女の胴体がラ・ピュセルの足元へと移動し、そこから伸びた右腕が足首を掴んでいた。握り締める力強さは生物のそれだが、体温をまるで感じなかった。

ラ・ピュセルは喚き声をあげて足を振り上げた。が、少女の身体はしっかりと足首を掴んで離さない。ぶんぶんと振り回したがまったく離れず、ラ・ピュセルは悲鳴をあげた。ラ・ピュセルはしゃがみ、全力で胴体を引き剥がし、血だまりに投げ捨て、駆け出した。なにが起こったか、まったく理解できなかった。ただただ恐ろしかった。身体が命ずるままに走り、引き離したかと後ろを振り返ると、真っ赤な肉の塊が恐ろしい勢いで転がり、血の跡を残しながら追いかけてきている。自分でも驚くような声が喉の奥から零れ出た。剣を小さくして鞘に納め、両手を勢いよく振り、悲鳴とも怒声ともつかない大声をあげながら大通りを疾走し、市内でもホテルに次いで大きなビルの壁を駆け上がって、屋上に、とん、と両足をついた。

大した距離を走ったわけでもないのに肩で息をしている。恐る恐るビルの上から顔を出し、下を覗き見ると……そこにはなにもいなかった。心底からの安堵の溜息を吐き、その場に腰を下ろした。何度か息を吸い、吐き、どうにか落ち着いてきたラ・ピュセルの耳を妙な音が震わせた。

顔を上げた。この音には聞き覚えがある。這いずるような、蠢くような、聞く者の心をざわつかせる気色の悪い音だ。腰を上げ、振り返った。

ラ・ピュセルが来た方とは逆側の鉄柵に手をかけてのぼってくるものがいた。そう、手だ。胴体、脚と続く。コンビニの前で見た時はバラバラだったのに、今は胴体から四肢が生えている。が、動きはぎくしゃくとしていて人間味がない。なにより頭部がない。

ぽたり、と血が垂れ落ちた。ぽたり、ぽたり、と続き、コンクリを汚した。

頭部のない少女の死体は、鉄柵を乗り越えようとしてぐらりと右に揺れ、バランスを取るように左に揺れ、絶妙な均衡を保ちつつ屋上に降り立った。ラ・ピュセルの背筋に冷たいものが走り、慌てて剣を抜いた。

ラ・ピュセルが剣を抜くのと少女の死体が前に出るタイミングがかち合い、一歩詰めるはずが一気に三歩分の距離が狭まった。ラ・ピュセルは予期せぬ接近に動転し、思わず剣を振るったが、それが少女の死体に当たりそうになったため更に焦り、振りの方向を強引に逸らした。真っ直ぐ振るわれるはずだった剣の軌道は急角度で折れ、鉄柵を掠めて屋上にぶつかり、コンクリート片を飛ばした。力づくで無理やりな動きをしたせいで手が滑って剣を取り落とし、それはカラカラと転がって少女の足元で止まった。

「あっ、ちょっ……」

少女の死体は、ずん、と一歩踏み出した。踵に当たったラ・ピュセルの剣が少女の死体の後方、鉄柵の際にまで滑っていった。

「いや、その、ちょっと待って、剣を」

少女の死体が一歩前に踏み出し、ラ・ピュセルは跳び退った。尻尾の先に鉄柵が触れ、屋上に居場所がないことを教えてくれた。少女はさらに一歩、ずん、ずん、と前へ出、ラ・ピュセルはビルの上から跳び下り、遊歩道風の小道に着地して駆け出した。

後方からなにかが駆け足で近付いてくる音が聞こえ、ラ・ピュセルは後ろを見ず加速した。魔法少女の脚力についてこれる者など――足音が離れない。歯を食い縛って更に速度を上げた。まだ音が消えてくれない。全身全霊、限界いっぱいの速度で足を動かした。足音はついてきている。そんな馬鹿な、と後ろに目をやり、両腕を振りながら疾走している首なし死体を見て「自分でも聞いたことのないような声」を喉の奥から出した。さっきまでの妙な動きが嘘のような――スプリンターのようにしっかりとした腕の振りで――少女の死体が走っている。

なにかの見間違いではないのか。ラ・ピュセルは走りながらもう一度振り返り、今度は噛み殺さず悲鳴をあげた。首から上に顎が生まれていた。舌が伸び、下の歯が肉を割いて生え揃おうとしている。

――なんだあれはなんだあれはなんだあれはなんだあれは！　なんだ！　あれは！

グロテスク極まる光景から目を逸らし、電柱を蹴り、ネットを超えて校庭に入った。土埃を起こして校庭を横切り、勢いそのままに校舎を駆け上がる。少女の死体は立体的な動きに対しても全く怯まずついてきている。ラ・ピュセルは必死に屋上のフェンスの上を駆け、そこから隣の屋上に向けて跳んだ。跳んだ時はとにかく必死だったため気付かなかったが、跳んでいる最中に思った。魔法少女の脚力をもってしてもこの距離はかなり厳しい。

否、厳しかろうともどうにかして届かなければならない。

残り一メートル、手を伸ばしてもギリギリ届かない、という距離で、向こう側のフェンスに向けて尻尾を伸ばし、絡めた。普段使用することはないが、尻尾の力は手足と比べて勝るとも劣らない。一本の尻尾で全体重を支え、フェンスを曲げながらもなんとか取りついた。

少女の死体は尻尾を持たなかった。

両手両足を伸ばしたまま受け身も取らず石畳に叩きつけられた。血を噴き上げ、石を割り、二度ほどもがくように腕をかき、ぱたりと力を抜いて手を地につけた。

ラ・ピュセルは屋上の上から息を殺して見下ろしていた。右肘と腰の関節が本来曲がってはならない方向に捻じ曲がっている。あれではたとえゾンビといえど動けるものではない……はずだった。

少女の死体はがばりと起き上がった。折れていたはずの骨はいつの間にか元に戻っている。右肘を九十度に曲げ、腰を捻り、両手を窓枠にかけ、元気に校舎を昇ってくる。

ラ・ピュセルは再び走り出した。理由を言語化できないまま、目に涙を浮かべて疾走した。幼い頃に見た悪夢がそのまま蘇ってきたかのようだった。逃げても逃げても逃げ切ることができず、不死の敵が追いかけてくる。涙で睫を濡らしながらも足は動いた。こ

こで止まって殺されるのはまっぴら御免だ。

ラ・ピュセルはルートを変えた。街の中心から外れ、ホテルからも離れていく。少女の死体は構わず追い縋る。徐々に速度を上げるが、向こうも上げる。これではさっきまでと同じだ。速く走れば速く走るほど、少女の死体も猛然と追いかけてくる。

やがて限界が訪れた。これ以上は無理だという速度で走り、それでも少女の死体はついてくる。速度のみに集中したラ・ピュセルには障害物を回避する余裕などなく、定食屋の裏に設置されていたポリバケツを蹴倒し、バランスを崩して転びかけたがどうにかこらえた。少女は横倒しになったポリバケツを避けようとして跳び、立ち飲み屋の看板にぶつかり、バケツの蓋で派手な音を鳴らしながらその場にゴロゴロと転がった。

ラ・ピュセルは騒動に気付く余裕もなく、そのまま走り続けた。約一分後、背後が静かになったことに気付いたラ・ピュセルは、横目で後ろを確認したが、少女の姿は見えない。少し足を弛め、速度を落とし、立ち止まり、しっかり後方を確認した。どうにか振り切ることができたようだと深く息を吐き、視線を前に戻し悲鳴を上げた。後ろにいたはずの少女の死体が、なぜか前の曲がり角を曲がってこちらに向かってきている。ラ・ピュセルはすぐ横にあった道路標識をよじ登って、そこから反動をつけて、近くの小さなビルの屋上へ上がった。少女の死体はラ・ピュセルを追って壁を登ろうとしている。

「なんで！　どうして！　ついてくるんだ！」

答えてくれる者はいない。少女の死体もまた無言でひたひたと迫ってくる。頭部の再生は鼻の下まで及び、口に関しては問題なく呼吸をしていた。叫ぶことも呻くことも話しかけることもなく、淡々と呼吸のみに口を使っている様（さま）は言い知れない恐怖心を喚起させ、ラ・ピュセルは背筋を震わせた。唇は形よく、しかし蒼褪（あおざ）めており、肌の色は血と内臓の赤を映す病的な白さだった。

一つ一つのパーツがとにかく恐ろしい。一刻も早く視界の外に消えて欲しいのに、走れど走れどどこまでもついてきて離れない。ラ・ピュセルは泣き、喚き、とにかく走った。

途中、障害物を倒したり、

――いけるか⁉

荒れた場所を走って躓かせたり、

――やったか⁉

何度か妨害を挟み、

――よっし！

それでも諦めることなくついてくる。

――ぎゃあああああああああああああ！

限界はとうに超えていた。ラ・ピュセルは街の中心から山の方へと向かっていった。螺旋（らせん）を描いて上方向へと向かう道を進み、木の枝を掴んで獣道へと入り、樹上を跳んだ。

針葉樹の葉からバサバサと雪が落ち、それらが舞い散る中をラ・ピュセルは駆け抜け、雪を蹴散らし、ひた走る。少女の死体もラ・ピュセルと同じことをしてついてくる。猿か野生児を思わせる木の枝を使ったアクションは、黒いドレスに全く似合っていなかったが、気にすることなく追い縋る。頭部は既に形のいい鼻の上まで再生し、ぐずぐずと蠢きながら脳らしき部分を形作ろうとしていた。

完全再生されてはどうなるかわかったものではない。精神も肉体も限界に達しようとしていた。どうにか逃げおおせるだけの算段をつけたい。

後ろを走る少女の死体も動きに衰えは見せない。ラ・ピュセルほどではないにしても、黒一色のドレスはいかにも雪の降り積もる山に不向きだ。小さな作りの黒く可愛らしい靴も全く向いていない。それなのに、整備された道の上を走る自動車よりも速い速度で追いかけてくる。

岸辺颯太の生まれたN市は雪の深さでそれなりに有名な土地だ。颯太自身も雪についてはそれなりに知っている。雪道の追いかけっこは基本後ろから追う者が有利だ。前を行く者が踏み締めた跡を通れば速度、体力消費共に有利に立つことができる。

彼我の距離は少しずつ詰まってきていた。敵の伸ばした手、その先にある爪が尻尾に掠り、ラ・ピュセルは慌てて尻尾を身体に巻きつけた。追いつかれつつあるというのは間違いない。息は白く、絶え間なく口から出てくる。疲れ知らずの魔法少女が疲労している。

　二人の追いかけっこに出くわした白兎が慌てて岩陰に逃げ込んだ。雪面に兎の足痕が点々と散り、それだけでなく見事なシュプールが引かれている。スキーヤーがいる、ということか。痕跡がまだ新しく雪もかかっていない。こんなにも牧歌的で日常を切り取ったかのような景色の中、後ろから追いかけてくるのは蘇りつつある死者だ。

　――もうやけくそだ！　これに賭けるしかない！

　ラ・ピュセルは胸に抱えていた尻尾から手を外した。弾かれるように解けた尻尾が雪を薙ぎ払い、雪塊を敵にぶつけ、辺り一帯にバサバサと雪を散らし、視界を白一色に染めた。そこから大きく一歩、二歩、助走をつけ、三歩目でジャンプし、背中に背負った鞘を外しつつ、空中で身を捻り、敵の方に向き直った。

「さ、さあ！　来い！」

　雪の目潰しが晴れていく。徐々に形をはっきりとさせていく黒いドレスが白い雪と美しいコントラストを描いていた。そう、自然に「美しい」と思えた。露出した頭蓋骨の上に皮膚を再生させつつあるゾンビだというのに、それでも美しく思えた。

　少女のゾンビは雪を踏み締めながら、ラ・ピュセルに近づいてきた。一歩、二歩。ラ・ピュセルは必死で余裕ある風を演じ、両腕を胸の前で組み、少女の死体をじっと見詰めた。その視線に臆したのか、少女の死体は一つ身動ぎし、それでも足は止めず、更に一歩、また一歩と雪を割って前に進み、次の一歩を大きく踏み出したところで雪が崩れた。

少女の死体は前に向けて腕を伸ばしたが、崩れゆく雪を掴んだところでなんの支えにもなりはしない。舞い散る雪と共に谷底へと転がり落ちていった。

後にはラ・ピュセル一人が残された。崖の横腹に剣の鞘を突き立て、その上に立つ。一見、雪の上に立っているように見えただろうが、ラ・ピュセルの体重を支えていたのは巨大化させた鞘だった。そうとは知らない少女の死体は、乗れば崩れてしまう脆い雪庇の上に足を踏み出し、崖下へと落ちていった。

ただ、あれだけの生命力を持ったゾンビなのだから、これで終わるとは思えない。雪と氷を使い、低温によって動きを鈍らせ、奥の奥へと誘導して凍りつかせてしまえば、さしものゾンビであっても動くことはできなくなる。先日、ウィンタープリズンに付き合わされたスプラッター映画ではそのような手段で怪物が倒されていた。

とりあえず、崖下で雪に埋まってすぐには身動きできないはずだが——ラ・ピュセルは眉を顰めた。崖下で白い煙のようなものが巻き上がった。あれは雪、だろうか。鞘の上から身を乗り出し、見下ろした。白い煙のような雪は徐々に広がり、岩を飲みこみ、恐ろしい速度と勢いをもって斜面へ向かい、地響きを轟かせながら下り続け——

——あれは……雪崩!?

白い塊と化した大きな流れは途中にある全てを踏み潰しつつ突き進んでいく。どこで止まるか誰にもわからない。途中で見たシュプールが頭に浮かび、ラ・ピュセルは走り出した。あのまま雪崩が下り続ければ、なにも知らないスキーヤーを巻き込んでしまうかもしれない。本来起こらなかったはずの雪崩を起こしてしまったのはラ・ピュセルだ。春の雪はとんでもない雪崩を引き起こすことがあると聞いたことがある。これがどこまで進むのか、どれだけの物を飲み込むのか。

雪崩の速度は自動車を超えるが、ラ・ピュセルの全速力はそれよりも速い。が、今はあまりにも足場が悪かった。舗装された道路のように全速力が出せる場所ではない。足を引き留めようとする根の深い雪と格闘し、蹴り上げながら前に進み、どれだけ足を動かしても思ったような速度は出ず、雪崩との距離は縮まらず、むしろ離れていく。

ラ・ピュセルは叫んだ。この身に代えても絶対に人死(ひとじ)には出さない。なにがあっても助けてみせる。雪に負けてたまるかと脚を動かし、必死で走った。いつしか四方が白くなり、すぐにそれを抜けた。動いている物はなにもない。雪が塊になって立ちはだかり、その上には樹の先がいくつも見える。雪崩は止まっていた。針葉樹林が盾になって止まったのか。

白い煙は徐々に晴れていき、白い中から黒い姿が現れた。ところどころに雪をつけた黒いドレスの少女がさっきまで斜面を下っていた雪塊の上に立っていた。ラ・ピュセルは息を呑み少女を見上げ、少女はすっと右腕を上げ、人差し指を伸ばして前方を指差した。

斜面にはシュプールが描かれていた。さっき見た美しい曲線ではない。折れ、曲がり、ストックの穴が開き、慌てていた様が目に浮かぶほど乱れている。

「逃げることが……できた、のか？」

少女が大きく頭部を前に傾け、黒く長い髪が躍った。少女はすぐに身体を起こした。

「今のは……頷いた？」

少女は同じように身体を傾け、髪を躍らせ、また戻した。どうやらこの解釈で間違ってはいなかったらしい。

「そうか……」

よかった、と安堵しかけたが、このスキーヤーが無事だったからといって巻き込まれた人が一人もいなかったとは限らない。ラ・ピュセルは誰も巻き込まれなかったことを確認する義務がある。大きくした鞘をスコップ代わりにして雪の塊に刺し込み、魔法少女の腕力で掘り起こす。重機にも負けない勢いで雪を掘り進めていく。

ふと気配を感じて隣を見ると、少女が素手で雪の塊を掴んでは後ろに放り捨てていた。無心で動くその様子を見て、ラ・ピュセルはなにかが込み上げてくるのを感じ、闇色の曇天を見上げた。数度瞬きしてから顔を戻し、もう一度黒い少女に目をやった。

再生は完了しているようだったが、相変わらず生きているようには見えなかった。肌や唇の色は生者のそれとは程遠く、深く暗い瞳の色と目の下の濃い隈がその印象を助長していた。ウェーブのかかった黒髪は腰まで伸び、長過ぎるが故に非現実感を増している。だが、生物としてのエネルギーを感じさせない少女が、実にエネルギッシュな動作で黙々と雪を掘り起こしている。

　思い返してみれば、この少女がなにかを害するということはなかったような気がする。いや、一度だってなかった。ラ・ピュセルがその恐ろしい見た目に怯えていただけだ。少女の死体はラ・ピュセルをただ追いかけ——

「あれ？　そういえば、なんで追いかけてきたの？」

　少女は掴んだ雪の塊を足下に置き、ポケットからキーホルダーのついた人形を取り出した。小さく可愛らしいそれは、初代キューティーヒーラーをデフォルメして作られたプライズ品で、岸辺颯太も持っている。というか、さっきまで撮影していた。

「って、それは私のじゃないか。ひょっとして……落としたのか？」

　少女は身体を前に傾け、戻した。

「拾って……渡そうとしていた？」

　少女は身体を前に傾け、戻した。

「そうか……」

　ラ・ピュセルがそれ以上なにをいうでもないことを確認し、少女は再び作業に戻った。素手で雪の塊を掴み、放り投げる。雪の塊を掴み、放り投げる。手が凍え、人間なら凍傷になってしまうこと確実な行為であっても死体なら問題はない。冷たさや寒さを厭（いと）うことなく、黙々と雪を掴んでは投げている。

「ちょっと待って」

少女の死体を止め、押し付けるように鞘を渡した。

「これを使って。私は手で掘るから」

両手を動かしてなにかを伝えようとしているらしい——恐らくは自分には必要ないとでもいおうとしているのだろう——少女には構わず、ラ・ピュセルは頬の涙を手の甲で拭い取った。素手で雪を掴み、少女がやっていたように横へと投げる。少女はそれを見てしばし動きを止め、やがてラ・ピュセルがやっていたように鞘をスコップのように使って雪を掘り始めた。

この単純で寒々しい作業は今の心境にぴたりと合った。今のラ・ピュセルは自分を罰したかった。少女を見た目だけで不浄な怪物だと決めつけた自分の固定観念を恥じ、申し訳なくて消えてしまいたかった。今やっている後始末も全てはラ・ピュセルの不始末が招いたことだ。本来なら手伝う必要もないのに、少女は善意でやってくれている。魔法少女であり、騎士でもあるラ・ピュセルよりも遥かに立派だ。

ラ・ピュセルは強く目を瞑った。油断するとまた涙が零れてしまいそうだった。

「……ごめん」

作業の手を止めず、どうにか謝罪の言葉を口にした。少女は鞘で雪を掘り返しながら身体を右へと傾けた。

「なにを謝られているのかわからない？」

少女は身体を前に傾け、元に戻した。

「いいんだ。私が愚かだった。あなたには申し訳ないことをしてしまった。本当に……本当にごめんなさい。魔法少女として恥ずべきことを……」

少女は鞘から手を離し、両手をパンと打ち、自分自身を指差した。

「私も……魔法少女、です」

「え？」

言葉を話すことができたのか、という驚きと、魔法少女である、という驚きが合わさり、ラ・ピュセルは驚き、言葉を失い、戸惑った。

「え？　魔法少女？　ああ、魔法少女だったんだ」

少女は身体を前に傾け、元に戻し、鞘を手に取って作業へ戻った。

「魔法少女……そうか。そうか……魔法少女、だったんだ」

ゾンビではなかった。安堵すると同時にラ・ピュセルは怒った。自分自身に腹を立てた。首がないというだけで相手を怪物と決めつけ、バラバラの死体になっても動くという超常的な現象を目にしても魔法少女と思うことさえなかった。慌てていた、余裕がなかった、というのは言い訳もいいところだ。溜息を口の中で噛み殺し、ラ・ピュセルは作業を続けた。

◇ハードゴア・アリス

山から戻る途中、ここが県内のD市であるということを知った。N市の外にも魔法少女がいるとは思わなかった。

地元の魔法少女「ラ・ピュセル」は、とにかく平謝りで、何度もアリスに頭を下げていた。あまり頭を下げているものだからどんな顔をしているのかより頭から伸びていた角の方を思い出してしまうくらい頭を下げ続けていた。

「申し訳ない、本当に申し訳ない。私が悪かった。とんでもないことをしてしまった」

ハードゴア・アリスから逃げたことをいっているのだろう。気持ちはわかるからあまり責めることはできない。停車したトラックから脱出しようとしたが、ブロック塀が邪魔をし、荷台の扉がどうしても全開にはならなかった。アリスが抜け出るにはスペースが足らず、かといってトラックを壊して迷惑をかけることは嫌だった。ならばどうする、と考え、一つ思いついた。

このまま出ようとするから身体が引っかかる。ならば、五体をバラバラにし、コンパクトになれば無事に出ることができるのではないだろうか。この作戦は途中まで上手くいっていたが、そんな手段で外に出てきた者が、他人に見つかったときどう見えるのかを考えていなかった。アリスがラ・ピュセルの立場であっても、スプラッターなモンスターだと思ったに違いない。

繰り返し行った実験により、アリスは自分が外傷で死ぬことはないことを知っていた。ちょっとやそっと切ったり刺したり燃やしたりしたくらいでは問題なく動くことができる。かといってその情報をアリスではない他の人も共有しているわけではない。見れば化物だと思うだろうし、化物なりの対応をするだろう。

ということを話して「別にいいんですよ」と慰めてあげたかったが、どういう風に話すべきか考えている間に話題は別のものに移ってしまった。

雪を掘り終え、被害者がいないことを確認した後もラ・ピュセルはずっと謝り続けていた。自分自身が未熟な魔法少女であるが故にこんなことになってしまったと嘆き、彼女の師匠であれば、あるいは彼女の相棒であれば、もっと正しい判断をすることができたはずだ、という。そんなことを話すうち、次第に話の軸がズレていき、いつしか相棒を自慢するようになっていた。優しく清らかでまさに魔法少女の中というべき魔法少女だという。小さな声で「とても可愛いし」と付け加え、勝手に頬を赤らめていた。

ハードゴア・アリスは反論したかった。優しく清らかでまさに魔法少女の中の魔法少女というべき魔法少女は、亜子を助けてくれた白い魔法少女をおいて他にない。

ということを主張したかったが、残念ながらそれを上手く言葉にすることはできなかった。ラ・ピュセルのいうがままに任せる以外なく、悔しい思いを噛み締め、かといってどうすることもできず、心の中で「あなたの素晴らしさを説いてあげることができずすいません」と白い魔法少女に謝り、二人は山を下りて元居た駐車場へと戻った。

トラックの周囲はなにも起きてはいないかのように静まり、血も首も腸も手も足もない。これも実験によって知ったことだったが、アリスの身体から切断した部位や流れ出た血は気が付けば消えてしまう。原理不明なのはともかく、いちいち掃除しなくていいのは有り難い。

「それじゃ、私は戻らないといけないから」

ラ・ピュセルは疲れた笑顔でそういい、アリスはちょっと待ってとその手を握った。トラックに揺られてここに来たため、どの道をどう行けば元のN市に帰り着くのかわからない。案内してくれというのは迷惑になるにしても、せめて道を教えて欲しい。そんなお願いをどう切り出したものかと考えていたら、別れを惜しんで握手したと思われたらしく、笑顔のまま握り返された。

「ありがとう……許してくれたんだね。君は本当に素晴らしい魔法少女だ」

素晴らしい魔法少女、という言葉はアリスを喜ばせた。身悶え（みもだ）するように身体を振り、首を振り、口の中でぶつぶつと呟いた。そんなことをしている間にラ・ピュセルは右手を挙げ「それじゃ」と一言残して駆けていった。アリスは右手をラ・ピュセルに向けて伸ばし、しかしどう呼び止めるか考えている間にラ・ピュセルはいなくなってしまっていた。

アリスは口を開けたままゆっくりと辺りを見回した。夜はうっすらと明けかかっていた。なにか案内看板のようなものでもあれば、としばらく道を歩き、公園の前に設置されている大きな看板を発見したものの、知らない地名ばかりでどこをどう行ったものかはわからなかった。それ以前に地図が局所的過ぎてアリスが欲しい情報が得られていない気がする。

アリスは口を開けたままだったことに気付き、ゆっくりと閉じた。

決めた。誰かに道を聞こう。

もう、他者と関わることが嫌だった鳩田亜子ではない、皆から愛される魔法少女になる予定のハードゴア・アリスは、話しかけることもごく普通に行えるはずなのだから。

早朝過ぎて人がいないという問題は時間が解決してくれることだろう。ランニングをしている人とか、朝の散歩をしている人とか、そういう人がそろそろ現れてくれるはずの時間帯だ。振り返ると、犬を連れた老人と目が合った。老人は目を見開いてアリスを見ている。

アリスはコミュニケーション能力上昇訓練を思い出していた。緊張するからよくない。自然に、ごく自然に、ナチュラルにスムーズに話しかける。

しかしそのためには距離が開き過ぎていた。老人に近づこうとアリスは駆け出し、余りにも勢いよく走ったせいでポストにぶつかり、バランスを崩して斜め前方へ転がり、公園の金網に受け止められた。

老人の目はさらに見開かれた。驚いている。これは駄目だ。以前と同じ結果になってしまう。特になんでもないということをアピールするためには……そうだ、笑ってみせればいい。白い魔法少女は素敵な笑顔で鳩田亜子の心を溶かしてくれた。ラ・ピュセルも笑顔は可愛らしかった。ならばハードゴア・アリスも笑顔で人と仲良くなれるはずだ。

アリスはにっこりと笑ってみせた。鏡がないためどんな表情かを知ることはできなかったが、きっといい笑顔を浮かべているはずだった。

アリスの笑顔を見た老人は喉を震わせて耳を劈く悲鳴をあげ、後ろも見ずに犬と変わらない速度で駆けていった。持っていたビニール袋とスコップを落とし、それにも気付かず、振り返ることなく走り、曲がり角を曲がって見えなくなった。

アリスはしゃがみ、スコップとビニール袋を拾い上げた。今度はこれを届けなければならないのか。魔法少女の仕事とはどこまでも終わらないものだ。小さく頷き、アリスは駆け出した。

祭りの日

『魔法少女育成計画』の物語が始まる少し前のお話です。

初出
TVアニメ『魔法少女育成計画』
Blu-ray／DVD 第4巻 特典ブックレット

ありきたりで工夫のない名称が示すように、N市の「春祭り」は毎年春先に行われる。一年の五穀豊穣を祈る祈年祭が起源であるといわれているが、それ以外の様々な要素が寄り集まり、元々の形とは全くの別物になってしまっていた。無料で供される甘茶には灌仏会の名残があるとされ、城跡を中心に人が集まるというのは関ヶ原の合戦後、新たな城主を迎え入れるための宴が由来であるとされ、そこに明治時代、戦勝を祝して在郷軍人が記念植樹したという三千本のソメイヨシノという見所が加わり、現在の春祭りになったのだといわれている。夜桜のライトアップは、規模、美しさで国内屈指とされ、夜桜百選の筆頭とする識者も少なくない。

この時期のN市は観光客で溢れかえる。そして観光客だけでなく、地元民も春祭りが好きだった。家族と、或いは友人、恋人と、祭の会場を訪れる。連れがいなければ一人で来る。普段それぞれの生活に追われ、祭などに興味を持たない層も、春祭りの時期が来ればふらっと足を運んでしまう。

矢のように過ぎていく日々に疲れ、生きていくための糧を得るだけで息を切らして余裕なく過ごしている者も、交通規制や宣伝の立て看板、市役所の広報や三分咲きの桜を見て「ああ、今年もそんな季節になったんだな」と気付く。そうなれば、雑踏を厭う者も、喧噪を憎む者も、役所の壁に落書きをするのが趣味という者も、成人式で演台を蹴倒したことを事ある毎に自慢している者も、重機関銃が手に入れば今すぐ職場で乱射してやりたいという鬱々とした思いを抱えている者も、皆、ふらっと足を運び、それぞれに感慨を抱き、或いは特になにを思うこともなく帰っていく。そこには郷土愛や帰属意識が差し挟まれているわけではない。ただ、なんとなく祭に参加してしまう。

今年の春祭りには例年と違うことがいくつかあった。桜の開花時期が多少早めであったこと、落ち葉の詰まりを原因とした中央池の清掃作業が長引き春祭りの開催期間中に足漕ぎボートが使えなくなってしまったこと、代替わりした団子屋「餅泰（もちやす）」の店主が新装開店フェアと銘打ち「当たり付き串団子キャンペーン」を実施、各種ＳＮＳを通じて意外な反響を呼んでいるということ、そしてもう一つ、ソーシャルゲーム「魔法少女育成計画」の——局地的流行の——影響を受けて屋台にも魔法少女に関連する品々が例年以上に多く並ぶようになっていたことだ。

最後の一つは特に大きく、祭の形が今までとはまるで違ってしまっている、こんなオタク臭い祭じゃなかったのに、と立ち飲み屋や居酒屋で嘆く酔っ払いも少なくないという。

綿菓子のパッケージにその年のキューティーヒーラーがプリントされているのは例年通りだったが、既に放送が終了しているキューティーヒーラーシリーズまで並び、マジカルデイジーやひよこちゃん、みこちゃんといった往年の魔法少女キャラクター達も大きく場所を取っていた。

くじ引きの景品でも魔法のバトンや変身セット、マスコットキャラクターのぬいぐるみといった魔法少女アイテムが目立ち、ヨーヨーすくいやゴムボールすくいの賞品にも魔法少女のイラストがプリントされている。たこ焼き屋の看板には「大きな蛸に噛みつくキューティーアルタイル」が描かれ、亀すくいの看板には「亀の甲羅を背負ったみこちゃん」が描かれていた。あまりにもあまりな魔法少女の使い方は、元ネタを知る一部の市民から失笑を買っていた。

◇岸辺颯太

部活の後、日が暮れてから友達数人と祭に行き、そこでとんでもない掘り出し物を見つけてしまった。だからといって即飛びつくことができるわけではない。サッカー部に所属している中学生男子「岸辺颯太」にとって、魔法少女趣味はけして明かされてはならない、墓の下まで抱えていかなければならない秘密の中の秘密である。さっき見つけた「あれ」が、目の肥えたマニアに見つかりませんようにと祈りながら逸る心を抑えて友人達と歩き、早足で一通り見て回ってから「急用を思い出した」と嘘を吐いて別れ、全速力で駆け、射的の屋台に戻った。

さっと木の陰に隠れ、顔だけ出して射的の屋台に目を向け、目当ての物を確認しつつスマートフォンを起動し、検索で出てきた画像と見比べ、見つけた物が「本物」であることを確かめた。間違いなくキューティーヒーラーワールドプレミアム上映大会開催記念イラスト栖だ。北米進出を記念に作られたファンアイテムで、日本国内での流通はほぼない。市場に出回ることも極稀だ。作られた当時、颯太は毎日のようにオークションをサーチし続けたが、出品されることはなかった。

それまでに放映されたキューティーヒーラーシリーズのメインキャラクターが敵も味方も全員集合し、それぞれがポーズを決めている。颯太が幼い頃から憧れ続けていた思い出深いキャラクター達だ。懐かしさと同時に新しさもあるのは、絵柄が今風にアレンジされているからか。射的のひな壇、その最上中央に飾られているだけなのに、玉座の上から王に見下ろされているような気さえしてくる。傷はない。汚れもないようだ。これほどの美品がこんなところにあったとは。

颯太は呼吸を整え、スマートフォンをポケットに落とした。屋台の陰からこっそりと顔を出し、周囲を窺う。友人やチームメイトは勿論、顔見知り程度であっても見られるわけにはいかない。人出の多い地元の祭ということで、誰からも見られない、ということは不可能だったが、「魔法少女好き」という颯太の陰が露見するリスクは極限まで減らす。

財布から百円玉を四枚取り出し、口髭の店主に手渡した。

気負ってはならない。指先の震えが銃身に伝わり狙いが外れましたでは話にならない。

そして気負っていることを見せてはならない。どこかの誰かが今の颯太を見た時、必死になって魔法少女グッズを手に入れようとしているやつがいる、と思われないようにしなければならない。あくまでも他の物を取ろうとし、それが上手くいかず偶然イラスト楯を落としてしまった風を装わなければならない。首尾よくアイテムを手に入れた後もしっかり演技を続け「欲しい物が取れなくて残念だったなあ」という風に見せかけ、不本意を装いイラスト楯を持って帰る。

周囲を確認後、ぐっと身を乗り出した。左手を台にかけ、爪先が浮いてもまだ前に出る。肩関節、肘と手首の腱(けん)の存在を改めて認識するまで腕を伸ばし、それでいながら直前まで照準をぶらしておく。最初から一直線に目標を狙っていては目当てが見え見えだ。

内心の思いをおくびにも出さず、適度に外し、ずらし、それでいて照準を一点に絞る。アクリル楯に描かれたダークキューティーとキューティーアルタイルの二人が指を軽く絡める程度に手を繋いでいる。公式映像は勿論、他のファンアイテムでもこの二人が手を繋いでいるというものは存在しない。この世に唯一無二、他にはない超貴重品。キューティーヒーラーのファン、否、魔法少女ファンであれば誰もが求める垂涎(すいぜん)のアイテムを——撃った。

最高のタイミング、最高の命中箇所だった。三十センチ程度の盾の上部三センチ、ここに当てれば確実にバランスを崩すであろう箇所に見事命中させた。勢いよく放たれたコルクの弾丸はかつんと軽い音を立てて弾かれ、跳ね返って屋台の柱に当たり、勢いを失って地面に落ちた。

颯太は呆然とし、しかしすぐに気を取り直した。次弾を装填（そうてん）し、発射。命中。弾丸は弾かれ、アクリルの軽そうな楯はびくともせずに動かない。颯太はもはや取り繕（つくろ）おうとはしなかった。最初から全力でアクリル楯を狙い、発射、発射、発射、その全てが命中し、中央だったり右端だったり左端だったりと各所を撃ったものの、アクリル楯はびくともせず毛の先程も動かない。

百円四枚を店主に渡し、次は千円でお釣りをもらい、五百円でお釣りをもらい、次に渡した千円には二百円を足してお釣りをもらわず三回分、計九発ものコルク弾を受け取った。だがどれだけ連続して当たろうとアクリル楯はびくともせず、倒れない。

コルク弾はまたもやなくなった。颯太は更に金を払おうと財布に手をかけ、そこにごつい手がのせられた。はっとして前を見ると髭の店主が申し訳なさそうな表情で颯太を見ていた。

「その辺にしときな。そこまで一生懸命やるほどのもんじゃねえよ」

颯太は悟った。店主の表情と態度、据え付けられているかのように動かないアクリル楯が全てを物語っていた。店主もアクリル楯の価値は知った上で客寄せに使っていたのだ。くじ引きの最新ゲーム機のように、ヨーヨーすくいの「現金が中に入った水風船」のように、最初から持っていかせる気はなかった。颯太が余りにも熱心にやっているのを見かねて止めに入ったのだろう。

颯太は深々と溜息を吐き、手に入れられなかった物の重さを噛み締めた。

「すいません……せめて、近くで見てもいいですか？」

「撮影とおさわりはNGだからそこだけは気を付けてな。いや本当にすまねえなあ」

店の中に招きられ、三十センチの距離で見たアクリル楯は外から見るより煌びやかに見えた。ダークキューティーペンギンが少し照れているようであること、キューティーオルカとキューティーペンギンがポーズを入れ換えていたことなど、観察し、堪能し、目を見開き脳を解放して味わい尽くし、店主にお辞儀をして店を離れた。

残念で悔しくて悲しいはずなのに、不思議とすがすがしかった。

◇羽二重奈々

それは射的の屋台だった。髪を後ろになでつけ、整えた口髭で鼻の下を飾る妙にダンディな男が手を叩いて客を呼び込んでいる。なんとなく胡散臭い。あまりお近づきになりたくないタイプで、店主と客程度の間柄でさえ普段の奈々ならお断りしたいところだ。そもそも射的のように子供っぽいことにそこまでの拘りがあるわけではない。

だがその屋台から目を外すことができなかった。呪いか魔法かという見えない力が働き奈々の視線を釘付けにしているかのようだった。派手すぎる絵柄のライターや外国産のガムのボトル、露出度の高過ぎるアニメキャラクターのフィギュア、各種駄菓子、縫製の甘さから見て正規品ではないらしいゆるキャラのぬいぐるみ、そういった雑多で下品な品揃えが実にそれらしくライトに照らされていた。そして、恐らくは目玉商品である一品は、射的の景品として異彩を放つものだった。

新聞紙に包まれ、ほかほかと湯気を立てていた。触ればぼろぼろと皮が崩れてしまいそうな程良い焼き加減で、剥がれた皮の隙間から黄金色の中身が僅かに窺え、見るだけでも食欲をそそる。

それは焼き芋だった。一度視線を外してからもう一度見直しても、十秒ほど目を瞑ってからゆっくりと瞼(まぶた)を開けても、目に入ってくるのは焼き芋でしかなかった。

あれはまだ十歳になるかならずというくらいのことだった。年齢のせいで商売が辛くなってきた、そろそろ店仕舞いにしようという焼き芋屋――そこで買っている人達がそんなことを話していた――に出くわしたことがあった。匂いといい見た目といい、大変に食欲をそそる焼き芋だったが、当時、小学生でしかなかった奈々にはそれを買うだけの持ち合わせがなかった。枯木のような老人が火を起こし、奥様や女子高生が楽しそうに選んでいるのを指をくわえて見ているしかなかった。以降、あの焼き芋屋には巡り会えていない。聞こえた話の通り、引退したのだろう。

今、射的の屋台に飾られている焼き芋は、あの時見た輝かんばかりの焼き芋に似ている。見るだけで食欲の湧く素晴らしい焼き芋だ。食べればきっと美味しい。美味しい以外の可能性がない。

身体の内側に唾液を飲みこむ音が響いた。意識せずやっていたらしい。

「どうしたの？」

雫(しずく)は笑顔で奈々を見ていた。その笑顔が心配で曇るのは……それはそれで絵になるだろうが、今見たいわけではない。祭の間は笑顔のままでいてほしい。奈々は内心の焦りを笑顔で隠した。

「いえ、別になにがあったというわけでは」

「寒かったりする？」

「大丈夫ですよ。雫の手、温かいですから」

「それはよかった」

「ええ、本当に……あ、見てくださいあそこの枝。綺麗に咲いてる」

足を止め、適当に花の咲いている一本の枝を指差しながら視線は上に向けず、奈々は素早く周囲を窺った。通り過ぎていく人々は、店先を見たり、談笑したり、射的の屋台に目を止めることなく歩いている。焼き芋が飾られているという奇妙な射的の屋台を見ても、リアクションがない。足を止めたり、連れの袖を引っ張って「おい、見ろよ。おかしな店があるぞ」と囁くこともない。

「どれ？　どこの枝？」

「ほら、あそこですよ」

足を止めている時間を稼ぎつつ、更に観察した。人々は目を向けず、店主は特にアピールすることもない。これだけ特異な品を一番目立つ場所に置いているにも関わらず、張り紙もなく、看板にも射的としか書いてない。外に向けての宣伝らしい宣伝が一切ない。ここまでに見た射的はどこも特等の存在を広告塔としていた。商売っ気が少しでもあればそうなるはずだ。

あの芋は見るからに美味しそうで目玉賞品とするに相応しく――

「わからないなあ。あそこの枝？」

「いえいえ」

ふと疑問が兆した。芋は見るからに美味しそうに湯気を立てている。作りたて焼きたてということが見ればわかる、熱々のところを火傷しないよう気を付けて頬張ればきっと美味しいに違いない。

しかしおかしくはないだろうか。いつまで焼きたてであり続けるのだろう。最初に芋を見つけた時からそれなりの時間が経過しているはずだ。なのに立ち昇る湯気が薄らぐこともない。

季節は春だ。出歩くためコートが必要な程度には気温が低く、保湿クリームが手放せない程度には空気が乾燥している。夜ともなれば息は白くなり、雫と手を繋いでいなければかじかんでしまっていただろう。そんな中でいつまでも熱を保ち続け、白い湯気を立てて人の目を引きつけることができるだろうか。

枝を指差しながら、しばしの間、焼き芋の保温に関する不審について考え、一つ、これではないかという結論にいきついた。それは——食事制限による幻覚、だ。

奈々は数日前からダイエットをしていた。体重を少しでも落とすべく適度な運動と食事制限の両立を目指していた。間食をやめたり茶碗の中の白米を減らしたりする程度のやんわりとしたものだ。

しかしそれでも辛くないわけではない。特に祭のような美味しいものがそこかしこで並んでいる催しにやってくれば——じゃがバター、みたらし団子、三色団子、たこ焼き、りんご飴、フィッシュアンドチップス、お好み焼き、牛串、唐揚げ、焼きそば、フランクフルト、チョコバナナ、ケバブ、大判焼き、揚げチョコ菓子、ラーメン、フライドポテト、その他様々な欲望が奈々を刺激するという誘惑のただ中を歩かなければならないある種の地獄だ。

心身に悪い場所だということは来る前からわかっていたが、ライトアップされた桜の下を雫と手を繋ぎながら二人でそぞろ歩くという光景を想像したら我慢できなかった。一年に一度しかない、恋人同士になってから初めての機会は絶対に逃したくなかった。自身の食欲と戦うくらい普段から絶え間なく続けていることだ。それくらいならなんでもない、はずだ。そう思っていた。

「すいません、見間違いだったようです。花はいいから先に進みましょう」

雫の手を強く握って引っ張った。これ以上ここにいるのは危険だ。

「おいおい、あまり急ぐと危ないよ」

笑う雫へ適当に返しながら先へ急いだ。まさか食への欲求が抑えられずに幻覚まで見てしまうとは思わなかった。幻覚でさえなければ是が非でも手に入れてかぶりつきたい美味しそうな焼き芋だった。子供の時に見た思い出の焼き芋がそのまま現れたのかと思うほどだった。あんな物を見てしまう自分の精神状態に怯えながら奈々は小走りで人混みをかき分けた。

◇坂凪綾名

「射的がしたいの？　綾名にはまだちょっと早くない？」

射的がしたいかという問いかけに対しては頷き、まだちょっと早くないかというやんわりとした制止に対しては首を横に振った。母はこうした時の綾名が頑固であることを知っているし、夜店の射的は引っ張ってまで止めるほどのことでもないと思っている。「一晩に一度、好きなものを買ってもらえる」のが祭の夜、綾名に与えられた権利だ。ここまで一度も行使していない。

「外したらなにも貰えないのよ？　それでもいいの？」

「奥さん、その点はご安心。全部外しても残念賞がありまさあ」

母は調子のいい店主の言い口に苦笑し、しゃがんで視線を綾名に合わせた。

「本当にいいの？」

綾名は黙って頷いた。ここまでの店はごく当たり前のものしか置いていなかった。タコ焼きやチョコバナナではない、魔法少女の玩具もあったがどれもイマイチで「これぞ」というものには出会えなかった。残念ではあったが不満には思わなかった。綾名が求めているのはお姫様に関わる品だ。そうそう簡単に出会えるわけがない。だが出会えた。

「ちょっと無理ですよねえ」

「いやいや、大丈夫大丈夫。踏み台用意しやすから」

「すいませんねえ」

弾丸は三発。二発まで外していいと考えるのはお姫様でもなければお姫様に仕える者でもない。一発で当てる。綾名は銃を構えて目当ての品に視線を移した。片目を眇めてじっくりと狙いをつけ、ぎりぎりまで身を乗り出そうとしたが、このままだと内側に落っこちてしまいそうだ。

「おかあさん。からだ、おさえて」

「はいはい」

これで確かな支えを手に入れた。母の掌から伝わる温もりに安心感を覚えつつ、再び銃を構えた。狙いは一つ。棚の最上、中央、まさにお姫様席と呼ぶに相応しいポジションに飾られた冠だ。まだ幼稚園に通っていた頃、外国のお姫様がなにかの記念行事でパレードをしていているのを見た。あの時、お姫様が頭にのせていたものにそっくりだ。八角にカットされた紫色の宝石がライトの光を反射している。とびきり大きなものはダイヤモンドだろうか。煌びやかな冠には「お姫様は物語の中だけじゃない、本当にいるんだ」と綾名に確信させるだけのパワーがあった。あの時からはっきりとした目的としてお姫様に憧れ続けている。お姫様にお仕えすることに。いや、あれがあればお姫様になることだってできるかもしれない。

綾名は冠に向けて銃口を向け、じっと狙いすまし――傍らに銃を置いた。

冠を見た。あれに憧れていた。今も憧れているはずだ。本物のお姫様が頭の上にあれをのせて車の上から手を振っていた。そう、本物のお姫様だ。偽物でもなければ作り物でもない。

綾名は考える。本物のお姫様を見たのはあれが初めてだった。だけど最初で最後だったというわけではない。今、綾名はお姫様に仕えながら魔法少女として活動している。ルーラは本物のお姫様だ。頭にのせているのは冠ではなく小さなティアラだった。たとえ小さくても輝きは本物だ。埃っぽい王結寺の中できらきらと輝いている。スイムスイムはそれを見るとても幸せな気持ちになり、自分はお姫様に仕えているんだということを思い出す。

冠。ティアラ。どちらも綺麗だ。どちらが綺麗だ？　綾名は考え、迷う。自分に必要なものはなんだろう。冠を手に入れればお姫様になれるのだろうか。そんなことはない。お姫様への道は辛く険しい道。アイテムを一つ手に入れたからといってすぐになれるわけではない。それに、見れば見るほど、思い返せば思い返すほど、ルーラのティアラの方が素晴らしい。ルーラはただお姫様なのではない。お姫様の中でもナンバーワンのお姫様だ。お姫様で魔法少女だ。

綾名は眼をしばたかせ、銃を手に取り、構えた。二度三度呼吸を繰り返せば、もう鼓動は落ち着いている。キューティーヒーラーのスマホケース、スタークィーンのマウスパッド、マジカルデイジーのブランケットを立て続けに撃ち落とし、ワンテンポ遅れて母と店主が驚きの声をあげた。

「すごいじゃない綾名。あんた才能あるんじゃないの」

「大したもんだなあ。獲物を前にしたマタギかターゲットを狙うスナイパーみたいだったぜ」

褒め称える二人には目を向けず、綾名は冠を見上げた。もう少しで道を誤るところだった。やっぱりルーラはお姫様でお姫様はルーラだ、と心の中で噛み締めた。

◇室田つばめ

とにかく揉めた。昇一は「妊婦が祭なんてとんでもない」「人混みでなにかあったらどうするんだ」と主張し、つばめは「一年に一度の春祭りに参加しなければ生きてる甲斐がない」「腹も出てないこの時期を逃したら出歩くことはできなくなる」「なにかあったら守ってくれ」「とにかく行きたい絶対行きたい」と子供のように繰り返した。最終的に折れたのは昇一だった。夫婦間で意見がぶつかった時の勝率はつばめが四の昇一が六程度だが、今回はつばめが頑張った。

「賑やかなのもたまにゃいいじゃん？」

「まったく……つばめは本当お祭りとかそういうのが好きだな。毎年やってるものだろうに」

「まーたそんな顔して。ほらほら、せっかくの祭なんだから楽しくやろうよ」

昇一は喧噪を好まない。人混みも好きではないし、出店やそれに関わる人々のことも胡散臭（さん）いといって憚（はばか）らないいけ好かない人間だ。だがいざ繰り出せばそれなりに楽しむことができる。桜を見る目は優しい。それに段差や自動車、人混み、その他様々な危険からさり気なくつばめをカバーしようとしてくれるのも優しく、嬉しい。口に出せば照れるだろうから黙ってその優しさを受け入れる。二人は桜の並んだ通りを進み、最も桜の多い西広場まであと少し、というところで昇一が足を止めた。なにかと思えば、じっと屋台を見ている。

「どうしたん？　なにかいいもんでも見つけた？」

「ああ、うん」

昇一は生返事だけ寄越し、じっと屋台を見ている。どうやら射的のようだ。三列の棚に様々な賞品が並び、コルクの銃で撃ち落としたら賞品が手に入るというオーソドックスな形式だ。昇一はちょっとしたお遊び程度のものでもギャンブルを嫌う。普通なら射的に目を向けるようなことはない。ならば余程魅力的な賞品があったのか。つばめは賞品が並ぶ棚に目を向け、小さく唸った。なるほど、あれは欲しい。

まだ幼かった時分、N市最速のチームを目指すと言い出す数年前のことだ。つばめが好んで視聴していたアニメがあった。空飛ぶ箒に乗った小さな魔女が、もっと小さな使い魔を一匹連れて、街から街へ旅をするという内容で、箒に乗ってのアクション、臨場感、スピード感は今でも語り草になっている。つばめが速度（スピード）に目覚めたのはあの番組をきっかけにしているといっても過言ではない。

その少女が連れていた使い魔、蝙蝠（こうもり）の「コッカー」にそっくりなぬいぐるみが籠に入れられ飾られていた。再現度は極めて高く、ぬいぐるみ本体より値が張りそうな籠を使っているのも原作へのリスペクトが感じられる。いいものは小物にこそ拘るのだ。

昇一は幼い頃からの付き合いになる。つまりつばめが好きだったアニメも知っている。だからこそあれを手に入れようとしてくれているのだろう。なんという夫婦愛だろうと手首で目じりを拭（ぬぐ）い、つばめは肘で昇一の脇を突いた。

「ねえ、昇兄ちゃん。あれ欲しいの？」

「人前で昇兄ちゃんはやめろって」

「ねえねえ、欲しいの？」

昇一は忙（せわ）しなく眼鏡の奥の眼球を動かし、諦めたように小さく頷いた。

「欲しいか欲しくないかでいえば、欲しい……な」

「へえ、ほう、ほほう。お堅いお役人様がぬいぐるみなんて欲しがるんだなあ」

「え？　ぬいぐるみ？　ああ、あれぬいぐるみなのか。そうだよな、射的の景品だもんな。そりゃぬいぐるみだよな。あんまりリアルなものだから本物かと思ったよ」

「ハハハ、リアルなやつよりはもっとかわいいじゃん」

「かわいい？　かわいいかな？　それよりはもっとこう……美味しそうじゃないか？」

「へ？　美味そうって……食べたことあるの？」

一呼吸置き、昇一は頷いた。

「学生時代、通ってた食堂で出てきたやつにそっくりなんだよ、あれ。よく食べてたな」

なにをいっているのか、その意味を理解するのに数秒の時間を要した。つばめは言葉の意味を理解し、しかしなにをいわんとしているのかまで理解できず、問い返した。

「ちょっと待って。え？　どういうこと？」

「なに？　そのままの意味だけど」

「いや……え、ちょっと……マジな話で？」

「ほら、S県の大学行ってただろ。あそこの名物だったからさ。蒲焼もいいけど白焼が好きでね。最近はなかなかとれないらしくて居酒屋とか小料理屋なんかでもメニューになかったりするんだ」

昇一は、いつもの真面目くさった表情で話しながら射的の商品を見ている。冗談をいっている風ではない。店番の親父が口元の髭を右掌で撫でながら二人を交互に見、明るく笑った。

「ようよう、いいもの取り揃えてますよ。さあどうぞどうぞ」

つばめは振り返り、肩越しに昇一の様子を窺った。右手を顎先に当てなにやら考えているようだ。やるべきかやらざるべきかを検討しているらしい。つばめはぶるっと身を震わせ、襟元を寄せた。思い出のぬいぐるみを見て味を思い出されたくはない。

つばめは昇一の袖口を引っ張った。

「ねえ、やめとこうよ。他所行こう、他所」

「しかし……」

「やめとこうって。ぬいぐるみなんだよ、ぬいぐるみ。実際食べられるわけでもないし」

「ううん……でもやっぱり本物にしか見えないな。あれ本当にぬいぐるみなのか？」

「どう見てもぬいぐるみだから」

「しかし見てるだけで口の中に広がる旨味が……」

「うっ……そこまでにしよう！　想像させないで！」

これ以上は危険だ。胎教にも悪い。つばめは逆サイドに回り、昇一の身体を押して強引に動かした。昇一は悩みながらも足を動かし、徐々に射的の屋台から離れていく。

「そうだ、今度スーパーで買ってこよう」

「ええ……？　売ってる……かなあ？」

「それでつばめも食べればいいだろう。栄養あるし」

「いや、ごめん、栄養あってもそれは」

「みんな普通に食べてると思うけどな」

「普通じゃないから。マジハンパないから。流石私の旦那様だよ」

昇一がつばめに結婚を申し込むほどの胆力を持つ男だったことを思い出し、つばめは改めて夫に対する畏敬の念を抱いた。同時に、幼き日の思い出を守ったことに満足した。蝙蝠のぬいぐるみに対して心の中で別れを告げ、昇一の背を押し屋台から離れていった。

◇天里優奈

十二発目、金額にして千六百円目の弾丸が弾かれて地面に転がった。事ここに至って優奈は自分達の行為を振り返った。まず四百円払った。その時はどちらが撃つかで揉め、銃を奪い合いながら撃ったせいで標的に当たらず、更に四百円払った時はじゃんけんで勝った美奈が撃ち、内二発が命中したものの標的は倒れなかった。もう四百円払い、先程は指をくわえて見ているだけだった優奈が満を持して銃を構え、三発中二発が命中したもののやっぱり倒れず、いい加減にしろよと四百円叩きつけ、一発を美奈が、もう一発を優奈が撃ち、どちらも当たったのに標的は動きもしない。

「おじさん、ちょっと作戦タイムいい？」

「おう、ちゃんと戻ってきてくれんなら好きなだけやってくれよ」

右手を立て、左手を寝かせて「T」の形を作り、双子は屋台から離れて木陰へと移動した。夜間のライトアップが春祭りの名物だったが、それでも光が届かない場所はある。暗がりで陰影濃い瓜二つの顔を突き合わせながら双子はひそひそと言葉を交わした。

「デジャヴかな？　以前似たような体験したことある気がするんだけど」

「ゲームソフトにつられて延々とくじ引きした時のあれでしょ。よくわかんないキーホルダー大量に持ち帰るはめになってお母さんからめちゃくちゃ怒られたよね」

「同じようなもんだとしたら……あれ、倒れないよね」

「当たることがあるだけソシャゲのガチャのがなんぼかマシかもしれんね……諦める？」

「やだよ、千六百円も出してんのに。千六百円あればお菓子パーティー開けるよ」

「その言葉を聞きたかった。私も諦める気なんてさらさらナッシングよ」

「なんか策はあんの？」

「残弾あと一発じゃん？　私がこの弾に変身するから、優奈がそれを撃ってくれれば……」

「おお！　いけそうじゃん！　流石お姉ちゃん、マジクール！」

美奈がミナエルに変身、さらにミナエルがコルク弾に変身し、優奈はミナエルのコルク弾と玩具のライフルを持って射的の屋台に戻っていった。

「おう、お帰り……あれ？　あんたら同じ顔で二人いなかったか？　一人減ってない？」

「フュージョンした」

「ああ、そういうこともあるかもな」

「ふふん、パワーアップした私達の力を見せてあげるよ」

優奈は今までになくリラックスして銃を構えた。気を入れる必要はない。全ては姉がやってくれる。「いくよ」と小声で銃に話しかけ、引き金を引く。先程までの数倍、数十倍の速度で飛び出した高速のコルク弾は、見た目以上の質量とエネルギーで真っ直ぐに標的を打ち、あっさりと弾かれて地面に落ちた。

「……えっ？」

「はい、残念。また今度挑戦してくれよ」

押し付けられた飴玉を手に、ふらつく足取りで優奈は再び木陰に戻った。そこには既に美奈がいて、優奈は美奈に掴みかかった。

「ちょっとお姉ちゃん！　どういうことよ！」

「わかんない……わかんないんだよ。ただ、なんだろう、こう、上手く当たらないというか」

姉の混乱した様子に優奈の手が緩む。言い訳にしてもなににしても、もう少しそれらしいことをいうだろう。ならば本当に「よくわからないこと」が起きたのか。二人は首を傾げ顔を見合わせた。

「どういうことなんだろう？」

「ううん……ひょっとして」

「ひょっとして？」

「魔法少女の力を使って賞品を奪い取ろうとすることをお姉ちゃんの良心が邪魔した、とか？」

「あ、それかも。ほら、私達って超善良だし」

「お姉ちゃんマジローフル」

「魔法少女としての誇りが許さなかったとかあるかもね」

「お姉ちゃんマジノーブル」

「しゃあない……今回は諦めるか。しかし惜しいね、せっかく懐かしの『マジカルクエスト初回特典封入バージョン』を手に入れるチャンスだったのに。ねえ、覚えてる？　優奈、あれが欲しくて玩具（おもちゃ）屋の床でブレイクダンスみたいにくるくる回ってさ。でもお母さん買ってくれなくて」

「は？　なにいってんの？　そんなのなかったじゃん。あそこにあったのはお姉ちゃんが小学生の時に愛食してたけど不人気で発売中止になった『ファンタジースナック固焼き煎餅味』じゃん」

「は？」

「はあ？」

双子は歩きながら論争し、しかし「アマゾン直行便！　ピラニアすくい」という屋台を見つけたことで中断、揃って駆けていき、自称ピラニアの怪しい淡水魚をすくいながらきゃっきゃと笑った。

◇犬吠埼珠

珠はライトアップされた桜をちらちらと見上げながら通りを歩いた。どこまでも続く美しい桜色に心を動かされながらもじっくり見ようとはせず、意識して視線を切りながら注意を絶やさず歩いていた。ただでさえぼんやりしているというのに、上を見ながら歩いていたら転ぶかぶつかるか財布をすられるかするに決まっていると母から注意され、そんなことになる未来を想像するだけでぞっとする。だから珠はちらちらとしか桜を見ない。

不注意な珠を補助してくれる誰かがいれば、桜をじっくり見ることもできる。去年までは、祖母と一緒に春祭りへやってきていた。綺麗な桜、美味しいお団子、楽しそうに笑う祖母、そんな祖母を見て自分まで楽しくなる珠、いいことと楽しいことばかりだった。

今、祖母は入院している。一緒に来ることはできない。いいことも楽しいこともぐっと少なくなってしまった。父も母も珠に構っている暇はないくらい忙しい。妹と弟は友達と連れだって祭へ行くようになってから何年も経つ。珠には一緒に春祭りへ行くような友達はいない。珠を笑うか、珠を面倒臭がるか、その両方か、珠の知り合いにはそんな人ばかりだ。かといって知り合いではない人はとんでもない悪い人かもしれず、それはそれで嫌だった。だから前後左右あらゆるものに注意しながらそろそろと歩いていかなければならず、楽しさは減るばかりだ。

だったら春祭りなんて行かなければいい、とはならなかった。祭の会場最奥、神社まで行ってお賽銭を投げ「おばあちゃんが元気になりますように」とお願いする、ということを祖母が入院した時から決めていた。それは先程無事終えたが、まだ帰ろうという気にはならなかった。珠は桜も祭も好きだった。せめて夜ではなく昼に行けば安全ではないか、とは思わなくもない。でも祖母は夜の桜が好きだった。両親は「人工的な光に照らされるだけで安っぽい」と難しいことをいうが、それでも珠は祖母が好きだった夜の桜が嫌いにはなれなかった。

いつまでも続くかと思われた桜並木は隙間が開くようになり、桜の木、それに夜店の並ぶ通りもうすぐ終わりであるということを教えてくれた。珠はスカートのポケットに手を入れ、小銭をじゃらつかせた。母からもらった春祭り用の小遣いは祖母がくれるそれより少額だった。なるだけ後悔しないように使いたい。

並木道を折り返し、桜よりも周囲の夜店に気を配りながら進んだ。周囲に漂う美味しそうな匂いの中からこれぞというものを探そうと鼻を鳴らし、ふっと視界の隅に過ったものを見過ごしそうになり、珠はもう一度目をやり、慌てて見返した。射的の屋台の一番高い場所、その真ん中にプラスチックのスコップが飾られていた。

幼稚園の砂場で使っていたものにそっくりだった。色も、形も、なにもかもが似ている。眩しいくらいにライトで照らし出されている。薄暗いから見間違えるなんてことはない。

あのスコップを持って砂場に向かっていた時は毎日が楽しかった。今ほど怒られることはなく、対等に付き合ってくれる友達も大勢いた。失敗しても「仕方ないなあ」と許してもらえたし、大きな穴を掘ればそれだけで褒めてもらえた。あれがあればなんでもできるような気さえしていた。

屋台から少し離れた位置からじっと見た。見れば見るほど似ていた。あのスコップは妹が芋掘りに持っていって真ん中から折ってしまった。珠は一日中泣き続けたが、もうスコップは戻ってこない。と、思っていた。なのに、今、そこにある。ポケットの中の小銭を握った。貴重な財産だ。射的や輪投げで上手く賞品を取れたことなどない。でも、それは今までの話だ。今日は上手くいくかもしれない。いや、今日こそ上手くいくはずだ。

スコップがあるからといって楽しい時間が戻ってくるわけではない。そんなことは珠でもわかっている。でもスコップを見れば楽しい時間を思い出すことができる。楽しい時間を思い出すことは、とても楽しいことだと知っている。今やっているゲーム「魔法少女育成計画」でも手に入れたレアアイテムを見てあれこれと思い出すことは、実際ゲームをすることの次くらいに楽しい。

スコップを見据え、小銭を握った。意を決して一歩踏み出そうとし、どん、となにかにぶつかって尻餅をついた。スコップだけを見ていたせいで周囲への注意が疎(おろそ)かになっていた。尻をさすり、鼻を押さえ、顎の角度を上げ、見上げた。花に向けられたライトアップを背負い、大きな影が珠を見下ろしている。次第に目がはっきりしてきて、自分を見下ろしているものがなにか見えてきた。珠よりは二つ三つ年上であろう、高校生くらいの男の子だ。胸元にはべったりとクリームがついていて、手に持っているクレープが潰れていることから、原因が見て取れた。

「おい！　これ！　どうしてくれんだよ！」

大きな声で怒鳴られ初めて気が付いた。珠がぶつかり、クレープのクリームがシャツにべったりついてしまったのだ。どうしてくれんだといわれてもどうしようもない。どうしてみたらいいのかもわからない。そして顔が怖い。クラスの男子も怖いけれど、それよりももっと怖い。三歳か四歳しか離れていないはずなのに、声も顔も体も大人のようだ。眉を上げ、口を引き結び、見るからに怒っている。怒られても珠にはどうすることもできない。謝ることも言い訳をすることもできずおろおろとし、高校生はぬっと腕を伸ばして珠の二の腕を掴んだ。強く握られた。痛い。立ち上がらされた。転びそうになる。珠が「魔法少女育成計画」に登場するような魔法少女であれば、きっとどうにかしてしまえるのだろう。しかし珠は珠でしかなく、勿論魔法少女ではなかった。

「おい。聞いてんのか」

なにかが珠の前に出た。男子高校生の声が遠ざかった。顔を上げると背中が見えた。男子高校生と珠の間に立ち、こちらに背を向けて立っている人がいる。黒くて長い髪が桜を照らすライトを反射し光っていた。男子高校生は「関係ないやつがしゃしゃってんなよ」と凄み、珠を守るように立っている——こっちも高校生くらいの女の子だ。というか近所の高校の制服を着ているので間違いなく高校生だ。ただし背が高い。怖そうな男子高校生と身長は大差なかった。女の子は鋭く舌打ちし、自分に向かって伸びてきた腕をぎゅっと握り、男子高校生は口の中で小さく呻いた。二人はそのまま睨み合い、男子高校生が拳を握った腕を振り上げ、女の子の足がどこから出てきたのかもわからない角度で動いた。珠が「あっ」と思った時には、前のめりで倒れた男子高校生を女の子が受け止め、ふわりと浮いた制服のスカートが元に戻った。

女の子は重そうな男子高校生を軽々と担いで樹に寄りかからせて座らせ、逆方向へ歩いていった。大丈夫かいと心配する店主に御礼をいい、珠は女子高生の後を追った。追いながら、ふと上を見た。美しくライトアップされた桜に見惚れ、焼きそば屋のコードに足を引っかけ派手に転がった。

◇細波華乃

態々揉め事に首を突っ込もうというつもりはなかった。華乃は自分のことを冷めていると思っている。しらけているとも思っている。一生懸命な人のことを心の中で冷笑するようなところがある、とまではいかないにしても、自分も一生懸命頑張ろうという気にはなれない。

しかし、それでもついつい手が出てしまうことがある。あの女の子を放ってはおけなかった。

華乃は歩きながら小さく舌打ちをした。桜の花びらが頭の上に落ち、すぐさま払い落とした。

助け方を間違えた。高校に入ってからは暴力による解決をなるだけ慎もうと決めていたはずなのに、気付けば相手の腕を握っている。華乃の握力で握ればそれは暴力だ。自覚していながら実行しているのだからたちが悪い。その後のことについてはどの角度から見ても暴力でしかない。相手が拳を振り上げたのを見たら脚が勝手に動いて相手の顎先を蹴り抜いていましたなんて言い訳がどれだけ裁判で通用するか、やってみようとも思わない。

桜も見ず、屋台も見ず、人混みをかき分けのしのしと歩きながらふと思った。なぜ祭になんて来てしまったのだろう。バイト帰りの疲れた身体でこんなところに来たってなにも楽しいことはない。誰かと一緒に笑うことはない。桜を見て綺麗だと思うくらいだが、そんなもの現地で見ずともテレビでもネットでも同じ物を見ることができる。そもそも人混みが好きではない。

N市の春祭りはなぜか足が向いてしまう、という噂を聞いたことがある。そんなものはオカルトですらない、ただの人集めの方便だ。しかし実際華乃は祭の会場にいる。最近よく遊んでいる「魔法少女育成計画」も、今日に限ってはなぜか遊ぶ気が起こらなかった。本当にオカルトなんだろうか。

両親と思わしき人達に引きずられるようにして上下ジャージの女性が通り過ぎていった。人混みって苦手なんだけどなあ、という声が聞こえた。人混みは苦手なのに来ているのは華乃だけではないらしいが、向こうは無理やり連れてこられているようなので比べられない。

それに向こうには親がいた。華乃には親がいない。誰もいない。

華乃は足を速めた。やはり来るのではなかった。さっきの女の子にしても助ける必要はなかった。華乃がなにもしなくても近くの屋台の——人のよさそうな射的の店主が助け舟を出してくれたはずだ。余計なことばかりして、必要のない恨みを買い、それでいて自分はクールだとは勘違いもいいところではないか。

来るのではなかった。ネガティブな想いばかりが頭の中を満たしていく。来てもいいことなんてない。逃げるように歩いている。欲しい物もないし、したいことも——視線を上げた。人の足ばかりしか見えていなかった華乃の目に楽しそうな人達の顔が映った。

欲しい物なんてなにもない、というわけではなかった。そうだ。思い出した。さっきの射的、足を止めたのは欲しい物がそこにあったからだった。華乃の足が僅(わず)かに緩んだ。速度が落ち、他の人々と変わらない速さで歩いている。

どうするべきだろうか。さっきの場所に戻るのか。騒ぎにはなってないにせよ、暴力沙汰を起こしたところに戻るというのはあまりよくない選択という気がしてならない。でも、さっき見たあれは欲しかった。

華乃はしばし考え、結論を出した。屋台通りの裏に回り、桜の木の陰で羽織っていたパーカーを脱ぎ、裏返した。リバーシブルになっていて裏返せば色も変わる。フードを被り、髪と顔を隠す。これでだいたい大丈夫だろう。犯人は犯行現場に戻る、という言葉を頭の中で打ち消し、華乃は百八十度方向を転換して先程揉め事を起こしたばかりの屋台へと向かった。

おまわりさんがいたり、人だかりができていたり、ということはなかった。男子高校生は桜の木に寄りかかってまだ寝ている。綺麗に入ったから起きるまではもう少し時間がかかるはずだ。起きる前に終わらせ、今度こそ帰ろう。

「一回、やりたいんだけど」

「あいよ」

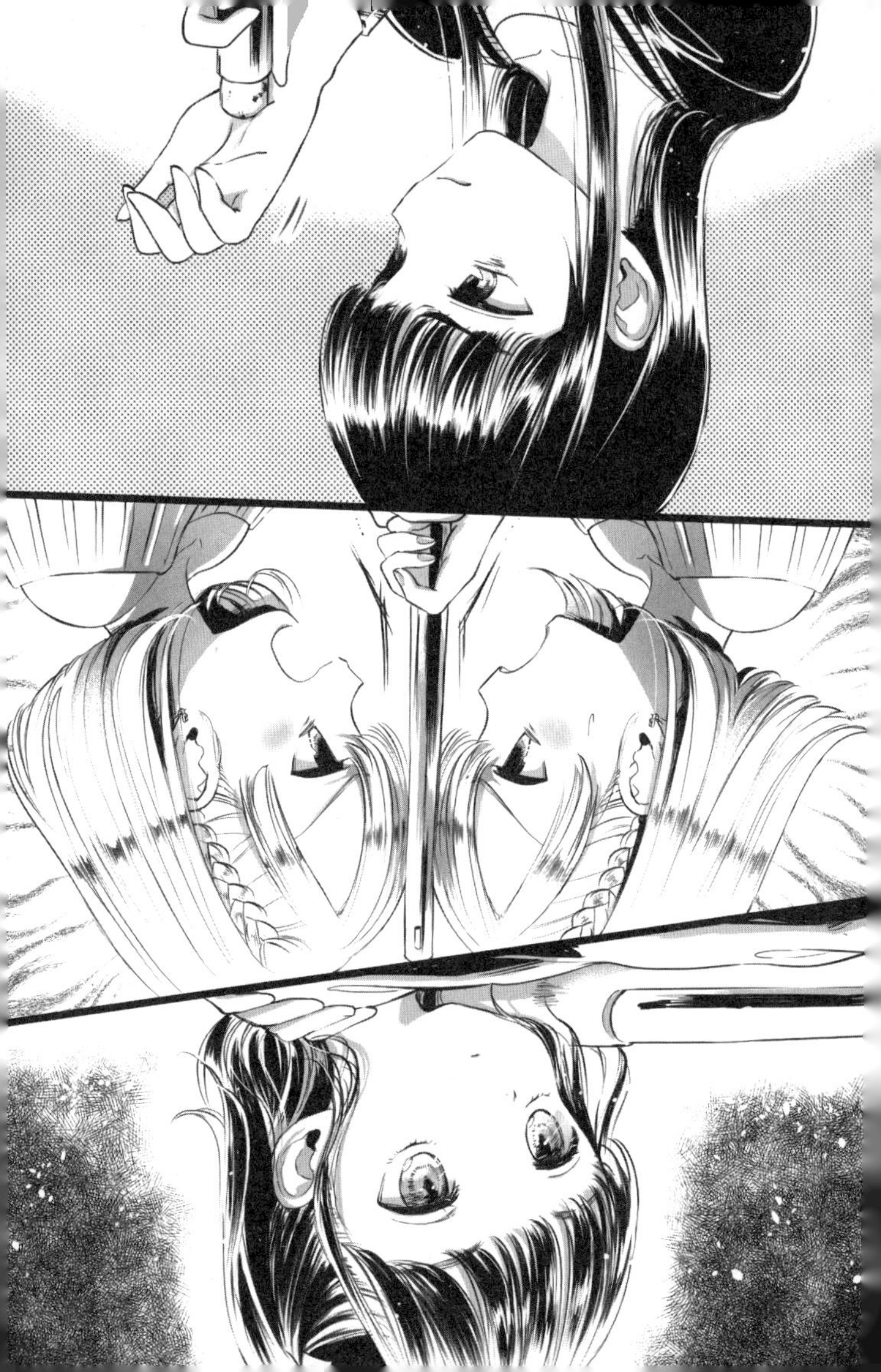

店番の親父から玩具の銃とコルクの弾丸を渡された。華乃は銃口からコルク弾を詰め、構えた。狙うは一点のみ、最上段中央にある「くのいちマチカ八変化ＤＶＤボックスセット」だ。

日曜朝にやっていた少女向けアニメとしては異例の忍者もの。忍者学校に通うドジなマチカの活躍は当時の少女達を大いに沸かせた。忍者も天使も妖精もあの頃の華乃にとっては変わらなかった。マチカからデイジーという女子小学生のゴールデンタイムを楽しんだものだ。

今のワンクールツークール程度で終わるアニメとは違い、くのいちマチカは全百二十話というロングシリーズだった。その全てが収まっているというＤＶＤボックスセットは大きく、厚く、そこにあるというだけで周囲を圧倒する。

華乃はボックスのパッケージを睨み、しかしふっと表情が緩んだ。あれを観て笑っていた頃は、誰かを睨むとか、そんなこともしなかったように思う。もうぼんやりとしか覚えていない父を相手にマチカの真似をして玩具の刀で斬りかかり、父のリアルな断末魔に怯えて逃げ出した。父の姿はぼんやりとしか覚えていないのに、妙なところばかりを記憶している。

華乃は小さく息を吐き、再び表情を引き締めた。追憶に浸るため金を払うほど生活に余裕はない。必要なお金を削っていけば、趣味に使える現金など殆ど残らないのだ。でももらえるものなら欲しい。射的で手に入れられればこれほど嬉しいことはない。全力でいく。

狙いをつけた。フードが邪魔だ。パーカーを脱いで腰に巻き、髪をかき上げた。マチカは失敗ばかりのダメくのいちで手裏剣の投擲（とうてき）も苦手だった。体育の成績が「5」でなかったことがない華乃とは違う。自分とアニメの主人公を重ねるような年齢でもない。冷静に狙いを定め、引き金を引く。

こつん、とコルク弾は弾かれた。二発目、三発目も同様に弾かれた。

華乃は銃を握り締め屋台に突っ伏した。大きく重いＤＶＤボックスにコルクの弾丸が通用するはずがなかった。なぜ撃つ前に気付かなかったのか。

「はい、残念だったね。それじゃ残念賞」

四百円の飴玉だ。割に合わない。溜息を吐いて振り返ると、立ち上がろうとしていた男子高校生と目が合った。華乃がなにかをいうより早く男子高校生は立ち上がり、怯えるような目を向け、足早に歩き去っていった。華乃はもう一度溜息を吐いた。とりあえず問題にならずよかった。

得る物はなかった。失った物はあった。四百円だ。この程度の傷の深さでよかったと前向きに考えるべきだろうか。真っ直ぐ帰ろう。踏み出そうとし、なにかを蹴飛ばしかけ、慌てて足を止めた。

中学生くらいの女の子だった。両手を膝に当て、肩で息をしている。どこかで見たと思い、すぐに思い出した。さっき助けた女の子だ。

「さっきは……ありがとうございました！　す、すごく……その、かっこよかったです」

女の子はそれだけいうと走っていった。華乃は遠ざかる背中を見送り、何気なく頬に手を当てた。走ってもいないのに熱を持っていた。

◇山元奈緒子

カラミティ・メアリに変身しないまま、これだけの長時間出歩くのは久しぶりだった。別に楽しいわけではないが、辛く悲しいというわけでもない。ただ、酒は回る。それだけだ。

ふと目を止めた屋台は古臭い物ばかりが並ぶ射的だった。最も目立つ位置にあった景品はとびきり古臭く、今時の子供はこんなものを手に入れたところで喜びはしないだろうというものだった。十数年は昔にやっていた魔法少女アニメの変身セットなんてもらって喜ぶのはマニアだけだ。今の子供はキューティーヒーラーだのマジカルデイジーだのに熱を上げているのだろう。

奈緒子(なおこ)は缶を傾けビールを喉の奥に流し込んだ。今の奈緒子は高給取りだ。胸が悪くなるような安酒を飲む必要はなくなった。発泡酒だの第三のビールだのではなく、きちんとしたビール、その中でも輸入品の高いものを選んでもびくともしないだけの経済力がある。周囲の視線を気にしないだけの面の皮の厚さもあるし、体調の異常を無視するおおらかさもある。

賞品群の中央に位置する「リッカーベル変身セット」に目を据えたまま、もう一度缶を傾けたが雫しか落ちてこなかった。奈緒子はアルミ缶を握りつぶしてゴミ箱に投げ、ウイスキーの瓶の封を切った。所詮はビール、あんなものはちゃんぽんにして飲むための繋ぎでしかない。琥珀色の液体を口の端から垂らしながら喉を鳴らした。もう美味しいと思えるようなものでもない。

奈緒子が幼い頃に放送されていた魔法少女アニメ「リッカーベル」は、それまでの魔法少女と差別化を図るべく様々な実験的要素が導入された。中でも奈緒子をなにより夢中にさせたのはリッカーベルの性格だった。

人間時のショートパンツにロングTシャツ、ジャンパーという飾らない格好からもわかるように、リッカーベルは身体を動かすことが好きだった。というか考えるより早く身体が動いた。ボーイッシュとかスポーティーとかいう印象を与えたかったのかもしれなかったが、視聴者が受ける印象は「粗暴」「乱暴」「暴力的」になり、ＰＴＡからやり玉にあげられたことも一度や二度ではない。

しかし奈緒子にとってはそれがよかった。お花だのお友達だの優しさだの愛だのいうつまらない御題目を大切にする既存の魔法少女達は持たない「直接的な暴力による現状の打開」という明快でストレスのない解決策は、押し潰されそうな現実に嫌気がさしていた奈緒子を魅了し、リッカーベルが世間に叩かれるようになってからは親に隠れてこそテレビを観るようになった。

数年前、自分の娘にリッカーベルのDVDを観せたのは、子供向けのアニメで思い出せるアニメがリッカーベルしかなかったという以上のことではない。自身が魔法少女になってから少しは覚えたものの、当時の奈緒子はスタークィーンもキューティーヒーラーもマジカルデイジーも存在すら知らなかった。子供の好みそうなものをとか、流行っているものをとか、そんなことを考えることさえ煩わしかった。とにかく面倒を減らそうと借りてきたDVDをガキに押しつけ、文句をいおうものなら躾けてやろうと思っていたが、意外とウケが悪くなかった。リッカーベルの活躍を喜ぶ娘は声を殺しながらも興奮は隠し切れず、奈緒子は鼻を鳴らしたのを覚えている。

声を殺すようになったのは、うるさくしていれば殴られるからだ。こんなことは別に思い出といえる代物でもないのに、なぜか思い出している。楽しくもないし、嬉しくもないのに。

奈緒子はウィスキーの瓶を傾けた。花見酒としゃれこむつもりが、桜などろくに見ていない。今は射的の景品と過去の光景ばかりを見ている。口元から垂れ落ちたウィスキーを右手人差し指で拭い、髭の店主と目が合った。どこか怯えたように愛想笑いを浮かべている。店の前で酒を飲み続けている中年女というのもそれはそれで怖いかもしれない。カラミティ・メアリに変身する前から怖がられているというのも新鮮ではある。

「やる」

「はいはい、四百円になります」

コルクを銃に詰めて構えた。銃口がブレる。カラミティ・メアリの時とは違う。

奈緒子は変身セットのパッケージに目をやった。女の子がリッカーベルのコスチュームを着て喜んでいる。古い玩具だろうに、不思議と色褪せず新品のようだ。全然似ていないのに、娘とダブって見えた。銃身の震えが止まり、標的に向けてぴたりと据えた。一発目を発射。見事に命中するが、弾かれる。二発目を発射。これまた命中するが、弾かれる。三発目のコルクも箱に弾かれ、地面に落ちた。髭の店番が慌てて拾い上げ「いやあ残念でしたね」と、とってつけたような笑顔で残念賞の飴玉を押しつけられ、それで仕舞となった。

奈緒子にとって予想できなかった結末ではない。四十年近く生きてきた。露店のテキヤ連中が公明正大で真っ当な商売をしていないことくらい知っている。身体に悪い保存料をたっぷり使ったジャンクフード、当たりくじが入っていないくじ引き、すぐに壊れる型抜

き、衰弱している色付きひよこ、そんなのはどこの店にもあるし、今更文句をいうつもりもない。コルクが当たっても微動だにしない射的の目玉賞品など掃いて捨てるほど見てきた。

ここで鉄輪会の名を出し、戯れに奪い取っていた代紋の金バッジでも見せつけてやれば、店番は恐れ戦き特等を差し出すだろう。カラミティ・メアリに変身して屋台の柱を蹴り折ってやれば、賞品を置いたまま悲鳴をあげて逃げ出すはずだ。それでも抵抗するなら殴るもよし蹴るもよし、どんな手段をとっても欲しい物を手に入れることができる。いつもなら迷わずそうしていただろう。そもそもこうやって金を払いまともに挑戦するそぶりさえ見せず、いきなり暴力か恫喝からスタートしていたはずだ。

今日に限ってそんな気にはならなかった。奈緒子は飴玉を受け取り、口の中に放り入れた。甘ったるい。昔、同じような味の飴玉を舐め、同じようなことを思った。美味しそうに舐める娘を見て、こんなクソ甘いものをよくもまあ美味しそうに舐めるもんだと感心したことまで覚えている。否、覚えている、というよりは、思い出した、というのが正しいか。

奈緒子は射的に背を向けた。どこかの子供が親にねだって変身セットを欲しがるかもしれない。何発撃っても変身セットは落ちてくれず、子供は絶対欲しいと駄々をこねる。最近の親は甘いから店主に交渉を持ちかけるかもしれない。何円払うからあれを譲ってはもらえないかといわれ、店主はにやにや笑いながらようござんすと請け負う。変身セットを手にした子供は無邪気に喜び、邪気のある店主に見送られてニコニコの笑顔で家に帰る。家に帰ればリッカーベルに変身だ。楽しい家族、愉快な家庭——そこまで考え、酔いを自覚し、もう一度酒瓶を傾けた。

◇安藤真琴

「おおーっ、おっちゃんけっこう儲けたみたいじゃん。百円玉じゃらじゃらだね」

「年に一度の大イベントだ、儲けとかないとな。今回は真琴(まこと)ちゃんにも協力してもらったから」

「あれ、役に立った？」

「大人も子供も男も女も、みんなあれ狙ってたぜ。誰もが自分のほしいものに見えるなんて眉唾だったけど、ほんとだったんだなあ」

「まあそういう不思議なものなんだよ」

「人によっちゃ食いもんだってのもいたし、人形だってのもいたし……おっちゃんの目には銀玉鉄砲にしか見えなかったのに」

「そういうものなんデスよ」

「ん？　今なんか喋り方変じゃなかった？」

「おっと失礼、つい癖が……」

「どういう癖だよ」

「それよりさ、打ち上げしようよ打ち上げ。ショバ代もう払ってあるんでしょ？」

「ショバ代とかそういう言葉を若い娘が使っちゃダメ。あくまでも寄付ってことになってんの」

「どっちでもいいからさ、ほら、早く」

「ったく、いつ会っても餓えてんなあ……そういえば、真琴ちゃんはあれどんな風に見えてたんだ？」

「それは秘密デス」

唇に人差し指を当て、真琴は片頬を上げ微笑んだ。

スノーホワイト育成計画

『魔法少女育成計画』の物語が終わってすぐのころのお話です。

初出
このライトノベルがすごい！文庫
公式サイト

「スノーホワイト」という魔法少女は、自身の言動によって鼻つまみ者となった。「森の音楽家クラムベリー」最後の試験での生き残りだった彼女は、クラムベリーの試験が残虐、残酷な殺し合いだったという犯罪の告発者であり、事件の被害者でもあった。

事件が発覚してからしばらくのうちは、告発した者として英雄視されたり、可哀想な被害者として同情されたりといったこともあっただろう。だが彼女の態度はあくまでも頑なで、崇めようとする視線も慰めようとする視線も跳ね除け続けたのだという。やがて末端の関係者で彼女に拘わろうとする者はいなくなった。

個人としては拘わりたくなくても、「魔法の国」としては拘わらないわけにもいかない。スノーホワイトの処遇は明確にしておく必要があった。私達は事件の被害者に対してこんなにも誠実なんですよーというポーズを見せ、他の魔法少女に不満や不安が波及するのを防がなければならなかった……と、私は考えている。「魔法の国」というのはそういうその場しのぎ的なやり方をとる。

後日スノーホワイトに提示された「魔法の国」名誉住人という異例の高待遇が私の考えが正しいことを裏付けている。誰がどう見てもあからさまな飴だ。

この待遇をもって魔法少女を続けるか、それとも魔法少女に関する記憶を消し去り、普通人として世間に戻るかを選ばせ、スノーホワイトは魔法少女であり続けることを選択した。「魔法の国」としては、できれば辞めてほしかったはずだ。その方が後腐れも面倒もたが、スノーホワイトの性格ならば、きっと後者を選ぶという思惑(おもわく)があったに違いなかった。だが、スノーホワイトは魔法少女であることを捨てなかった。

私はそのニュースを耳にし、その日のうちにスノーホワイトの指導役に立候補した。

スノーホワイトは、正当な試験も指導も受けていない魔法少女であり、「魔法の国」名誉住人になるのであれば、誰かが彼女に真っ当な魔法少女になるよう教化しなければならない。花嫁修業のようなものだ。

私はクラムベリーの試験出身者ではない。まともな試験で選抜された魔法少女だ。居住地はスノーホワイトの担当区域と比較的近い。そこそこいい立場にいてわりと暇をしているベテランだ。「魔法の国」の覚えもまずまずいい。指導役としての条件は満たしている。立候補さえすれば選ばれる気はそれなりにしていた。

で、選ばれた。スノーホワイトの指導役に立候補したのは私のみだった。積極的に拘りたがる物好きは、私以外には誰もいなかった。

私はスノーホワイトに興味があった。魔法少女に幻滅どころか絶望するような経験をしたはずなのに、魔法少女であり続けようとした不思議な少女。クラムベリー最後の試験経過を知っても、なぜ彼女がという気しかしない。これが同じ生き残りであるリップルならば、負けん気の強さとか喧嘩(けんか)根性とかそういう精神性で魔法少女を続けるだろう。事実、リップルは魔法少女を辞めなかった。だが、スノーホワイトの決断には違和感が残った。

なぜだろう。気になった。だからこそ立候補した。審査もなく選ばれた私は、すぐにスノーホワイトに電話をした。挨拶、そこから「あなたの指導役になりました」とメインの用件を簡潔に伝え、「時間的な問題で直接会うことが難しい。そのため電話での連絡が主になります」と続け、「困ったことがあればなんでも相談してほしい」という心のこもらない型通りの言葉で締めた。

スノーホワイトからは気のない返事が聞けたくらいで、「別にあなたと親しくなりたくはない」という思いが痛いほど伝わってきた。私は親しくなりたいのでもう少し頑張る。

「なんでもいいんです。ちょっとした悩みとか、問題とか。私だって駆け出しのころはつまらない問題で思い悩み、先輩に相談したりしました」

「はあ」

「遠慮なく相談してくださいよ。魔法少女のことだけでなく、学校や家のことだってかまいませんよ。全てが上手くいってるってわけじゃないでしょう？」

相手の反応は、通り一遍のものではなかった。

「フレデリカさん。一つ教えてください。強くなるためにはどうすればいいでしょうか？」

簡潔なようでいて、幾通りも解釈できそうな言葉を受け、私は首を捻り、頚骨を鳴らした。期待した通り、面白い娘だな。

「それは、どういう意味での強さでしょうか？　心の強さでしょうか？」

「戦ってどちらが強いという強さです」

「魔法少女に必要なものは強さではないと思います。優しさ、愛らしさ、思いやり、友情、ひたむきさ、そういったものが必要なのではないでしょうか」

「今の私に必要なものではありません」

その後、押し問答のような遣り取りを挟み、失礼しますと電話が切られた。

怒らせてしまったか。

確かにクラムベリーの試験出身者にあれはなかったかもしれない。おためごかしの理想論をぶったところで、彼女が潜り抜けてきた生き地獄が理想郷に変化するわけではないのだ。相手の非礼を咎めるよりは、もう半歩踏みこんでみようかとメールを打つ。

【どうして強さが必要なのでしょうか？】

【私がやろうとしていることに強さが必要だからです】

【なにをやろうとしているのですか？】

返信が途切れた。

指導役に話せないようなことなのだろう。私はもう半歩踏みこむことにした。

【あなたはクラムベリーの試験参加者です。注目されています。違反行為はもちろん、今はグレーゾーンに足を入れるのもよくありません。暴力沙汰でも起こせば、たとえあなたが正しかったとしても皆いうでしょう。やはりクラムベリーの】

ここまで打ってから文面を全て消して打ち直した。

【あなたはクラムベリーの試験参加者です。他のことでならともかく、戦いに関してあなたに教えたがる魔法少女がいるとは思えません。いるとすれば、クラムベリーに同調していた「戦うことと戦う人が大好き！」な魔法少女でしょうけれど、そんな魔法少女は「魔法の国」からそれなりの処置を受けています】

ここまで打ち、送信した。

メールを打っただけなのに、この疲労感はなんだろう。私は傍らのバインダーを手に取った。キッチンの椅子に腰掛け、ゆっくりとページを捲る。今まで私が見てきた魔法少女達が写真としてこのファイルに保存されている。天使のような光沢、しなやかな躍動感、偏執的なまでにきっちりと編み上げられた髪型。魔法少女の髪というやつは眺めるだけでストレスを和らげてくれる。しばしの間心を休め、ほどなくして魔法の端末が着信音を鳴らし、私はテーブルの上にバインダーを投げた。

【それなりの処置ということですが、全員捕まったのですか？】

画面に表示された文章を二度読み、私は返信した。

【巧妙に司直の手を潜り抜けた者がいます】

途中まで消して打ち直す。

【巧妙に司直の手を潜り抜けた者がいるという噂もあります。ですが、私はそれがあくま

でも噂に過ぎないと信じています】

これでいいだろう。

【信じられるだけの根拠はあるのですか？】

案の定、スノーホワイトはこの話題に食いついてきた。彼女が求めんとすることもなんとなくわかってくる。クラムベリーの試験通過者……俗にいう「クラムベリーの子供達」は、よくも悪くも直情径行が多いようだ。

彼女に興味を抱いた私の嗅覚に間違いはなかった。

私は「根拠はありませんが仲間達を信じたいのです」という空々しいメールを送信してから魔法の端末の電源を切り、再びバインダーを手に取った。森の音楽家クラムベリーは、常時魔法少女に変身していたというが、私には真似できない。家賃を支払い、税金を支払い、生業は持たずとも人間としての生活は維持する。魔法少女としてより、人間の感覚を通して味わう方が、少なくとも娯楽に関してはより楽しめる。そんな気がしてならなかった。

根拠はない。私がそう思っていることが重要なのだ。

スノーホワイトの指導役となり、彼女に関する詳細な資料を調べることができるようになった。本名は姫河小雪。「困っている人の心の声が聞こえる」魔法を使う。

彼女が勝ち抜いたN市での試験も事細かく記されている。

無料を謳い文句にしたソーシャルゲーム「魔法少女育成計画」を餌に、プレイヤーの中から魔法の才能を持つ者を探し、魔法少女にする。管理者用端末を住処とし、そこから広大なネットの世界につながり、魔法以外のテクノロジーも使いこなす電子妖精タイプのマスコットキャラクター「ファヴ」と組むことで可能になる選別法で、動物の指で不器用に魔法の端末を操作する従来の小動物型マスコットキャラクターにはできない芸当だ。

そういえば、クラムベリーの事件が発覚してから、電子妖精タイプのマスコットキャラクターより旧来の小動物タイプがいい、という復権運動が起こっている。バランスよく使えばいいのに、極端から極端へ流れるのは「魔法の国」に限ったことではない。閑話休題。

「魔法少女育成計画」によって才能を見出された魔法少女は総勢十五名。これに試験官である森の音楽家クラムベリーが加わり、十六名の参加者で試験を開始した。

ゲーム内通貨であるマジカルキャンディーの多寡により脱落者を決定するというルールは、キャンディーの奪い合いを認めたことから殺し合いへと転じた。裏切り、陥れ、殺し合い、加速していく争いの中で、不意の事故的なアクシデントにより、なんと試験官である森の音楽家クラムベリーが殺されてしまう。

クラムベリーが死んだことで試験は中断。ゲーム終了のアナウンスがファヴからもたらされた。だが友人であるトップスピードを殺されたリップルの怒りは収まらず、スイムスイムに戦いを挑みこれを殺害。本人は重傷を負う。

大変に血生臭い出来事ばかりだが、問題となるスノーホワイトの名前は、被害者としてしか出てこない。ルーラ一味に襲われた、マジカロイド44に襲われた、たまに襲われそうになったが助かった。こんなのばかりだ。やはり、私が電話やメールで話した魔法少女と同一人物とは思えない。

無力（むりょく）だったからこそ、力を求めるようになったのか。無力さに飽きたか、真剣に危機感を覚えたのか、力への憧れを抱いたのか、それは本人と話してみなければなんともいえない。話すだけでなく、入念な観察が必要だ。

私は人間世界でのスノーホワイト……姫河小雪の現住所を調べ、彼女が学校に通っている時間を見計らって姫河邸に侵入した。この種の任務は慣れたものだ。髪を手に入れるための方法として最もオーソドックスなやり方なのだから。

彼女の母親が一階の居間で使用している掃除機の駆動音をBGMに、小雪の自室、カーペットの上に落ちていた髪の毛を拾い上げた。

キューティクル。匂いもいい。そのまま口の中に収めてしまえそうだ。

私は、髪の毛をそっと薄紙に挟んでしまいこんだ。

私が魔法少女に変身すると、お約束である非日常的な衣装とは別に、子供の頭部大もある大きな水晶玉を持っている。目標の髪の毛を手の指に結びつけると、目標の現在が水晶玉の中に映し出される。髪の毛はそれぞれの指に一本ずつ、合計十本結びつけることができ、同時放送はできないが、チャンネルの切り替えは可能だ。

髪の毛のない、もしくは指に巻けないほど短い相手には使えないという弱点はある。まあそれでもいい。ちょっと不便なくらいが可愛げがあるというものだ。

魔法を発動すると、手の届く距離に少女が映る。実際、手を伸ばせば届く。水晶玉の中に手を差しこみ、こちら側に引っ張り出すというのが、私の魔法の本来の使い方だ。今そんなことをしては全てぶち壊しになるからやらない。風で乱れるストロベリーブロンドに手を伸ばしたくなる欲求を抑え、ただ観察するのみ。

魔法というのはファジーなシステムで、姫河小雪の髪があれば、彼女がスノーホワイトに変身していても遺漏なく観察することができる。私はその日から暇があれば姫河小雪イコールスノーホワイトを観察するようになった。

上の空でいるのが多いこと以外は、どこにでもいるような中学生だった。それなりに真面目に授業を受ける。友達もいる。潤いはそれほどない。勉強が仕事の中学二年生だ。学生鞄、ハイソックス、スカーフ、プリーツスカート、そういったパーツの一つ一つに郷愁を覚えるのは私の年齢故か。

魔法少女に変身してもコスチュームは学生服をモチーフとしている。白く大きな花飾りを腰から提げ、同じ花でもクラムベリーとは随分趣が違う。

活動内容は「魔法の国」で推奨されているようなもので、東から西と忙しなく動き、困っている人を的確に探し、ある時は不安げに夜道を歩く学生を見守ってやり、ある時は酔っ払いを背負って家にまで連れていく。

恐らくは彼女の魔法「困っている人の心の声が聞こえる」を基にして動いているのだろう。目の前の相手に使う魔法だと思っていたが、想像より遥かに心の声を拾える範囲が広い。読心系の魔法でここまで広範囲をカバーできるものはないのではないだろうか。

特定の心の声を的確に拾い上げ、それをきちんと処理している。デビューしたばかりの魔法少女で、ここまでやれる者はそうそういない。読み通せる内容に限定性があるため、広範囲を対象とした使用にも耐えられるのかもしれなかった。

全く限定性を持たない完全な読心術を使う魔法少女が、思考時間の短縮を得意とする魔法少女から情報を一挙に送られたことで負荷に耐えられず脳が破壊された、という例を知っている。スノーホワイトならそんな目にあうこともないだろう。

スノーホワイトは仕事をこなしてから同じN市内で働く魔法少女に会いに行く。場所は小さな児童公園、時間帯は夜明け間近だ。

忍者を基調とした黒いコスチューム。横へ流した長い黒髪。なにより特徴的な点が、左目と左腕だ。顔面左側に鈍く重い刃物で抉られたような深く大きな傷跡が走り、左目を潰している。左腕はアームカバーの肘から先が風に揺れ、中になにもないことを示していた。

資料にも名前が出てきた。リップルだ。

試験の範囲を超え、私怨のため魔法少女を殺害したという来歴に加え、隻眼に片腕という魔法少女としては凄みのあり過ぎるルックスで、前情報からは修羅か羅刹かという様を想像していたが、水晶玉の中にいる黒い魔法少女は、優しげに笑っていた。

ああ、と思った。彼女の笑顔は引退者の浮かべる表情だった。

戦士としてかつてと同じ動きができない、ということではないはずだ。リップルは「試験での負傷を治療したくない」旨を自ら申し出たと聞いた。

友人の敵討ちとはいえ、殺さなくていい相手を殺してしまった自分を戒めるためか。

クラムベリーの試験を絶対に忘れないよう、そして他の魔法少女がリップルの姿を見れば否が応にでも思い出すよう、自らを見せしめにしているのか。

もっと他に理由があるのか。

リップル自身に聞かなければわからない。聞いたところで教えてくれるかもわからない。

白い魔法少女と黒い魔法少女の二人組は、公園の階段に並んで腰掛け、ぽつりぽつりと言葉を交わす。リップルがスノーホワイトを見る目は、後輩を見る先輩や、子を見る親や、弟子を見る師のそれで、やはりリップルのスタンスは引退者に近いのだと私は思う。彼女は自分の中である種の決着をつけている。なにに対してのどんな決着かは知らない。

スノーホワイトは違う。彼女はリップルになにかをいい出そうとし、だがそれを口には出せないといった様子で煮え切らずもごもごとした態度だ。思春期の男女を見ているようで少し和む。可愛い。だがスノーホワイトの用件は可愛らしいものではないだろう。彼女は強くなろうとしている。自分を高みに導いてくれる教導役を欲している。クラムベリーの子供達である彼女に戦い方を教えてくれるような人材は「魔法の国」にいない。いるとすれば同じ境遇の、そう、リップルだ。

頼みにくいのだろう。リップルの様子を見ればわかる。彼女は既に舞台から降りたようなつもりでいるのではないだろうか。果たしたかったことを果たし、成したかったことを成した。そのリップルを、自分のやりたいことに巻きこむのは気が引ける。そういうことだろう。

スノーホワイトには傲慢さが足りない。自分のやりたいことのためなら親だろうと友人だろうと踏みつけて悪びれないふてぶてしさが足りていない。自分のしたいことのために全てを踏みつけにしてきた頂点にクラムベリーがいる。クラムベリーは、スノーホワイトにとっては不本意だろうが、今の彼女が目指すべき存在だ。

リップルとスノーホワイトは別れ、スノーホワイトは小さく手を振り、リップルの姿が見えなくなるとため息を吐いた。

私は水晶玉の映像をオフにし、変身を解除してコーヒーミルを取り出した。じっくりとコーヒーを挽き、しゅんしゅんと鳴るやかんの音を聞きながらスノーホワイトについて考えた。

結論は出た。もう少しだけ背を押してやれば、私の求める魔法少女になる、かもしれない。

魔法少女が強くなるためになにをすればいいか、ということを考えてきた先人は数多いた。私はそうした先人が残した資料——それにはクラムベリーの試験記録等も含まれる——を紐解き、私の経験をそこに加えた。

魔法少女個人の魔法の力。そして身体能力。最後に戦闘技術。

そのいずれも、魔法少女として誕生した時から大きな差が生じている。一部の魔法少女は「世界観が違う」という言い回しを使う。宇宙規模の邪神と戦うのも魔法少女なら、ドジな失敗を交えつつご近所の悩み事を解決するのも同様に魔法少女だ。

私は、そこまでのどうしようもない差があるわけではないと考えている。そこまでのどうしようもない差があるのだと「思っている」ことが問題なのだ。

人間なら強くなるためには徹底的な現実主義が必要になる。費やす時間であったり、とる手段であったり。だが私達は魔法少女だ。完璧なスケジュール管理による科学的トレーニングは必要ない。無骨な武器防具で身を固めるのではなく、フリルやリボンで身を飾り立て強くなる。理屈の外の存在だ。

志の高さ、目的意識、魔法少女への愛、愚かな行為に疑問を覚えず最後までやり抜く意志の力。トレーニング施設を使い、優秀なコーチの指導の下で身体を壊さないよう練習するよりも、父親が作った手製のトレーニング用ギブスを用いて訓練を含めた日常生活を送る無茶の方がより効果がある。

愚直であることに意味がある。繰り返すが、我々は魔法少女だ。一人一人が主人公だ。主人公が主人公たるを忘れず、傍から見れば愚かでしかない行為に涙や汗を費やし、強さの向こうにある目的を目指し続ければ、地平が開ける。

もちろん私はそんなことをしない。面倒臭いしかったるい。だが他人がやるなら私は疲れないし面倒でもない。スノーホワイトも強くなりたいのだったら不満もないだろう。

私は魔法の端末にナンバーを打ちこんだ。

「もしもし、スノーホワイトですか？　こちらフレデリカです」

「……どうも」

「お変わりは？」

「ありません」

短い言葉の外に「もう電話切ってもいいですか」という意思表示が見える。

「以前あなたが口にしていた強くなりたいという考えにも変わりは？」

「ありません」

「魔法少女に強さなんて必要ないという私の考えを聞いていただけてない？」

「はい」

「自分自身を犠牲にしても強くなりたい？」

「はい」

「自分以外ならどうですか？」

「……それはどういう意味ですか？」

「お友達や家族です。親しい人達を犠牲にしてもあなたは強くなりたいですか？」

会話が途切れた。スノーホワイトはなにも話さず、かといって電話も切らず、私は返事を待つことなく、

「考えておいてください」

とだけ残して電話を切った。

スノーホワイトが強さを求めるに至った理由は、クラムベリーの試験であると考えていい。クラムベリーの試験では魔法少女が殺し、殺され、その中にはきっとスノーホワイトの友人や仲間がいたのだろう。ラ・ピュセルという魔法少女も、ハードゴア・アリスとい

う魔法少女も、スノーホワイトを守り、そして死んでいった。

スノーホワイトは己の無力を噛み締めたはずだ。全能感に満ち、魔法少女の力に酔っているよりは、無力だと知っている方がいい。高みを目指すには、まず低い位置にいるという自覚を持つべきだ。

私には、魔法少女としての通常の活動以外に、スカウト兼試験官として活動してきた経験がある。私の考える「いい人材」を見つけたことは片手の指で数えるほどしかないが、それでも「魔法の国」から活動費をもらって口に糊している数少ない職業魔法少女だ。自負がある。人材を探す時のコツも掴んでいる。「魔法の国」が推奨しているやり方をそのまま使わず、独自の条件を設定するのだ。

低い位置から上を見ていることが第一条件だ。幼稚園や保育園、学校の先生の髪を入手し、素質のありそうな子供達を探す。あるいは子供自身の髪を使用する。

集団の中ではみ出している者を探す。あからさまに除け者にされている者。石を投げられてもへらへらと笑っているだけの者。こそこそと噂話をされ、気にしながらも聞こえないふりをして通り過ぎる者。朝、学校に着いた時、自分の机の上に菊一輪をあしらった花瓶が飾られている者。

学校の中だけのことではない。明るく楽しい学校生活を送っていながら、腹の青痣や煙草を押しつけられた跡を隠している者。深夜に訪れる義父の足音を恐れている者。家に帰るのが嫌でたまらず、不法投棄の家電が山と積もる森の中で膝を抱いて座っている者。鬱屈し、鬱積し、内側にこもったエネルギーを外に出すことなく閉じこめている。現状が嫌だとわかっているのに、打ち破ることも逃げ出すこともできない。手段が欲しい。そのためなら苦しんでもいいし痛いのも我慢できる。そう思い、祈り、願っている。

一方向に向けられた意志は強く輝き、魔法少女としての高みに導いてくれる。歪み、淀んでいても、その分だけ強くなる。座敷牢に閉じこめられている人でもいれば最高の素材になってくれたかもしれない。

問題がないわけではない。本人の性質、性格にもよるが、大抵は魔法少女に変身して自分の問題を解決したことである程度満足してしまうのだ。そこから先、そこより上を目指そうとしてくれず、ああよかったで終わってしまう。想像力が前に進もうとしてくれない。

対象を大人にまで広げてみようとしたこともあった。欲望の果てしなさならきっと子供より大人の方が強いだろうと考えた。安易な固定観念だったことは否定できない。

技術研修という名目のリストラ部署に押しこめられたかつてのエリートサラリーマンも、闇金の取立てから逃げ続けてブルーシートとダンボールの家に住み暮らしているかつての工場経営者も、年齢を重ねたせいで誰にも愛されなくなったのだと悲観し酒に溺れている自かつてのプレイガールも、いい線まではいくが最後の決め手に欠けた。皆、少女である自分に対して違和感を抱いてしまう。

そういう点では、やはり子供、せいぜい二十代くらいまでの女性が、適性を持つ率は高い。大人で魔法少女になれてしまう稀有な人材は、非常に優れた才能を持っていることが多くとも、絶対数の少なさ故に探し出すことが困難で、それならば子供の候補を集めてふるいにかけた方が効率よく才能を集めることができる。しかし子供はある程度望みを叶えたところで満足してしまう。

そこでスノーホワイトだ。

彼女はクラムベリーの試験に参加し、大きな影響を受け、力を欲している。クラムベリーと似たような真似をしている魔法少女を押し止めるための戦闘能力を求めている。その欲求には終わりがない。どんなに強くなっても、より強い敵が出てくる少年漫画のようなもので、誰が相手になろうと絶対に負けない無敵の魔法少女になるまで彼女は自分自身を強化していかなければならないだろう。

強力な意志のもと、それを実行する。漠然とした強さへの憧憬ではない。彼女は「選んだ者」だ。選んだ手段に必要な力に際限がないというだけのことだ。どこまでも求め続ける。クラムベリーがそうだったように、たぶん死ぬまで。

クラムベリーの子供達とはよくいったものだと思う。森の音楽家の生き方は、彼女を羨む者も憎む者も等しく魅了し続けている。

では「降りた者」はどうだろうか。

私はスノーホワイトが日々の人助けを終える一時間前を狙い、リップルを訪ねた。接触には彼女の指導役である魔法少女に許可を得る必要があった。身を入れて指導しているというわけではないらしく、どうやら役目を無理やり押しつけられたようで、私の熱心さに呆れつつも「お好きなようにどうぞ」とあっさり許可してくれた。

リップルもまた人助けに従事しているが、東奔西走で一所に落ち着かず走り回っているというわけではない。決まった順路に従いパトロールし、ビルの上で小休止した後、またパトロール、問題があればその都度解決するというオーソドックスなスタイルだ。スノーホワイトと違い、「困っている人の心の声が聞こえる」というわけではないリップルにとってはそれが一番やりやすいのだろう。

あらかじめ細波華乃のアパートに忍びこみ入手しておいた髪を用いて動向を確認し、デパートの屋上で小休止したところへ声をかけた。

声をかける前に音か気配かで気づき、刀の柄に手を伸ばし機敏な動きでこちらに向き直る動きなどは、なるほどクラムベリーの末子という風情だ。動きに無駄がなく、目の配りがいい。なにより速い。瞬き半分ほどの時間で完全な戦闘態勢に入り、石畳上で四つん這いに近い低い姿勢をとって構えている。

忍者風のコスチュームは伊達ではないらしく、魔法少女全体から見てもトップクラスの敏捷性だろう。これに「必ず命中する手裏剣」の魔法があれば、相当な強者だ。試験を勝ち抜いたのも頷ける。

彼女の動きに合わせ、黒く長い長い生き物のように髪が靡いた。闇に映える黒髪というのは滅多にあるものではない。いい髪だ。指で梳いてあげたくなる。指の股を流れていく滑らかな感触を想像するだけでたまらないが、今は抑えておこう。

私は両掌を相手に向けて微笑みを浮かべた。こちらに敵意も害意もないと示す。リップルは刀から手を離して身を起こした。表情はまだ硬い。

私は腰を曲げて「こういう者です」と名刺を手渡した。管理者用端末を持つような立場の魔法少女は、名刺の一枚も持っているとなにかと動きやすい。

「あなたもご存知でしょう。スノーホワイトの指導役をしています」

「スノーホワイトの」

表情が多少は柔らかくなったような気がする。凄惨な戦いの痕跡は顔に残ったままでも、それなりに可愛らしく見えるのはやはり魔法少女だからか。皮膚が薄くなり、変色した顔面の傷は、敵意を剥き出しにしていた時は迫力と威圧感に溢れていた。今は戦友に先立たれ、一人生き残ってしまった傷病兵の悲哀が漂っている気がする。

私は思いを顔に出すことなく話を続けた。

「彼女に相談されまして」

「相談」

「強くなるためにはどうすればいいのか、と」

リップルの表情があからさまに曇った。眉根に皺が寄り、傷跡が引き攣って見える。

「スノーホワイトが強くなろうとしている理由はご存知ですか？」

リップルは答えず、ただ俯いた。目線の先には彼女自身のつま先があり、一枚歯の下駄を履いた足があった。あんなにバランスの悪い履物であっても、本来のコスチュームでさえあれば問題なく動き回れてしまうのが魔法少女だ。

私は視線を戻して話を続けた。

「あなたもそうですが、スノーホワイトはクラムベリー最後の試験の参加者です。周囲の目は厳しい。強くなろうとしているだけならともかく、なんらかの目的があるなら……あまりいいことになるとは思えません」

リップルは口を開かず目も合わせようとしない。

「『魔法の国』に報告しようというつもりはありません」

リップルが微かな驚きを見せ顔を上げた。私は頷いて見せた。

「報告するつもりならあなたに話を持ってきたりはしませんよ」

軽く笑って見せて相手の警戒心を少しでも削ごうとする。効果の程はともかく、ほとんど習慣になってしまっていた。

「ただ、強さを求めていることが『魔法の国』に知られ、私がそれについて十分な説明ができなければ、私は任を解かれてしまうでしょうね。そうなると次に任を与えられる魔法少女がどんな人になるのかわかりません。クラムベリーに対して強い敵意を持っているような魔法少女がスノーホワイトの指導役に就けば、それはきっとスノーホワイトにとってもよくないことになると思います」

リップルは一つだけ残った目で食い入るように私を見返していた。実に真剣な面持ちだ。ある程度満足し、私はふっと息を漏らしてリップルから視線を外し、周囲に目をやった。

「デパートの屋上に来たのは久しぶりです。いや、懐かしい」

私が子供の頃に週一で通っていたデパートの屋上は、もっと広く、周囲を覆う金網も高く、屋台や遊具も豪華だった気がする。子供の目で見ていたからそう見えていたのか、それとも時代が変わって不景気になったからか。ポップコーン屋の屋台や、石畳、鉄柵の一部は新しく、丸きり放置されているわけでもなさそうだ。

私はもう一度リップルに向き直った。彼女は少しばかり戸惑っているようだ。これくらい振り回した方がいい交渉ができる。

「スノーホワイトに真意を問い質してはいただけませんか。私も聞いてみたのですが、はぐらかされるばかりで答えてもらえないんです。リップルさんなら答えてもらえるかもしれない」

ぐっと目に力を入れる。

「それが正しいことなら私も協力します。スノーホワイトには手助けがいるでしょう」

リップルの瞳はブレずに私を見詰めている。値踏みをしているのだろう。戦いに次ぐ戦いで交渉事とは無縁の生き方をしてきましたという風情の——彼女の経歴を見た限り、それは見かけだけのことではない——リップルでもその種の強かさを持っている。クラムベリーの子供達というのはそういうものだ。

私はリップルとアドレス、それに電話番号を交換した。これでいつでも連絡を入れることができる。その後、手をとって軽く握り、離し、笑顔で手を振ってデパート屋上から飛び降りた。彼女に背を向けた時、何気なく隙を見せた私に対して緊張した気配を感じた。ごく軽い殺気のようなものだ。彼女は気軽に背を見せることができないのだろう。戦いから降りたような顔をしていても、未だ現役だ。中々好ましい、と思った。

翌日、スノーホワイトに連絡を入れた。

「リップルになにかいいましたか？」

開口即切り口上だ。こちらもこちらで実に好ましい。

「あなたの指導役として交友関係も把握しておきたかったので。いいお友達のようでほっとしました」

「余計なことをしないでください」

声のトーンが高く、大きくなった。つられて声を高くしないよう注意する。

「余計なことではありません。あなたは傍から見てそれくらい気をつけていないと、と思わされるくらいには危なっかしいですよ。それに」

一息入れ、続ける。

「あなたがどうして強くなりたいのか、結局私は教えてもらっていません」

「教える必要はありません」

僅かに声のトーンが下がった。ほんの少しではあるが、スノーホワイトは怯んだ。チャンスはここだ。私は畳み掛けた。

「教えてもらえれば協力できるんですよ。教えてもらえなければ協力することもできない。あなたがなにをしたいのか、それが反社会的なことだったり『魔法の国』の意向に反することだったりしても私は他所に漏らしたりはしません。魔法少女としての自分自身に誓いましょう」

魔法少女としての私自身に誓いを立てるだけの価値があるとは思えないが、スノーホワイトがどう思ってくれるかまでは私の知るところではない。

「以前いったことを覚えていますか。強くなるためならなにを犠牲にしてもいいのか、と。犠牲という言葉が強すぎるのならいい換えましょう。なにを利用してもいいんですか。ええ、いいんですよ。利用してしまえばいいんです。あなたはなにからなにまで全部自分一人でやろうとするから身動きがとれなくなる」

相手は黙っている。だが聞いてはいる。気配が魔法の端末の向こうにある。

「練習相手がいなければリップルに頼めばいい。指導役が口を挟みたがるタイプならいいようにおだて上げて自分を鍛えるための道具にしてやればいいんです。私だってね。クラムベリーなんかと比べれば、戦うことが得手とはいい難いですよ。でもこれまでに幾人もの魔法少女を育ててきました。育てることについてはクラムベリーにも負けないという自負があります。強くなるために利用する相手としては実に適役ですよ」

ここで一呼吸挟む。

「私を利用しなさい、スノーホワイト。そのためにまず腹を割って話してください。あなたがなにをしたいのか。なぜ強くなりたいのか。理由を知れば、私は適切な助言を入れることができるようになる」

「……あなたが」

声の調子は落ち着いている、というより弱っている。自分を理解してくれるかもしれない相手を前に、弱さが出そうになっている。いい傾向だ。

「あなたが私に利用されるメリットはなんですか」

「指導役なんてそんなものですよ。人間世界の学校だって同じことでしょう。生徒は先生を利用して社会に出ます。あなたが私を利用してあなたの目指す魔法少女像に近づけるのなら、私にとってそれほど嬉しいことはない。利用されるだけの覚悟をもってこの仕事をしているんです」

再び沈黙が訪れた。私は彼女の返答を待つことなく、

「いいお返事を待っています」

と電話を切った。

その日のスノーホワイトは、珍しくリップルと喧嘩をした。

私の魔法では音を拾うことができない。そのため会話の中身までは把握できなかったが、激しい遣り取りをしているくらい見ればわかる。その内容についても、両者の側から揺さぶりをかけた私には容易に想像がつく。

スノーホワイトは強くなろうとしている。戦いの場に自らを置こうとしている。

リップルにはそれが納得できない。彼女の中では、戦いは終わっている。

リップルはあくまでもスノーホワイトのことを考えている。スノーホワイトもリップルのことを考えているのなら、二人がここでぶつかり合うことはなかった。だがスノーホワイトは揺れている。私が揺らした。一週間前のスノーホワイトとは違う。リップルしか頼る相手がいないのなら、リップルを頼る。

二人は時折涙を浮かべながら議論を繰り返し、最後まで結論を出すことなく別れた。スノーホワイトは去り行くリップルに背を向け、いつものように手を振ることもなかった。

私はすぐ魔法の端末を起動した。リップルに連絡を入れる。

「もしもし。フレデリカです」

「ああ……どうも」

「スノーホワイトはどうでした？　目的を話してくれましたか？」

リップルは答えない。別れたばかりのタイミングでこんな連絡を入れるということは、つまり監視していたのではないかと考えるだろう。監視していたのは事実だ。リップルにとって疑わしいのはわかっている。リップルにとっての私のポジションはそれくらいでいい。頼っていい存在だと思われてはかえって問題だ。

スノーホワイトはリップルに自身の目的を話している、という確信を持ちながら話を続けた。

「心配しているんですよ」

「……心配？」

「ええ、心配です。このままスノーホワイトが無茶な真似をしでかしはしないかと。強くなりたいという思いを募らせるがあまり、自分の力量も把握できないまま危険な場へ身を躍らせてしまうようなことになりはしないかと」

右手で魔法の端末を持ったまま、左手で水晶玉を操った。魔法の端末を持つリップルの姿が見える。オブラートを使わずに苦い薬を嚥下したような表情だった。そのわかりやすさは嫌いじゃない。

「私が制止しても聞く耳は持たないでしょう。リップル、あなたならどうですか？　スノーホワイトが無茶をしようとするのを止めることができますか？」

答えは知っている。どんな言葉を弄そうとスノーホワイトを止めることはできない。

「まずい事になる前になんとかしたいのですが」

私はスノーホワイトを心配している、というアピールをして電話を切った。水晶玉の中のリップルは魔法の端末を握ったまま固まっている。私は自分の投げた言葉が及ぼした結果について満足し、水晶玉の映像を消した。

スノーホワイトは放っておけば勝手に動く。生半可なままで危険な場所に出向き、痛い目にあう。怪我で済めばマシ、たぶん死ぬ。

そうなるくらいなら生半可を卒業させてやった方がいい。リップルがスノーホワイトに戦う術を教え、それによってスノーホワイトの生存力を高めるべきだ。

私は暗にそう伝え、リップルは正しく理解したはずだ。

続いてスノーホワイトに連絡を入れた。

「もしもし。フレデリカです」

「……はい」

声が震えている。ああ、これは泣いていたな。水晶玉を使うまでもない。

私はあえて雑談に終始した。学校はどうだ、受験はどうした、そういった「どうでもいい」ことについて質問し、いかにも含蓄ありげでその実誰でも話せそうなアドバイスをし、それではと電話を切ろうとしたところでスノーホワイトが口を開いた。

「あの」

思わず出てしまったという感じの声で、声の主もそれに戸惑っているようでさえある。

「どうしました？」

なるだけ優しげな声音で促した。扉の内側には開けたがっている子供がいる。こちらから無理に押し開ける必要はない。向こう側から開けてくれるだけの積み立てはしてきた。私はそれが効果を見せるまでじっと待てばよかった。それはきっと今日か明日……いや、今だ。二分間強の無言の行の後、スノーホワイトは時折言葉を詰まらせながら語り始めた。

それは全く私の予想範囲内で一切の驚きは感じなかったが、それでも一応は驚いたふりを見せつつ合いの手を入れて続けさせ、全てを引き出した。

クラムベリーのような魔法少女がいたら、その行為を止めたい。次に出てこないために予防もしたい。人間世界の大きな揉め事にも積極的に介入していきたい。そのためにはどうしても強くならなければならない。

スノーホワイトらしい理想だ。やれるかやれないかでいえば、やれるだろうと思う。

スノーホワイトという要注意な問題児に関してさえ、「魔法の国」の監視体制は緩やかなものだ。悪くいえばいい加減な放任主義だ。こういう部分は百年経とうと千年経とうと変わらない。「クラムベリーの子供達」が表舞台に出れば色眼鏡で見られるだろうが、指導役兼監視役という名目でついている私が協力してしまえばいくらでも握り潰せる。

スノーホワイトは「行為を嫌悪」している。こういうタイプは長続きする。

リップルは「個人を憎悪」していた。こっちは燃え尽きるのが早い。

だが見た感じ完全に燃え尽きたわけではない。奥底の方では燻っている。一生懸命息を吹きかけ、種火から熾してやればスノーホワイトの手伝いくらいにはなるだろう。

私はスノーホワイトの言葉にショックを受けたポーズをとり、少し考えさせてほしいと伝えて電話を切った。これくらい重く受け止めておかなければ、軽いだけの魔法少女だと思われるか、不審を抱かれるだろう。

もちろん私の結論は決まっている。スノーホワイトを強い魔法少女にする。彼女の性格なら、精神性なら、私の考える「理想の魔法少女」に近づくことができるかもしれない。旧弊を改め、黴が生えた「魔法の国」を変えることができるかもしれない。久しく見ない才能を感じる。指導役として腕が鳴ろうというものだ。

当局に行為を知られても容易に手出しできなくなるくらい大きな存在になるのがいい。

どこかで悪いことをしている魔法少女を二人くらい摘発し、「魔法の国」の放任主義を無言のうちに糾弾しつつ、異名を奉られて悪党から恐れられ、逆に「魔法の国」からは悪党退治の象徴として利用されるくらいがいい。

異名は恐ろしげな物を考えておかなければならない。白い悪魔。白い死神。違うか。もっとこう外見に拘らず行為を表すような……宿題にしておこう。

私は、魔法の端末の電源を切ってテーブルの上に置き、キッチンを出て和室の引き戸に手をかけた。和室の中からは始終止まることなく機械の音が聞こえている。空気を入れ替えるためのファンが回転を続けていた。

引き戸を開く。足を踏み入れると僅かに沈む。フローリングとは違う、畳の感触が足の裏から伝わる。一年くらい前までは、青畳の爽やかな香りが残っていたが、ファンを回し続けているせいか、すぐになくなってしまった。

この部屋に入ると幸福感が身体の端から染み入ってくる。

左右を壁の代わりにスチール製の無骨な本棚が埋め、向かいも同様に本棚が占めている。一応ホームセンターで買ったつっかえ棒を用いての耐震処理はしてあるが、大地震でも起きればどれだけ役に立つか知れたものではない。

本棚にはファイルが並んでいる。表示されたアルファベットに従い、目的のファイルを手に取り、開く。そこには薄紙に挟まれた一本の髪の毛がある。暗い金髪で軽くウェーブがかかっていた。

コレクションの中でもとりわけ思い入れが深い一品だ。一本の髪を見るだけで、いくつもの思い出が色鮮やかに甦る。だが、それだけに、いつまでも未練がましく持っていては前に進めない気がした。今の私にスノーホワイトという興味の対象がいるなら――

髪を抜き取り、ファイルを元の棚に戻して和室を出た。フットペダルに足を置いてキッチンのゴミ箱を開き、指先で摘まんで運んできた髪をはらりと落とす。アボカドの皮の上に落とされた髪は、少し悲しそうにも見えた……ああ、なんという感傷だろう。私は自分で自分が恥ずかしい。

二人の間にどういう遣り取りがなされたのか、うっかり見逃してしまったが、そもそもそれは私の好奇心の範囲外にある。リップルがスノーホワイトの戦闘訓練を見てやるようになったという事実があればよかった。

戦闘訓練といっても跳んだり走ったりということはしない。組み手を主として、正しい蹴り方、殴り方を指導するというものだ。できることなら対魔法少女用の投げ技と関節技もやってほしかったが、飛び道具主体のリップルにはない技術かもしれない。

リップルは安堵したようだった。

スノーホワイトはリップルよりも力が弱く、リップルよりも動きが遅く、リップルよりも技術が拙く、つまりはリップルに勝っている部分がなかった。

これでは到底実戦に出ることなどできないだろう。むしろここで諦めてくれるのではないか。リップルの安心はそんなところにあったのではないかと推測できる。

私も安心した。実力差、実戦経験の差を見せ付けられ、軽くあしらわれて時には公園の地面に倒されて白いコスチュームが土に汚れても、スノーホワイトの顔は戦う決意を失っていなかった。やはり好ましい。そして可愛い。

別に実力差があることはいい。リップルはクラムベリーさえ落命した激烈な戦いを勝ち抜いて生き残った。受けた傷が彼女の戦歴を証明している。恐らくは戦うことさえ考えていなかったスノーホワイトと差があるのは当然だ。その実力差に絶望することもなく、腐ることもなく、まだ戦意を保つ根性がいい。

私はそれから三日間スノーホワイトとリップルの訓練を見守った。多少身体の動かし方が様になってはきたものの、やはり厳然と聳え立つ実力差は如何ともしがたく、スノーホワイトはリップルにあしらわれている域から出ていない。

私は特にスノーホワイトの表情に注目をした。連日相手にならなくても、まだまだ諦めてはいない。だが焦りは見える。この訓練を続けてもどれだけ強くなるものだろうという焦りだ。その焦燥感は正しい。リップルは形の上で訓練に付き合っているものの、スノーホワイトが強くなることを望んでいない。

私はその日の訓練が終わってからスノーホワイトに連絡を入れた。

「決めました。私はあなたに協力します」

電話の向こう側から息を吸いこむ音が聞こえ、続いてたっぷりと溜めてから、

「ありがとうございます」

という礼の言葉が返ってきた。

「いいえ、気にしないでください。前にもいったじゃないですか。私を利用してくれればいいんですよ。指導役にとってはそれが本望ですから」

水晶玉でスノーホワイトを確認する。申し訳なさそうな顔の向こうに海が見えた。漁船の光が水平線近くで輝いている。どうやら海に近い鉄塔の上で電話をしているらしい。

「コツを教えます。覚えておいてください。まず一つ目は、なるだけ魔法少女でいる時間を長くしてください。人間としての活動時間を最低限にして、一人でいる時は基本的に魔法少女でいることです」

人間と魔法少女では時間感覚が違う。なにかを学習しようという時には魔法少女でいた方が都合がいい。私のように趣味の時間を味わいたいという特別な用事がなければ、魔法少女のままでいればいいのだ。

水晶玉の中ではスノーホワイトが律儀にメモをとっていた。強さを求めるストイックさにこうした素直さが加わり実に愛らしい。

「人間の生活はあくまでも見せかけのものであり、自分の本分は魔法少女にあると信じてください。思うだけでは足りません。信じるのです。その上で、魔法少女でいる間も、人間でいる間も、頭の中で戦いのシミュレーションを繰り返してください。単に思うだけではない。殺し、殺される渦中にいると念じてください。願うだけでなく、信じてください」

全く戦いの経験がない者には不可能でも、リップルとの模擬戦があればけっして不可能ではないはずだ。至難であることに変わりはないが、不可能ではない。

魔法少女の強さを支える一大要素は想像力だと私は考えている。クラムベリー最後の試験でのスノーホワイトのプロフィールに「妄想癖がある」と記されていた。クラムベリーは戦ってさえいれば幸せという禍々しくも可愛らしい戦闘狂で、ファヴはナチュラルアンドストレートにクズでゲスだが、試験参加者の人物評を間違えたりはしない。妄想も想像も同じだ。思い考え祈り信じることが「けして折れることがない太くてしなやかな魔法少女としての背骨」を形作る。

プリミティブだがそれでいい。私式の育成方法はスノーホワイトにぴったり合うはずだ。

「飽きないこと。疑わないこと。真剣であること。この三つです。私達は魔法少女です。

世間一般の基準でいえば、存在そのものが馬鹿げています。だからこそ真剣にやるんです」

真剣に馬鹿な真似をすることによって魔法少女は強くなる。可愛らしいクラムベリーがいい例だ。

「人間社会での生活は添え物です。あなたは受験生かもしれませんが、まともに受験勉強をすることもない。正々堂々と不正をして合格するか、勉強しなくても合格できる高校を受験するか、中学卒業を最終学歴にするか、いずれかを選んでください」

無茶を通そうとすれば、意外と通るものだ。

私は強くなるための術をスノーホワイトに語り、スノーホワイトは内容への疑問を口にすることなく最後まで漏らさずメモに認めた。私が直接戦闘訓練を見てやれないことを詫びると、リップルが相手をしてくれていることを話してくれた。うん、知ってる。

「ありがとうございました」

「いいんですよ、気にしないでください。私が好きでやってることなんですから」

「いえ、でもお礼はいわせてください。本当に、助かったんです」

胸の前で右手を握り真剣な面持ちで話すスノーホワイトを見ると胸がきゅんとくる。この娘はなぜこうもいちいち可愛らしいのか。クラムベリーの試験記録でもスノーホワイトが守られる記述が頻出するが、こういう部分が原因だったのか。

魔法少女ならぬ魔性の女か。

スノーホワイトは徐々にではあるがリップルについていけるようになっていった。ただただあしらわれるだけでなく、一応教え教えられるだけの形になりつつある。立ちはだかる実力差は変わらず高層でも、とっかかりのようなものができた。目的意識がしっかりと一方向に向かっている。

スノーホワイトは私のいい付けを愚直に守っている。想像し、考え、信じている。一日あたり二時間や三時間ではない。本来睡眠するはずの時間を費やし、人間でいる時間を削り、魔法少女のままで「戦っている」のだ。家に帰り、瞑想。魔法少女活動を終え、瞑想。朝食をとってすぐに、瞑想。彼女は心の中で常に戦っている。

強くなる実感は、途上において最も楽しいものだ。私にも経験があるからわかる。スノーホワイトは実に楽しそうだった。

リップルは戸惑っているようではあった。彼女にとってはスノーホワイトは庇護の対象で、肩を並べて戦う戦友ではなかったのだろう。傲慢ではあるが、間違いではない。スノーホワイトがその気にならなければ、たぶんずっとその関係は続いていた。

戸惑いつつも、リップルの教え方は変わってきた。じゃれつく子供をいなすのではなく、生徒に指導する先生により近くなった。とはいえ小学校以前、保育園か幼稚園くらいのものだ。教える内容は基本のみ、それだけでスノーホワイトには事足りている。

今はこれでいい。魔法少女は人間とは違う。「正しいローキック」を使いこなせるようになるだけでも、人間なら相当な修練がいる。魔法少女ならきっかけと思いがあればいい。

リップルはスノーホワイトに強くなってほしくないのではないかと思っていたが、まんざらでもなさそうに見える。というよりは、楽しそうなスノーホワイトを見て喜んでいる、というのが正しいのかもしれない。

私はファイルを開き、新しくコレクションに追加した写真に「この子の髪はもう少し潤いがあってもいいかも」などと注釈を加えつつ、スノーホワイトの「完成図」を思い浮かべた。足りない物があるとすればなんだろうか。複雑に編みこまれた長く柔らかく鮮やかな金色に輝いた髪が私のインスピレーションに鋭いキックを与えてくれる。ひらめいた。射程と攻撃力。この二つは、現状のまま鍛え続けても不足し続けるだろう。スノーホワイトの想像性がそちらに向かっていない。かといってこちらから強制を加えて妙な歪み方をしては元も子もない。

ファイルをテーブルに置き、魔法の端末で資料を呼び出した。クラムベリーの試験で登場し、行方が明記されていない物がある。

私は訓練が終わり、二人が別れたのを確認してからリップルに連絡を入れた。

「もしもし、リップルさんですか？　こちらフレデリカです。お聞きしたいことがあってお電話させていただきました。よろしいですか？」

「……はい」

「クラムベリーの試験では『魔法の国』のアイテムがいくつかあったはずですが……袋とか武器とかですね。あれがどうなったかご存知ですか？」

「預かっている……という形で、私とスノーホワイトが……」

所々言葉が途切れそうになるのは、口に出したくない、思い出したくないことをいわされているせいだろう。

「ではあなた方が今でも持っている？」

「はい」

「『なんでも入る袋』と『透明になる外套』『薬』『兎の足』『武器』の五つがあったはずですね」

「はい」

「どなたがどう持っているのか教えていただけますか？」

「私が……『袋』と『武器』と『マント』を。スノーホワイトが『兎の足』をそれぞれ預かっています。『薬』は……たぶん試験中に全部使い切ったんだろうと思います。残っていませんでしたから」

なるほど、なるほど。リップルとしては、預かっているという感覚なのか。

「所有権そのものが曖昧なようですね」

「はい」

「二人の間で貸したり借りたりもできるわけだ」

「……なぜそんなことを訊くんですか？」

「スノーホワイトがいざ戦おうということになれば、扱える道具が多いに越したことはないでしょう」

「あなたはスノーホワイトが戦うことに反対していたんじゃないんですか？」

責めている。やはり、リップルはスノーホワイトには戦って欲しくないようだ。訓練時には喜ぶスノーホワイトを見て多少楽しくなったのかもしれない。友達が嬉しそうなら嬉しくなるのも道理だろう。だが根本は変わっていない。

リップルは、試験終了間際、友人のために戦い、仇を殺した。あれは友人を殺した相手に怒りをぶつけたのか。友人を死なせてしまった自分の罪を少しでも軽くしようという意図はなかったか。

罪は、軽くなっても消えはしない。いつまでも背負っている。今も背負い続けている。

リップルは友人が危険に晒されることを許容できないはずだ。

「私が反対していたのは、スノーホワイトが生兵法を身につけ、強くなったのだと勘違いをして危険な場所に赴くことです。スノーホワイトが望むことは、間違ってさえいなければできる限りかなえてあげたいと思っています」

「危険だとわかっていてやらせるんですか」

「彼女次第では危険ではなくなるでしょう」

大きな舌打ちが鳴った。

「彼女は戦うべき魔法少女じゃない」

「それは魔法少女『スノーホワイト』が自分自身の判断で決めることです。あなたが決めることではありません」

先ほどのものより大きな舌打ちが私の鼓膜を震わせ、同時に電話が切れた。

リップルが感情的になり、その思いを隠そうとしなかったのは、自分自身スノーホワイトの手をとって戦いに導いてしまったという罪悪感があったのかもしれない。彼女は押しに……スノーホワイトの押しに弱い。以前喧嘩別れした時も、結局はスノーホワイトの望むまま、稽古をつけてやることになった。弱いまま危険な行為をさせるのが一番よくない、という私の助言を容れた部分もあったのだろう。だがその助言を受け容れた最も大きな要因は、スノーホワイトが喧嘩の折に見せた涙ではないかと踏んでいる。

友人を大切にするという目的に縛られて動けなくなっている。それが今のリップルだ。

私はファイルを手に取り、心の働きをよりシャープにするためページを捲り始めた。想像に修正を加えながらスノーホワイトの「完成図」を思い描いた。

クラムベリーの強さは、身体能力、強力な魔法に加え、なにより豊富な経験とそこから得られる知識によって裏打ちされていた。魔法少女間の戦闘において、魔法の弱みを、強みを知っていれば、それが勝利の鍵になるだろう。

スノーホワイトにクラムベリーほどの経験や知識はないが、彼女の魔法は「困っている人の心の声が聞こえる」魔法だ。試験の中では、見つかりたくないと思う敵の心を聞いて居場所を見つけたり、「魔法の国」の武器で攻撃されては困るというファヴの心の声を聞いてリップルに攻撃をさせたという。

そう、相手のされたくないことがわかる。魔法に纏わる知識がなくとも、その場その場でクラムベリーに近い立ち位置で戦える。四つのアイテムを使いこなし、状況に応じて最善を選ぶことができる。

読み終える頃には、私の頭の中のスノーホワイトは史上最強絶対無敵の魔法少女になっていた。私は満足し、ファイルを置いて背を伸ばした。

私が予想した通り、リップルがスノーホワイトの訓練を投げることはなかった。リップルは自分の我侭よりもスノーホワイトとの交流を優先する。

そうだ。我侭だ。戦おうという人間から剣を取り上げ、私の背に回って震えていなさいというのは傲慢な我侭だ。リップルだってわかっている。わかっているからこそ、私に対

して怒りを見せた。

スノーホワイトが軽いジャブを入れてから右のハイキックを見せたところで軸足をちょんと刈られてすっ転び、右腕を捻られ地面に押さえつけられた。二人はすぐに離れ、今度はスノーホワイトがジャンプから全力で拳を打ち下ろし、リップルが軽く払う。

たかだか一ヶ月でスポンジが水を吸うように身体の動かし方を吸収し、覚えている。いや、教えている以上のことを覚えている。

ジャブを入れてからのハイキック。あれは側面を拳で塞ぎ、死角を作ってから蹴りを叩きこむテクニックだ。リップルの隻眼というハンディを利用した。習い覚えたことを正しく活用しているだけではないえげつなさがある。

今は小賢しさでしかなくても、これがもう一ヶ月後なら変わってくる。ただ、その後のジャンピングテレフォンパンチは少々いただけない。自分なりの工夫はいいが、そういう余計なパフォーマンスはリップルが正してくれるだろう。

私は水晶玉の映像をオフにした。スノーホワイトは美しく育っている。私はそちらにばかりかまけているわけにもいかなかった。終わらせねばならないことが山積みだ。通常業務も滞っている。決めるべきを決め、考えるべきを考えなければならない。

人間も魔法少女も求められている内が華だ。私が一番求められている仕事、優先順位一位の業務は、次の新人選抜試験になる。スカウトとして、指導役として、「私の理想とする優れた人材」を送りこむ。候補生を集めて、競わせ、魔法少女を選別する。私が、私の理想のために、選ぶ。悪を討ち、正義を掲げる正しいヒロインを。

そのためにも準備がいる。次の試験の予定は……魔法の端末でチェックすると、もうすぐだ。あれにもうワンアクセント入れたい。魔法の端末で登録してあった参加者の顔をざらっと眺めてみる。どうも「これぞ！」という人材に欠ける。触りたくなるような髪の毛の魔法少女がいない。マンネリ打破という意味もこめて、工夫を入れたい。ほんのちょっとしたものでいい。

そうだ。

一つ思いついた。試験の舞台を遊園地にするというのはどうだろう。リップルに初めて会った時のデパートの屋上。遊具や屋台に囲まれた夜の施設というのは雰囲気があった。

私は新たな思いつきを形にすべく、ファイルを取り出した。


それから一ヶ月は、余さず、とはいかないにしても、概ね順調に進んだといっていい。

リップルとスノーホワイトの組み手はより激しさを増し、彼女達は稽古の場を公園から山に移した。地面が抉れたり、遊具が壊れたりしては、子供が悲しむという魔法少女らしい配慮によるもので、微笑ましくも常識的だ。

山ではより立体的に動くようになり、岩壁を蹴ってから跳びかかり、その勢いを利用して腕を取ってから投げつけ、三回転して着地し即反撃に出るといった実戦さながらのぶつかり合いが繰り広げられている。

スノーホワイトは想像力いっぱいに動くようになり、彼女の考える理想にぐっと近づいていた。まだリップルには大分及ばないが、それでも相手にはなっている。二ヶ月前を思えば驚異的だ。彼女の想像力は、私が考えていた以上に素晴らしい。

驚くことにリップルも動きがよくなっていた。スノーホワイトに触発されたのか、彼女もまた成長していた。今やスノーホワイトとリップルはお互いを育て合っている。岩場に並んで腰掛け、汗を拭きながら「ここはこうした方が」「いやここはこうして」と話し合いながら時折笑みを浮かべる二人のなんと可愛らしいことか。私はもうなんというんだろう。母親目線とでもいうんだろうか。いい子になってくれたねぇとか強くなったねぇとかそういう感慨を抱きながら二人を見守った。たまに涙まで零れそうになるから困る。

後はリップルからアイテムを貸与してもらえればいいのだが、リップルに電話をかけてもつながらない。着信拒否だ。ああいうタイプは意固地になるから。

一度ちゃんと顔を合わせて話す必要がある。スノーホワイトの育成にリップルは必要不可欠で、私とリップルのコミュニケーションも必要不可欠だ。

スノーホワイトとの電話連絡は途絶えることなく続いていた。どこまでもいい先輩を演じ、水晶玉で見た訓練風景を参考にしてアドバイスを送る。

「なるほど。動きが読まれてしまうと」

「はい、それでどうしても捉えられてしまう感じで。あの……もしよかったら、なんですけど。実際に会って見てもらえませんか？」

「すいません、都合さえ合えば見てあげたいんですが、どうにもスケジュールが上手く合わないんですよ」

「そうですか……」

会いたい、という意を忍ばせた言葉は何度か受け取っていた。今日のは今までにもましてストレートだ。慕ってくれるのは嬉しいが、彼女と顔を合わせるのは避けたい。

「そうですねぇ。ちょっとした癖があったりしませんか」

「癖……ですか？」

「たとえば前に出ようという時、少し足を引いてしまうとか。そういう僅かな癖のせいで動きが先読みされてしまうのかもしれません」

実際、スノーホワイトにはそんな癖があった。

「癖を洗い出して、逆にそれを利用すればいいんですよ。今の例でいうなら、足を引かずに前へ出れば、それで相手は虚を突かれます」

素直にいうことを聞いてくれたスノーホワイトは、リップルが把握しているであろう癖をあえて出すことで行動を引き起こし、その起こりを叩くことでリップルの太股にぱしんと蹴りを当ててやることに成功した。リップルも驚いていたが、スノーホワイトも驚いた。その日の特訓後の電話連絡では、水晶玉を使わずとも興奮した様子が容易に想像でき、私は「よかったですねえ」と褒めてやった。こういった喜びの一つ一つが魔法少女をより強くしていく。スノーホワイトが嬉しいなら私も嬉しい。

　このようにスノーホワイト方面は上手くいっていた。わざわざスノーホワイト方面と付け加えるということからもわかるように本業は上手くいっていなかった。

　デパートの屋上にある種の感銘を受け、遊園地を舞台にして開催した試験は散々だった。遊具や施設をいたずらに傷つけ、スノーホワイトとリップルが公園から山に移動したことの賢明さを証明し、おまけに十名いた参加者から合格は一人も出ず、無駄に疲労し、私は慰めのようにファイルを眺めぺらぺらとページを捲った。参加者達は新しい資料となってファイルに加わり、その意味では完全に無駄というわけでもなかったが、心にキックを入れてくれるほどのものではない。写真に注釈を書き加え、処理済みの髪の毛を横に添え、なんだか義務と惰性でやっているような気さえしてため息を吐いた。

　まあいいさ。スノーホワイトがいる。これは疲れた自分を慰めているわけじゃない。スノーホワイトはとても面白い魔法少女だ。掛け値なしに私好みだ。スノーホワイトを一人前に育て上げるのが私の魔法少女としての最大の仕事になるだろう。だから試験にちょっと失敗したくらい問題はない。

なんとなくテレビをつけると、バスの事故で少女ばかり十人死亡というニュースが流れていた。鎮痛な面持ちのニュースキャスターを見ているとこちらまで気が滅入る。私はテレビの電源をオフにし、上に提出すべき書類をでっち上げにかかった。スノーホワイトはとてもいい魔法少女で暴力的な傾向は全くなく、魔法を活かして人助けに奔走する毎日です、まる、と。

通常業務を軽くこなし、いよいよスノーホワイトにかかり切りでいられるようになった。もっとも懸案はスノーホワイトではなくリップルだったが。

現状、スノーホワイトとは友好的な関係を築くことができた。篭絡したといっていい。リップルはそれに比べると面倒だ。電話越しの舌打ちは斬りつけられるように鋭かった。経歴といい、本人のしていることといい、友人を大切にするタイプと見て間違いないだろう。スノーホワイトを出汁にし、硬軟織り交ぜ説得する必要がある。

スノーホワイトとリップルが別れ、スノーホワイトが山から下りたところまで確認し、私はリップルの元を訪ねた。

山というのは人気がないほど神秘的であり、満月の夜ともなればより一層深みと味わいが増し、苔生した石や木肌に群がる虫にさえ情感が呼び起こされる。木々の連なりを越え、岩肌から染み出した清水が川に合流し、左右を岩壁に挟まれた谷底の川を遡って上流を目指した。とんとんとテンポよく岩を蹴って跳んでいく。魔法少女はうっかりで足を滑らせたりはしない。

リップルはスノーホワイトと別れてからもしばらくはその場を離れず、ぼうっとしているのか瞑想しているのか考え事をしているのか川のせせらぎに耳を傾けているのか、岩の上であぐらをかいて座っている。スノーホワイトとの稽古が山に移動してからずっとこうだ。話し合えるタイミングがあるとしたら今だった。

彼女の座っていた岩場にぴょんと跳び上がって頭を下げた。

「どうも、お久しぶりですリップルさん」

顔を見せるなりとても嫌な顔をされた。嫌われてるなあ。

「以前お話ししたことですが、考えてはいただけましたか？」

ぷい、とそっぽを向かれた。聞く耳持たずとはこのことだ。信頼に応えることができなかった裏切り者、としてリップルの中で処理されているのだろうか。

「鍛えていただけたようでありがたいです。スノーホワイトもあんなに強くなって」

ぎろりと睨まれた。月明かりしかない中にあって炯々と光るリップルの右目は、人間のものにも魔法少女のものにも見えず、鬼か物の怪を思わせた。鬼も物の怪も見たことはないが、たぶんこんな目力だ。

「やはり監視していたのか」

「は？」

「なんでスノーホワイトが強くなったと知っている」

あ、やばい。余計なことといった。

「監視という表現は妥当ではありません。見守っているというのが正しいかと。彼女が本当に正しい道を歩んでいけるか、私には見届ける義務があります」

舌打ち。怒っている。だがここでさっさと帰ってしまわないのなら、まだ交渉の余地はあるだろう。誠意をいっぱいに引き出して説得すればいい。益体もない世間話から仕事の話に移行し、私の手を離れた弟子のような魔法少女が色々なところで働いていることをさりげなく混ぜ、有能な指導役であることをアピール。さらに弟子によっては今でも心配をかけてくれると切なげな顔で嘆息し、涙を指先で軽く拭う。

ここで私はリップルの顔を窺った。唇の先がつんと尖がっている。可愛いが、まだ怒っているようだ。話を続けよう。

スノーホワイトという逸材に出会えた喜びを語った。彼女の人間性を、その高い志を讃えた。潜在能力は計り知れず、魔法少女を軽んじ、ろくに省みることもない「魔法の国」を変えていくことができるかもしれない、そうして風通しをよくすることがスノーホワイトにとっての幸せにもなるだろうと話した。あまり浮ついた調子にならないよう落ち着いて語りかけたつもりだが、どのように受け取られただろう。

私はリップルの表情を窺った。リップルは「おや」という顔で川の向こうに目を向けていた。私はつられてリップルの見ている方を見、全てがぶち壊されたことを知った。

沢の端にスノーホワイトがいた。右手には白い毛の塊を持っていて、あれが「兎の足」だろう。スノーホワイトは帰ったわけではなかった。家に戻って兎の足を持ってきた。アイテムの再配分について話したのかもしれない。もしそうだとすれば、リップルはなんだかんだで私の意見を聞き入れていてくれたことになる。

兎の足。幸運を呼ぶ魔法のアイテム。スノーホワイトにとっては幸運だったかもしれない。慕っている指導役と顔を合わせる数少ないチャンスをものにしたのだから。

私にとってはどん底の不幸だ。驚きに染まったスノーホワイトの表情が徐々に歪むのを見て、私は大きく右足を振り上げた。スカートが舞い上がる。隣に立つリップルの後頭部目がけて脛を蹴り下ろし、彼女を岩場から叩き落した。

直撃とはいかなかった。リップルは避けることこそできなかったが、寸前、頭の後ろに腕を置き、クッションにした。直前まで会話していた相手からの不意討ちに、よくもそこまで対応できたものだと感心するが、それでも腕の骨がへし折れる感触はあった。

リップルが川に落ち、舞い上がる水飛沫の向こうにスノーホワイトが見える。歪んだ表情でわけのわからない言葉を叫びながら走ってくる。

決定的に終わってしまったということだろう。

私が頑なにスノーホワイトと顔を合わせなかったのは、彼女の「困っている人の心の声が聞こえる」魔法のせいだ。彼女と対面し、「あれを知られたら困るなあ」と思えば、それだけで心の声を聞かれてしまう可能性があった。実際、聞かれたのだと思う。リップルを蹴り落とす前から彼女の反応はそんな感じだった。

彼女の魔法を知っている以上、心の動きを止める術はない。相手の魔法を知ることで、逆に不利になってしまう珍しいケース。やはりスノーホワイトは特別な魔法少女だ。

私は理想の魔法少女を作り出したい。強く、優しく、格好よく、正義のために体を張り、他人のために涙を流す、そんな魔法少女だ。そんな魔法少女なら「魔法の国」の現状にも黙っていられないだろう。私は彼女が起こすクーデターの補佐をする。彼女が許すなら二人きりになって私の太股に彼女の頭をのせ、髪を撫でさせてもらう。私はそんな魔法少女が好きだからだ。

今はスノーホワイトが好きだ。スノーホワイトの前は森の音楽家クラムベリーが好きだった。彼女の髪を愛で、その生活を覗き見し、彼女のしていることに好奇心を刺激された。どれほど意味があるのかと思って何度か彼女の試験を真似てみた。悪くない結果が出ることもあったが、大抵は失敗した。先日、遊園地で行った選抜試験のように。

おかげで事故に見せかけるのだけは上手くなった。

スノーホワイトが私の行いを許すとは思えない。許されるとも思っていないし、許して欲しいとさえ思っていない。ただ、残念だ。ここでスノーホワイトとリップルを始末し、理想の魔法少女を求める日々に戻らなければならないことが心底から残念だ。私の夢を実現するために、必要な人材だったというのに。

スノーホワイトはもっと強くなるはずだった。今の彼女では私には勝てない。本当に惜しい。もったいない。クラムベリーがいなくなってから唯一興味の持てた相手だったのに。不注意で生命を奪わなくてはならなくなってしまうなんて。

自分自身への慰めとして彼女の遺髪を受け取ろう。感傷だとわかっているが、それくらい悲しくて切ないことだ。頭の皮ごと全部もらおう。腐ったりしないようにきちんと処理して、私だけの物にする。ファイルとは別に保管しておこう。

見るたびにスノーホワイトのことを思い出せる。コーヒー豆を挽きながら思い出に心を浸し、次のスノーホワイトに出会えることをゆっくりと祈ろう。

スノーホワイトは岩を割ってジャンプし、私に跳び蹴りを放った。そんなもの、身体を少しずらせばもう当たらない。挙動が大きすぎる。あれほど教えてやったのに、感情が高ぶり過ぎて、ただ全力で攻撃しようとしていた。

怒りに動かされても頚骨を砕かれれば皆黙る。スノーホワイトの攻撃を避け、その首に回し蹴りを——危ない。岩場の下から物理法則を無視した軌道を描いて飛んできた金属……クナイを回しかけの右脚で弾き落とした。

腕の骨を折られてもまだクナイを投げられるのか。川の中から水を滴らせて身を起こしたリップルは、刀を口に咥えていた。足を振り上げ——まただ。水飛沫を割ってクナイが飛ぶ。

軌道は読み難いが、速度は手で投げるより遅い。スカートをひらめかせて払い落とす。

リップルは、足の指でクナイを持ち、投げている。トレードマークの下駄を脱ぎ捨て、腰を低くし、右膝を深く曲げ、足首をさらに捻り、足指を袖口や襟元にまで這わせ、指と指の間に一枚ずつクナイを挟みこんでいる。

刀を口に咥えて足でクナイを持つという格好は、見た目の滑稽さを彼方に置き去り凄絶だが、彼女の眼光はそれに輪をかけていた。喩えるなら、スノーホワイトの視線は「殴りつける」、リップルの視線は「刺し殺す」だ。

スノーホワイトとは違い、私がなぜ攻撃してきたかもわかってはいないだろうに、攻撃してきたというその一事のみがリップルの怒りを煽り立てている。水を滴らせた刀が、満月の光を禍々しく反射した。

スノーホワイトが攻撃し、リップルがクナイを投擲、私は両者に対処しつつ反撃を試み、拳を当てる直前でクナイへの防御に切り替える。コンビネーションは悪くない。伊達に二ヶ月も殴り合ってきたわけではないらしい。

流れの中でスノーホワイトが足を引いた……が、動かない。打撃が来ることを想定していた私にリップルのクナイが乱れ飛び、一本を避けきれず右腕から血がしぶいた。

岩から岩に跳ぶ。ついてきている。彼女達の修行場だけあって地の利も向こうか。

だが、まだだ。数と地で勝ったくらいで私に及ぶわけではない。洟垂れに負けてやるほど弱くもないし優しくもなかった。

リップルがクナイではなく小刀を投げた。ブーメランのような軌道の小刀を軽く避けてやる。その程度じゃフェイントにもなっていない。回避。

次いで振るわれた刀を打ち、さらに蹴りを入れるふりをしてスカートをはためかせて視界を塞ぎ――この間スノーホワイトに対して無防備になるが、彼女の間合いは承知していた。私にはギリギリで届かず、頑張って届かせても威力は知れている――リップルの死角から抉るようにして、つま先を喉元にぶち当てる、という私の算段は、スノーホワイトが放った攻撃が鋭い痛みを伴っていたことで中断し、身を翻して上流の岩場に駆け登った。

スノーホワイトが素手ではない。リップルの投げた小刀を握っている。

ああ、と気づいた。リップルが投げた小刀は私への攻撃ではなかった。スノーホワイトへのパスだ。スノーホワイトの攻撃ならそこまで気にする必要はない、という私の考えを読まれていたのか。

追いすがるスノーホワイトの小刀を跳ね除け、リップルのクナイをギリギリで回避する。攻撃のタイミングがより近い。

スノーホワイトがリップルの声を聞いてやっているのか。小刀のパスもそうとしか思えない。二人の連携の速度が速すぎる。

二人を相手に追いこまれている自分自身を感じる。はは。素晴らしく奇妙だ。力量は把握している。肩から流れ落ちている血液だけが原因ではない。動きがどんどんよくなる。息が合っていく。高め合っていく。訓練では得られない、実戦特有の空気に触れ、そこに心の大きな動きが加わり、「思うことは強いこと」という私の考える育成法の究極系が展開されているのだ。殺されそうな身でいうのもなんだが、嬉しいじゃあないか。

左手の水晶玉をクナイが掠めた。余裕がなくなっている。

嬉しい半面、なんてもったいないんだろうと改めて残念に思う。スノーホワイトはもちろんリップルも素晴らしい。戦いの中、感情を高め、高まった感情によって思いが強まり、二人の結ぶつきは固く、密に、そして一匹の獣のように攻撃を見舞ってくる。

岩壁を蹴り、より上の岩壁を蹴る。逆側の壁から跳んだスノーホワイトと交差し、蹴りを脛で受け、縦に一回転してスカートでクナイを払った。逆側の壁を蹴りつけ、同様に戻ってきたスノーホワイトと再度交錯、切り上げた小刀に頬を引っかかれ、クナイを踵で蹴り落とした。スノーホワイトの背を超えて跳ねたリップルの刀を手の甲で払い、背後の岩壁が豆腐のように切り裂かれる。

こんな素質を持った魔法少女二人が、私なんかに殺されてしまうのは本当に惜しい。私は彼女達の髪に見詰められながら次の試験を思案する。そうだ。二人の髪をセットにして飾ろう。死んだ後も仲良くさせてあげよう。なんて美しい未来図。

私は水晶玉に力をこめた。両手の指には一本ずつ髪の毛が巻いてある。水晶玉にはその中の一本の持ち主である少女が映った。魔法少女ではない。ただの人間の少女だ。素質があるわけでもなく、特別な才能を持つわけでもない。ありふれた、どこにでもいる、小学校一年生の女の子がベッドですやすやと眠っている。

私の魔法の本質は水晶玉でのピーピングにあるわけではない。水晶玉に映し出された対象をこちら側へ引っ張り出すことにある。対象がどこにいてもいい。距離どころか世界の枠さえ問わず、電脳空間の中に逃げこんだ相手を引っ張り上げたこともあった。

私は岩壁を駆け登り、崖上近くで振り返りながら水晶玉に右手を突っこみ、少女の襟首を掴んで引き出した。少女は寝ぼけているのか、きょとんとした表情で目を擦っている。

スノーホワイトとリップルの表情は……そうだ、それが見たかった。驚きに目を見開いて私と、私に掴まれた少女を見上げている。

スノーホワイトもリップルも真っ直ぐだ。世の中には私のような救いようのないクズがいるということを想定せずに生きている。自分のために全く関係のない人間を巻き添えにし、全く悪びれないという反吐以下のクズもいるのだ。

良心が咎めないわけではない。ごめんねと可愛らしく心の中で謝ってから行為に移る。私は少女の身体を崖の上から優しく放った。私に追いつかんとしていたリップルとスノーホワイトが少女を追いかけ崖下に身を躍らせた。大丈夫。きっと間に合う。間に合うように投げたのだから。彼女達二人は少女が叩きつけられる前に救うだろう。

それが隙だ。少女を救いたいならどうしても隙はできる。私は二人の隙を突くためなら全く関係のない少女を崖の上から投げ落とす。クズだからできる。クズだから勝てる。勝つために無関係な弱者を踏みつけ勝利する。相手が正義の味方なら、私はそれに見合う悪役として振舞うだけだ。

水晶玉の映像を切り替える。スノーホワイトが少女を抱き上げていた。リップルはどうだ。映像を切り替えると、こちらはすでに崖の上を目指し走っている。正しい魔法少女像が二つ、そこにあった。私のセンチメンタリズムがマックスに振り切れる。さようなら、私の愛した魔法少女。切り替え、スノーホワイト。

私の魔法は水晶玉に映った対象を引きずり出すことができる。どのような状態で引きずり出すかは私の力加減による。首を掴んだ勢いで骨を折ってしまうこともある。頚骨を砕かれて動ける魔法少女はいない。

狙いを定め、そっと右手を差しこみ、スノーホワイトの首に当てる刹那、スノーホワイトが身体を反転させて腕を差し出した。私は彼女の首ではなく、腕を掴むことになり、さらに彼女の腕もろとも、手の甲から掌にかけて小刀で刺し貫かれた。

同時に、右の脹脛が切り裂かれ、私はその衝撃に唸り、無様に転がった。右の脹脛に大きな手裏剣が食いこみ、深々と突き刺さっている。リップルの髪留めだ。抜こうにも右手は縫いつけられ、左手は水晶玉を離せない。身動きがとれなくなった。

私は座りこんだ。湿っぽい地面から尻の方に冷たさが滲みる。脹脛の傷は骨の半ばにまで達していた。這って歩くにも手が不自由では上手くいくまい。

荒い息で血中に酸素を送る。山の冷たい空気が肺に痛い。

スノーホワイトが私の攻撃を読み切ったのはなぜか。気配は殺していた。まさか手の心を読んだということはない。だがあの動きは心を読んだとしか……ああ、なるほど。

気配を消し、ゆっくりとスノーホワイトの背後から忍び寄る私の右手は、彼女の死角にあった。だが見ている者はいた。スノーホワイトに抱かれていた少女だ。彼女は混乱の渦中にあったが、見ていた。月の光程度しかなくても、この距離なら「なにかが飛んできた」くらいは見える。そのなにかが自分にとって困った事態を運びこむものと感じたのだろう。

彼女が声を発しても、動きで教えても、間に合いはしなかっただろう。スノーホワイトは彼女の心の声を聞き、ダイレクトに反応して私の腕を取り、リップルはスノーホワイトの動きに呼応して髪留めを外して私に投げつけた。

岩壁を駆け上がってくる足音が聞こえる。私はといえば、どうにも立てそうにない。リップルとスノーホワイトは、私のようなクズでさえ利用してのけた。これから先、もっときつく、もっと辛くなるほどに磨かれ、強くなっていくのだろう。

彼女達の未来のことを考えているとなんて楽しい。

その未来を見ることができないとはなんて悲しい。

ここで御役御免になるのが私の運命だとしたら、これほど残酷なことはない。私は私の理想の魔法少女を作り出すという目的を半ばまで叶えたのに、最後まで拘わることなく途中退場する。悲劇だ。

私は私の理想とする魔法少女になることはできない。心根が腐っていて、泣いて悔い改めたり正義の心に目覚めたりといったことは起こらない。魔法少女を実験動物程度にしか考えていない「魔法の国」を内から破壊するスーパーな魔法少女だ。私のできなかったことをしてのける魔法少女だ。私は、教え、指導する役割に回り、理想とする魔法少女を作り上げようとした。私の隣に立って「魔法の国」に立ち向かう最高のパートナーになる魔法少女を。あと少し、ほんの少し時間があれば。

駆け上がってきたリップルはまるで獣だった。怪我をものともせず、血に塗れ、それでも怒りの炎は燃え盛っている。ざんばらの髪を靡(なび)かせ、ピティ・フレデリカという魔法少女を狩ろうとしている。整った髪より乱れた髪が美しい状況というものはある。その美しさが私のインスピレーションをキックした。

一つ思いついた。魔法少女狩り。リップルでもいいが、スノーホワイトにも合いそうだ。けっこういい異名じゃないかな。聞いてもらえるかはわからないが、提案してみよう。

シャッフリンがおどってみた

『魔法少女育成計画ACES』の物語が始まる前のお話です。

初出
「このマンガがすごい！WEB」内
「月刊魔法少女育成計画」

人は上司の部屋に名指しで呼び出されると緊張する。昨日まではそれなりに物分かりがいい上司だったとしても、今日も同じく物分かりがいいとは限らないのだ。ハムエルは重厚な黒塗りの木製扉をノックし、返事を確認後「失礼します」と声をかけ中に入った。

ダークグレー一色のカーペット、濃茶色のプレジデントデスク、同じ色のサイドボードと本棚、調度品はテーブル上のクラシカルな置時計くらいしかない。鼠色のスーツを着た部屋の主――日常に倦(う)み疲れたサラリーマンに見えるが魔法使いだ――も含めて全体の色合いが極端に地味だった。デスク中央には市販のノートパソコンが置かれ、無表情な上司の顔をモニターの光が照らしていた。

「よく来てくれたな、ハムエル。まずはこれを見て欲しい」

ハムエルは上司に促(うなが)されて隣に移動し、ノートパソコンのモニターを見下ろした。「現在のレポートはありません」「お気に入り」「ランキング上位はこちら」「生放送」「投稿のすゝめ」「まほまほにゅーす」「人気タイトル大集合！　魔法少女フェスティバル！」といった派手なフォントが並び、魔法少女のアニメ絵が所狭しと描かれている。

ノートパソコンに向かう上役は表情を変えず顔の前で指を組み、ハムエルも表情を変えずに頷いた。中年男がふざけたサイトを真面目な顔で見詰めている、というのは妙なおかしさを伴う光景だったが、ここで吹き出すほどハムエルは幼くもない。上役と同じ真面目くさった顔でモニターに目を向けた。

「『魔法の国』関係者専用の動画投稿サイト『まほまほ動画』ですね」

「魔法の才能」を持つ者のみが閲覧可能なページがネット上にいくつか存在する。一般人は存在を知ることさえできず、インターネット・アーカイヴに記録されることもない。知るべき者以外は全てを阻むその技術は、かつてIT部門の長を務めていた魔法少女によって開発されたという。その魔法少女が犯罪行為に手を染め地位を追われた今でも技術だけはしっかりと継承、利用されていた。

「まほまほ動画」は「魔法の国」関係者の交流を目的とされ開設された。研究成果の発表、商品の宣伝、自派閥への勧誘、魔法少女アニメの公式配信、これら公的なものが全体の一割程度、残る九割は趣味の動画が占めている。

上司は慣れた手つきで移動とクリックを何度か繰り返し、ランキングページを経由して動画ページへと飛んだ。ページのタイトルは「プクさんのページ」となっていて「○月×日の生放送」という文字が日付を変えて延々と続いている。

「見ての通り、プク派が動画を投稿している」

動画の一つがクリックされ、再生が始まった。

どこかの紛争地だろうか。コンクリートの瓦礫(がれき)が散乱する画面中央、倒れた道路標識の横に人影がある。カメラが徐々にズームし、人影が大きくなっていく。

少女だ。外見年齢は十歳に満たない。ハムエルは小さく息を吐いた。変身すれば皆美しいという魔法少女の目から見てさえ、その美しさは頭一つか二つ抜けて見えた。タータンチェックのスカートが特徴的な、いかにもアイドル然とした学生服が安っぽく見えない。なるほど確かに偶像（アイドル）だ。少女はいかにも大切そうにリボンのついたマイクを胸に抱き、ぺこりと頭を下げた。腰のリボンと豊かな黄金色の髪が生き物のように跳ねた。

音楽がスタートする。00年代のアイドルソング。やはりアイドル風のダンスを披露しながら少女は歌い始めた。単純に美しく可愛らしいことに加え、動きや笑顔に隠しきれない神聖さ、神々しささえ感じられる気がした。「神降臨」「歌っていただいた」「プク様が楽しそうで何よりです」といったタグを参照するまでもなく、ハムエルは彼女が誰かを知っている。プク派の領袖（りょうしゅう）、三賢人の現身（うつしみ）たる魔法少女、プク・プックだ。

三十秒ほど再生したところで、上司はブラウザの「戻る」をクリックした。

「長時間視聴していると精神によくない作用があるという報告がされている」

「もう少し見たかったなあ」と思っていたハムエルは小さく身動ぎした。危うく取りこまれているところだ。これだからプク派相手は油断できない。

「プクが投稿すれば、再生数コメント数マイリス数全てでデイリーランキングのトップをとる」

「よくやるもんですねえ」

「我々も対抗策を講じることとなった」

「と、いいますと？」

「プクの動画投稿予定日にこちらが投稿した動画をぶつけ、デイリートップを奪う」

「ふむ」

「君には動画を作って投稿してもらう。技術面の心配は要らない。指揮と監督を任せる」

上役は唇を僅かに歪ませた。口の端から息が漏れる。

「グリムハートを擁した主流派がやらかして以来、我々オスク派は苦境に立たされている。賛同者は日々減り、勢力は以前の四分の三ほどに減退している。どこでなにをしても悪いイメージがついて回る。これをどうにかして払拭したい。以前のオスク派とは違う、クリーンな派閥であるとアピールしたい」

「それで、これ、ですか？」

上司は部下に頷き、部下は上司に頷き返した。主流派が勝手に没落したおかげで多少なりとも風通しはよくなったが、上下関係に厳しく、上意下達で有無をいわせないオスク派のやり方が変わったわけではないのだ。新米管理職には、珍妙な命令だからといって断る権利などありはしない。「なんて馬鹿馬鹿しい」と呆れていても、真面目な顔でやらなければならないことが、世の中には、ある。ハムエルもそれを知っていた。

「長老達にすれば大衆へ歩み寄っているつもりなんだろう。身を切るような顔で『必ず成功させるように』といわれたよ」

「それはそれは……」

「ハムエル、君にはシャッフリンⅡのフルセットを預ける。オスク派ここにありという素晴らしい動画を作成し、イメージ向上キャンペーンに尽力してほしい」

機材もある。人材もある。スタジオまで貸してもらった。プク派は金に物をいわせて最高級品ばかりで固めているに違いなかった。こちらも同じだけの物を用意して、初めて同じ土俵に立つことができる。

馬鹿馬鹿しいことではある。しかし同時にチャンスでもある。ハムエルには実績がない。手柄らしい手柄は一つもない。今回の動画製作を最初の手柄にし、出世の足掛かりとするのだ。後日、会議の席上で「イメージ向上キャンペーンの一環としてこういうことをやっていますよ」と発表されることも決まっている。つまらない動画を作って晒され評価が地に落ちるような事態は論外として、誰もが認める素晴らしい動画を作ればハムエルの評価は上向き、もっと重要な仕事を任せてもらえるようになるだろう。

シャッフリンⅡ最大の特徴は総勢五十二名という「数」にある。さらに元々が同じ「個」であるという、ただ数を集めただけの烏合の衆とは一線を画す統一感を持つ。ハムエルはサイトの中で特に人気の高い動画をチェックし、好まれる動画の傾向を徹底的に調べあげた。再生数、コメント数、マイリスト数を動画のジャンルごとにカウントし、「ゲーム実況動画」「実験動画」「スポーツ動画」「動物動画」「MAD動画」等々を切り捨て、最終的に「歌ってみた」と「踊ってみた」の二つが残り、合唱をするにしても「声質が全員同じ」という致命的欠陥に気付いたため「踊ってみた」が採用されたのだった。振りつけはプロに頼んだ。オスク派の人脈は深く、そして広い。

「はい、そこ！　ちゃんと合わせる！　ワン、ツー、ワン、ツー……遅れてますよ！」

ハムエルの持っている「魔法の通信機」は多人数の指揮に適していた。個人に指示を出し、全体に注意を促し、特定のスートへメッセージを送る。メガホンを手にして怒鳴るだけではなしえない細やかな指示出しが、魔法の通信機と、それを自在に操るハムエルの技量によって可能となる。

BGMは動画投稿サイトの年齢層を鑑み、マジカルデイジー第二期オープニングテーマとして有名なポップでキュートかつアップテンポな名曲「デイジーカーニバル」を選択した。マジカルデイジーより知名度の高い魔法少女アニメは多いが、シュールなMAD動画の数でマジカルデイジーにかなう魔法少女アニメは存在しない。まほまほ動画内においてはキューティーヒーラーやスタークィーンよりも曲の認知度が高いのだ。

「愉快で！　楽しく！　可愛らしく！　あなた達はできるはず！　はい、ワン、ツー！」

シャッフリンにも個性がある。ハートは臆病だが表情豊かだ。クラブは動きにキレがあり、スペードはアクションが得意。ダイヤは踊ることこそ上手くないが、撮影、音響、編集、その他の作業に必要不可欠だ。ハムエルは通信機で多数あるいは個人へ指示を出し、より洗練された動きを、可愛らしい動きを、集団の美しさを目指した。シャッフリン達と共に汗を流し、シャッフリン達と共に頭を悩まし、シャッフリン達がこっそりと自主練をやっているところを陰から見守り、苦心惨憺(さんたん)の末、一ヶ月の時を費やしようやく動画が完成した。

贔屓目(ひいきめ)抜きに素晴らしい「踊ってみた」動画になった。個にして全というシャッフリンにしかできない一糸乱れぬダンス。背景は専門家に発注したCGだ。アバンギャルドでサイケデリックな色彩で描かれる不可思議な森の中、巨大な芋虫やチェシャ猫に見守られてシャッフリンがダンスを踊る。クラブ軍団が前に出、後ろに下がり、入れ替わりでハートが出、ハートの2のあどけない表情をズーム。斜めに進んだ黒チームと赤チームがぶつかることなくすれ違い、斜め四十五度に進行方向を変え、黒と赤がもう一度すれ違う。そこでジャンプ、ジャンプ、両手を上げて、横一回転、縦一回転。見事だ。

全てを終え、ハムエルは額の汗を拭った。感極まって泣き出したハートの2と3の背を軽く叩き、シャッフリン達には「よくやってくれました」とねぎらいの言葉をかけて頭を下げた。シャッフリン一体一体と固く握手を交わし、互いに讃え合った。

タイトル「シャッフリンがおどってみた」を入力した。時間は金曜の夜、ここからが最も視聴者の勢いがある時間帯であり、プク・プックが動画投稿を予告しているタイミングでもある。投稿者コメントでさりげなくオスク派の名を出しておくのも忘れない。サムネイルは最もよさそうなものをフレーム単位で選定し、満面の笑みを浮かべてジャンプするハートのAで設定した。

さあ、後は再生数とコメント数だ。多いか、それとも少ないか。数字の多寡で未来が決まる。ハムエルは期待と不安で胸を高鳴らせながら動画のページを開いた。動画に重なって視聴者が入力したコメントがリアルタイムで流れていくという「まほまほ動画」のシステムは、一見で動画の人気不人気を明らかにしてしまう。果たして――

――おおっ……素晴らしい。

予想以上だ。動画ページを一度更新するだけで再生数、コメント数共に百、千と増えている。コメントの内容を確認すると、どれも好意的なものだった。「ハートのAが可愛い」というコメントが連続し、「スペードのJがかっこいい」というコメントの群れに飲まれていく。ハムエルの周囲に群れるシャッフリン達もきゃっきゃと無邪気に喜びながら魔法の端末で動画にコメントを入力していた。

ハムエルは成功を確信し、もう一度ページを更新した。さらに再生数とコメントが増えている。もう一度更新すると、さらにさらに増えている。これはデイリートップを本気で狙えるかもしれない。コメントは数を増やし続け、「ハートのAがかわいい」というコメントが視認も難しい奔流となって右から左へ流れていき、「スペードのJがかっこいい」というコメントがさらなる大河となって右から左へ流れていった。

――……あれ？

ハムエルは小さく首を傾げた。違和感があった。もう一度ページを更新する。さらに「ハートのAがかわいい」と「スペードのJがかっこいい」が増えている。すぐ隣でコメントを入力しているハートの4の魔法の端末を覗き込んだ。ハートの4は「ハートの4がかわいい」というコメントを入力していた。その隣でコメントを入力しているクラブの7の魔法の端末を覗き込んだ。クラブの7は「クラブの7めっちゃシブい」と入力していた。

ハムエルは右手の甲を額に当てた。

コメントは一様に画一的で個性というものが感じられない。所謂「弾幕コメント」と呼ばれるものかと思っていたが、よくよく見てみると「かっこいい」「かわいい」「シブい」「すてき」「さいこー」と、足りない語彙で褒め称えるものばかりで他にはなにもない。

ハムエルの魔法の端末がメールの着信音を鳴らした。そちらを確認すると研究班からだった。「シャッフリンの動画よかったよ。うちのシャッフリンプロトタイプとシャッフリンⅡも喜んでコメントしています」とある。さらにメールが着信音を鳴らした。シャッフリンダイヤを中心に組織された工作部隊の大隊長からだ。「シャッフリンの動画見ました。シャッフリンのダンスが超かわいい。うちの子も喜んでコメントしています」とあった。

さらにメールの着信音が鳴ったが、ハムエルはもはや確認しようとはしなかった。動画のページに戻り、更新するとさらに再生数とコメント数が増えている。コメントは全てが画一的で、流星群のような弾幕が右から左へ流れている。コメントの内容も、コメント入力のタイミングも、全てが同じだ。まるで同一人物が大量にコメントしているかのように。

――これはひょっとすると……物凄く大規模な自作自演なのではないだろうか？

ハムエルは天を仰ぎ、上司にどう報告するか考え、大したアイディアも思いつかなかったので「ハートのＡマジクール」というコメントを一つ追加で入力した。

魔王塾主催 地獄クリスマスパーティー

『魔法少女育成計画』の物語が終わって少し経ったころのお話です。

初出

「このマンガがすごい！WEB」内
「月刊魔法少女育成計画」

◇レーテ

「魔王塾」と呼ばれる魔法少女グループがある。魔王パムという「最強の魔法少女」を中核として、武人、暴力至上主義者、やくざもの、加虐愛好家、求道家、ガキ大将、傾奇者、傭兵、哲学者、ごんたくれ、誇大妄想狂、行き過ぎたロールプレイヤー、その他様々な「強さを信条とする魔法少女」を集めた半私塾半愚連隊のような組織だ。

ある者は社会的地位を求め、ある者は喧嘩相手を欲し、ある者は最強の座を目指し、ある者はただただ自己満足のため、互いの技と力を鍛え合い、競い合い、高みを目指した。

魔王塾は大きく膨れあがり、「魔法の国」に対してさえ影響力を持つようになった。そしてクラムベリーの事件が露見したことによって一気に萎んだ。魔王パムは降格、活動は当面自粛となり、塾生は将来の不安をこぼし合うことしかできず、給料を貰う立場にあった卒業生達もいつ我が身に訪れるか知れない左遷や馘首を恐れて汲々としていた。

事件発覚からしばらく経過し、界隈が落ち着きを見せ始めた頃には「魔王塾出身」という経歴が輝かしい名誉ではなく、チンピラが自称する「ムショ帰り」のようなものになり、関係者は揃って溜息を吐いたという。

魔王塾の威光が日々薄らいでいく。そんな冬のある日、魔王塾卒業生、塾生、イベントへの参加が多かった魔法少女、魔王塾卒業生並に強いのではないかと噂されている新進気鋭の魔法少女、彼女達の元に差出人不明の手紙が届けられた。クリスマスリールのイラストで縁取りされたパーティーへの案内状は、一見ただの可愛らしいクリスマスカードでしかなかったが、冒頭から見る者の目元を歪ませ、あるいは頬を緩ませた。そこには「魔王塾主催クリスマスパーティーのお知らせ」としたためられていた。

レーテはオスク派の支部にある自室で案内状を受け取った。彼女は手紙に三度目を走らせ、久々のイベント開催に片頬だけで微笑んだ。

◇対魔王パム

スチールのテーブルに革張りの丸椅子が二脚、聖書やら神話やらの原書が並んだ壁一面を占める本棚、コンクリ打ちっぱなしの狭い部屋にはそれしかない。受刑者か被監禁者の部屋のような簡素極まる内装は、主の人柄を嫌でも感じさせ、来客に緊張感を強いる。しかし今日ばかりは緊張感が滑稽さで乱されている。部屋の主「魔王パム」は、鼻の頭に赤く丸い付け鼻を装着、二本の角の上にトナカイの付け角を被せ、茶色のショールを羽織り、首には手綱までつけている。クリスマス仕様魔王パムトナカイバージョンと心の中で評し、込み上げる笑みを頬の筋肉で押さえつけた。

「笑わないでいただきたい。これも仕事なのです」

魔王パムは苦々しく口元を歪め、レーテはヴェールを翻して右手を振った。

「いや失礼。あまりにも愛らしくてな」

「私はトナカイの仮装で外交部門主催のクリスマスパーティーに行かねばなりません」

「上からの命令とは時を選ばず理不尽なものよな」

「まったくです。クリスマスという場合ではないのに、こんな浮かれた格好を……できることなら蟄居閉門くらいはしておきたいところなのですが、それすら許されません」

「件のパーティーには参加しないのかな？」

「残念ながら不参加です」

言葉では残念といっているが、表情は硬く引き締まっている。レーテは小首を傾げ、右にずり落ちようとしたヴェールを指で弾いて元に戻した。

「主催者が参加しないとは皆が残念がるだろうな」

「私は主催者ではありません。私の元にも案内状が送られてきたのです」

思わず「ほう」と感嘆の声で応えた。レーテの反応に頷き、申し訳なさと苦々しさを足して二で割った面持ちで魔王パムは話した。

「悪戯や洒落ならばそれでもいいのです。しかし最悪の場合、関係者を狙ったテロという可能性さえ……なにせ魔王塾を恨む者は多い。ただでさえ多かったが今はもっと多い」

「門下生に行くなと命じればよかろう」

「誰かが勝手に主催したなんてことを門下生達が知れば、やれ犯人捜しだなんてことになって各方面が迷惑をこうむるでしょう。エネルギーが有り余っている連中ですから」

「ごもっともだな」

「繰り返しますが、会場に出向いてもなにもなかったというのならそれでいいのです。しかし実際に開催されるというならば問題しかない。信頼できる何人かに声をかけて警備のようなことをさせるつもりではいますが、安全の確保はどこまでいっても難しい」

「うむ」

「なにかが起こった時に魔法を使って災難を排除、可能であれば犯人を探し出す……ということをお願いできませんか。図々しい頼みであることは承知の上です」

魔王パムは膝に手をつき、椅子の上で頭を下げた。本人は礼を尽くして頼み込んでいるつもりなのかもしれないが、トナカイの角が突きつけられているため威嚇されているようでもある。レーテは小さく笑った。パムのこういう抜けているところは嫌いではない。

レーテはしばし考え、角飾りの先を指でつついて小さく笑みを浮かべた。

「たとえなにが目的であろうとクリスマスパーティーと謳って人を集めるとは酔狂だな」

魔王パムは頭を上げ、怪訝な表情を見せた。

「ええ、いわれてみれば確かにそうですね」

「そしてこれだけの数、招待状を書いてばら撒くには相当な手間と暇がかかろうな。私を筆頭に、所在を調べるのが難しい魔法少女も大勢いたはずだろうにな」

「ええ」

「酔狂な暇人……となると、犯人の条件に私も当て嵌まるのではないかな？」

魔王パムは真面目くさった顔つきでレーテに向き直り、顎を引き、膝の上に手を置いた。

「いいえ、あなたは犯人ではありません」

「うむ、その通り」

レーテは扇で口元を押さえ笑い、釣られたパムも僅かながらに表情を綻ばせた。

◇対コックル

古めかしい「門」を抜けて会場に出た。周囲は暗闇に囲まれ、魔法少女の目であろうと見通すことができない。その割に空気がふわりと軽く、どこか甘味さえ感じる。まともな空間ではない。「魔法の国」の貴族が所有していたという別荘である、ということは既に調べがついている。持ち主が死に、相続の問題でごたつき、現在は所有者が明確ではない。そんな場所を知っていて、気軽に使う相手が今回の「犯人」ということだ。

想像していた犯人像を上方修正する必要があるかもしれない。大方は卒業生の悪戯だろうが、それにしても凝っている。しかしシチュエーションへの拘りこそあるものの、悪意は感じない。会場は大変な賑わいだった。四百メートル四方の箱型建造物とその前栽はどちらも狭苦しく、造りに工夫がなく、質素や清貧を通り越して貧乏臭い。しかし飾り付けは煌びやかで万色の電飾が光り、モールがそれを映し、周囲の暗闇を追い払っていた。

オスク派内、あるいは他派閥の者と権謀術数で笑顔のまま斬り合い、刺し合う日々を送り、レーテはある種の不穏さには多少鼻が利く。やはり悪意は感じない。となると悪戯だろうか。パム本人も九割九分まで卒業生の悪戯だと思っているだろう。だからこそ自分で動くことなくレーテに託した。レーテとしてはいい機会だ。犯人捜し。一度やってみたいと思っていた。パムもその辺を承知した上で頼んできたのではないか、と睨んでいる。

会場の外だというのに魔法少女が溢れ出し、屋台まで出ている。「クリスマス風にコスチュームチェンジ」と丸っこいフォントで描かれた看板はスタイラー美々あたりのものだろう。土煙を巻き上げ爆走している改造車はミナ・マッドガーデナー・エイカーか。改造車と並走している土の波は終末の波濤主ノミリーナ、上空で粉雪を振り撒いているのはアイシィピュレ、拍手喝采している黒いシルクハットはもるもるモルグ。塾生ではないレーテであっても、見れば「あいつか」と思うくらいに名の知れた魔法少女が多い。

いつもの如くお忍びであるため、オスク派の重鎮であるレーテといえど供はない。それこそがいいのだ、と気軽に楽しみたいところだが、今日は緊張をもって挑まなければならない。入り口で受付相手に案内状を示すと耳元に口を寄せられ囁かれた。

「あんた、魔王に犯人捜し頼まれてるんだってね。屋内のあらゆる隙間を調べたけど仕掛けだの仕込みだのの類はなかったよ」

レーテは受付を見返した。サンタ装束の魔法少女だ。どこかで見た顔だった。彼女の顔をじっと見詰め、相手が嫌そうに目を逸らしたところでようやく思い出した。

「ああ、あれか。随分前のサバイバル演習で無謀にも魔王を襲った暗殺犯だな。返り討ちにあって魔王式更生プログラムを強いられ血反吐を吐くような目に遭ったという」

普段は黒一色だったため思い出すために時間を要した。魔法少女「コックル」は不本意そうでもあり、しかし僅かに得意げでもある表情でレーテを見返し、鼻を鳴らした。

「嫌な言い方するね、あんた」

「魔王に締め上げられたのは事実であろう。今回も内課役を押し付けられたかな」

「断るなんてできるわけがないっての」

「もっともだな。ところで犯人の目星は」

「そりゃそっちの仕事でしょ」

「うむ……それももっともだな」

◇対アウロ

箱の中は外に比べてもより煌びやかだ。電飾の数が多く、大ホールの中央には巨大な植木鉢に据えられたモミの木、天井やら壁やらにはクリスマス由来のあれやそれやが所狭しと飾りつけられている。そして人出は多い。外に溢れていた魔法少女達を見て察してはいたものの、予想と比べてもまだ多い。この中から犯人を捜すとなるとげっそりする。

——探偵というのも楽ではない……な。

とりあえず知り合いにでもあたってみるかと見回すと、まず大きな球状の髪が目についた。普段は銀色一色の髪が緑と赤と白に染め上げられている。隅の方でワイングラスを傾けているだけなのに嫌でも目立つ。魔法のアフロヘアを持つ魔法少女「アウロ」だ。

「久しいな」

「あら公爵夫人。クリスマスに庶民のパーティーなんて来るのね」

「無礼講の場が楽なのは貴人も同じよ。それより……」

「この集まりの主催者が魔王ではない、という話は知っているかな？」

顔を近付け、扇で口元を隠す。魔法によって距離をいじり、周囲の喧騒が遠ざかった。

「え？　そうなの？」

心の底から意外そうな表情でアフロヘアを揺らした。嘘を吐いているようには見えない。

「だったらどこの誰が？」

「それを知りたいのだがな」

「私じゃないけど」

「それは今見当がついたな」

「というかね。そういう情報って捜査の対象に漏らしたらまずいものなんじゃないの」

「ふむ。セオリーか。確かにそうだな。聞き込みは情報を伏せたまま行う、と。まあアウロへの聞き込みについては大目に見てもらうということでよかろうな」

「あなたって自分に甘いところあるでしょう」

「そんな些末事は置いて、犯人の心当たりはないかな」

大きなアフロヘアを前後に揺らし、アウロはしばしの間虚空を見詰め、頷いた。

「うん、心当たりはない」

「随分と言い切るな。いつも一緒にいる連中はどうした。今日はいないようだが」

「彼女達を疑ってるの？　そりゃお生憎様、犯人なんてやってる場合じゃないから」

「というと？」

「葱乃はいつものあれで忙しいし。それと……」

アウロは口元に手を当て、声を一段階落とし、囁きに近いトーンでそっと話した。

「友達の一人がクラムベリーの試験を受けていてね」

「それはそれは……気の毒にな」

「可哀そうなくらいに沈んでるからもう一人の友達が付きっ切りよ」

「お前は付いていなくてよいのかな」

「私はここで食べ物と飲み物をタッパーに詰めて友達の家に行かないと」

友達甲斐があるのかないのかわからない話だが、今問題とすべきはそちらではない。

「お友達以外に怪しい者に心当たりはないかな」

「そうねえ。クリスマスにかこつけてこれだけのパーティー開催して人を集めるなんてよっぽど酔狂な人かな、と思うけど。私ならこんな面倒なことしないもの」

「やっぱりそうなるかな」

◇対マイヤ

魔王塾関係者の中で「自他ともに認める酔狂な悪戯者」といえばあの二人か、と目をつけて探した二人はすぐに見つかった。酒食の配布コーナーでソファーの上に並んで寝転がっている。古代ローマの王侯貴族を気取っているわけではなく、単に酔い潰れていた。もな子は錫杖をじゃらじゃらと振りながら大声でクラムベリーの悪口をがなり立てて周囲から冷たい視線を浴びせられ、エイミーの方は九本ある尻尾の中の一本に抱き着いて「媚びを売る狐」のように甘えた声を出し、周囲から生ぬるい視線を浴びせられていた。

企んでいるとか目論んでいるとかいうようには見えない。下手に近付けば絡まれそうだ。放置しておこうと判断し、シャンパンとクラッカーを受け取り、一口齧った。悪くない。次いでシャンパンに口をつける。思わず眉を顰めた。これは並のアルコールではない。

三角巾にエプロンという魔法少女を見返し、彼女の傍らに立てかけられたステッキを認め、眉の皺がより深まった。どこまでも武人肌の彼女に配膳役は似合っていない。

「マイヤ。なにをしているのかな」

「コックルと同じだ。係員を装い警戒している。公爵夫人の方もそうなのだろう」

装いに反し、全くサービス精神を感じさせない表情でマイヤは胸を張った。

あまり得意な相手ではない。真面目で堅苦しく遊びが少ない。遊興目的で各種イベントに参加しているレーテにしてみれば、価値観を違えた魔法少女だ。オスク派のなにやらいう貴族に仕えているということで、こちらの出自もぼんやり承知しているらしい。本人は気を遣っているつもりなのか、妙に気安く話しかけてきて聞きたくもない長話――仕事の愚痴だの面白みのない戦術論だの――に付き合わせることがままある。

業務連絡と世間話程度で切り上げた方が無難だと判断し、杯に目を落とした。

「うむ……しかしこのシャンパン」

「シャンパングラスが用意されていればよかったのだが、ここにはワイングラスしか」

「そうではない。魔法がかかっている。魔法少女も酔わせるようだな」

「驚いたろう。誰であろうといい気分にさせる特製のシャンパンだ」

「エイミーともな子がダウンするわけだな」

「少し飲ませただけであのざまだ。魔王塾卒業生ともあろう者が情けない」

「まあそういってやるな。で、怪しい者はいなかったかな？」

「怪しい……というか、この酒を用意したのは主催者サイドなのだ」

「なるほど……魔法少女を酔わせる特殊な酒を用意できる相手、と」

「その通り。入手ルートなり、自作する手段なりを持っている相手だ。おっと杯が空ではないか。ほら、もう一杯。一杯で終わらせるのは非礼にあたると聞いたことがないか。公爵夫人ともあろう者が……そうだ、あなたならば当然部下もいるだろう。目下の相手だ。ちょっと教えて欲しいんだが……そう、そういった相手との付き合い方だ。私にも一人部下であり弟子である魔法少女がいるのだがどうにも上手くコミュニケーションできているという気がしない……ほら、また杯が空いている。もう一杯いこう。おい、どこへ行く。話はまだ終わっていない。それで私の部下兼弟子の話だ。愛いやつではあるがどうにも腹を見せないところがある。つい先だってもツチノコがいるかいないかで」

◇レディ・プロウド

酒、というキーワードで思い当るものがあった。かつて魔王パムと酒を酌み交わしたことがあるという外交部門の魔法少女「レディ・プロウド」、彼女は魔法少女でも酔うことができる魔法の酒を作り出すことができたはずだ。しかし魔王パムは外交部門のパーティーとやらに参加している。ならばレディ・プロウドも来ていないのでは……と考えたが、案に反して会場にいた。巨大なクリスマスケーキを前に腕組みをしている。

彼女はイベントに参加することも稀で、レーテもきちんとした形で言葉を交わしたことはない。だが魔王パムと同じ職場で働き、なんと友人関係にあるという話を聞いている。機会さえあれば話してみたいとは思っていた。

「どうかしたかな？」

後ろからかけられた声にちらとだけ目を向け、レディ・プロウドはケーキへ向き直った。

「考えている」

「なにをかな？」

「このケーキについてだ」

話している間にも魔法少女達がケーキを切り分け、皿にのせて持っていく。蟻にたかられた砂糖菓子のように、ケーキは徐々に減っていく。

「このペースで減っていけばすぐになくなるだろうな。食べなくてよいのかな」

「もう食べた」

「ならばなにを悩むのかな」

「もう一つ食べようかどうしようか、それを悩むのだ」

「ふむ？」

「このケーキ、明らかに尋常のものではない。スポンジ、クリーム、材料の一つ一つにまで魔法がかかり、エネルギーが満ちている。魔法少女の舌だからこそ違いに気付ける繊細な味わいの数々も見事なもの……恐らくは魔法少女のために供された菓子」

「ほう。ならば私も一ついただこうかな」

「しかし！」

「しかし？」

「魔法少女用に作った酒が魔法少女を酔わせるように、魔法少女用に作ったケーキは魔法少女を太らせることができるのではないか？　本来摂取することがないはずのカロリーによってみっともない体型になってしまうのではないか？　そう考えると二つ目は……」

レーテは出しかけていた手を引っ込めた。プロウドは腕を組んだまま煩悶(はんもん)し、呻吟(しんぎん)し、それでも右手が伸びかけ、左手でそれを押さえ、全力で悩んでいる。その間にもケーキは少しずつ欠けていき、とうとうサンタクロースのモニュメントも持っていかれた。

「そこまで悩むくらいなら食べてみては？」

「しかし……しかし……！」

走り寄る足音が聞こえ、一人の魔法少女がレディ・プロウドの腰に抱き着いた。レインコートの魔法少女は興奮を隠そうとせず、肩で息をしながら叫んだ。

「向こうでスペシャルクリスマスパフェ作ってるって！」

寸分の迷いもなかった。大きな声で「別腹！」と決めつけ、レインコートの魔法少女を抱えたままレディ・プロウドは走り去った。

◇双龍パナース

酒ならばレディ・プロウドと考えた。しかし酒以外にも魔法のかかった食材はあったらしい。各種食材を用意しようとするならば、一つの魔法で作り上げるよりもコネクションを用いた方が容易ではないだろうか。そしてコネクションを持つ者は魔王塾にもいる。

会場の外、前栽の中央には屋台が出ていた。青いネクタイを額に巻いた魔法少女がラーメンを振舞い、その隣には悲しそうな顔で葱を刻み続ける緑髪の魔法少女がいる。

「久しいな」

「おや……公爵夫人か」

「なぜ外に？」

「匂いが強いから外でやってくれと乞われて致し方なく……寒空の下で食べる屋台のラーメンこそがいいという言説にも頷けるものがあるので不満はない」

緑髪の魔法少女「葱乃」は不満がありありと見える表情をパナースに向けたが、パナースは一顧だにせず、流れるような動作で麺の湯切りをし、丼にスープを注いだ。

「クリスマス限定の伊勢海老ラーメンだ。召し上がれ」

伊勢海老の殻を噛み砕き、その食べ難さに閉口するも味は悪くない。むしろいい。

「メニューはラーメンだけかな？」

「ラーメンだけでも未だ至らぬ身よ」

「材料はどこから仕入れているのかな」

パナースは顔を上げてレーテを見た。睨みつけるに近い表情だ。目の険が深く濃い。

「流通のルートを探ろうと？」

「いやそういうことでは」

「この業界に新規参入しようというのではなかろうな」

「なんの業界の話かな」

「当然魔法少女ラーメン業界だ」

思わず口から出かかった言葉を飲み込み、レーテは口の中でううと唸った。それが業界だというならば、あまりにもニッチが過ぎる業界ではないだろうか。

「今、狭過ぎる業界だと考えただろう」

「お前は読心能力でも持っているのかな」

「この業界は狭くない。むしろ広い。なにせ私でさえトップではないのだからな。私の尊敬するラーメン仙人とでも呼ぶべき至高のラーメン職人魔法少女は未だ遥かな高みにいる。どれだけ手を伸ばしても届くような存在ではない。儲かりそうだから、格好がいいから、そういった安易な理由で参入し、店を潰す輩がどれほどいることか」

「参入する気はないのだが」

「もしその気があるなら……そうだな、まずは私の弟子になってみるといい。遥かに続く道の始まりに触れることで職人としての重責を知る。その上で、まだラーメンを作りたい、ラーメンで生きていきたいと思うのならば考えてやらなくもないぞ」

「参入する気はない」

「ならばよし」

パナースはまるで何事もなかったかのように湯切りを再開し、新しい客に「はいお待ち」と威勢よくラーメンを差し出した。新しい客――全体が青っぽい魔法少女となにやら楽しそうに話している。どうやら常連客のようだ。レーテは「このラーメンバカがラーメンに関係しない食材を扱うだろうか」と自問し「それはない」とコンマ一秒で自答した。

◇対キューティーアルタイル

食材に関するコネクションということに拘り過ぎていたかもしれない。

食材だけでなく、単にコネクションの多い者ならば、会場を押さえる、飾り付けをする、魔王塾関係者の所在地を把握して案内状を送る、ということが可能である。そしてコネクションということに関していえば右に出る者がいないといっていい魔法少女がいる。魔法少女関係の部門で最も華やかな広報部門、その中の花形であるアニメーションの中心、キューティーヒーラーと呼ばれる魔法少女達だ。

キューティーヒーラーには強さが求められる。当然、魔王塾に入塾しようという者も出てくる。中でもキューティーアルタイルは、その強さにおいて内外関係なく知名度が高かった。キューティーヒーラーが現実に強いということを喜ぶファンは多い。つまりいざという時の協力者が多いということになる。なにか事を起こそうとすればぜひとも協力させてほしいと申し出る人材には事欠かないだろう。本人はいたって不愛想で警戒心が強く、同門にさえ心を開くことはないが、抜きん出た実力と相俟って「ファンにおもねらず格好がいい」という捉え方をされるのだと聞く。

しかしいざ探そうとすると見つからない。目立つ立場にも関わらず目立つことを嫌い、コスチュームもコートで隠してサングラスまでかけている、ということがざらにあるため「あっちでそれらしき人を見た」「いやこっちにいた」という目撃談らしきものだけを頼りに右往左往し、行き着いた相手は色紙を胸に抱いた魔法少女だった。

膨らみかけた蕾の花飾りに学生服風の白いコスチュームという全体の可愛らしさに反し、あるかないかわからなくらいに表情が薄い。というより暗い。総身から「話しかけないでほしい」という雰囲気が漂っていたものの、アルタイルの居所を聞くくらいはいいだろう、とレーテは判断した。我田引水といわれたこともあるが、判断を失敗した経験はない。

「アルタイルはこちらに？」

「これを――」

魔法少女が差し出した色紙には崩した字体で「キューティーアルタイル」と記されている。あんなやつでもファンサービスをすることがあるんだなと笑いかけ、色紙を持った少女の手が僅かに震えていることに気付き、咳払いをして誤魔化した。

「――書いてもらいました」

「ほう、それはよかったな」

「はい。無理やり連れてこられたパーティーだったけど……いいこともありました」

言葉の端々から辛気臭い。レーテは敢えて微笑み、ヴェールを手で押さえた。

「うむ。それでアルタイルはどこへ」

「今日はこれで帰ると出口の方へ」

相変わらず協調性のないことだとくさしてやりたい気持ちはあったが、ファンの前でそれを口にするのは流石に憚られた。レーテはいかにももったいつけて頷き、さて次は誰にあたってみるかとその場を後にしようとし、背中に声をかけられ振り返った。

花飾りの魔法少女がほんのり熱をもった目をレーテに向けていた。

「私は、困っている人の心の声が聞こえるんです」

そんなことをいきなりいわれても返答に困る。右眉だけ上げて応えてみせた。

「この会場の中には、悪いことを考えている人はいません。悪いことをやろうとしていて、それがバレたら困るなと思っている人はいません。みんな、楽しんでいます」

花飾りの魔法少女はぺこりと頭を下げ、レーテは鷹揚に頷いた。さてなんといったものかと言葉を選ぶ間に、彼女のいう「無理やり連れてきた者」が来た。片腕片目という凄味溢れる魔法少女が慌てた様子で近寄り「向こうにリッカーベルが」と告げて手を引く。二人の魔法少女は小走りで駆け出し、しっかりと握り合う二人の手を見て自然とレーテの口元が綻び、人差し指を立てて頬に当て、押し上げた。にやついて威厳が損なわれては困る。

二人の魔法少女は人ごみの中に消えたが、レーテはしばし動かず消えた方を見ていた。

花飾りの魔法少女の瞳は、ただ暗く沈んでいたように見えた。しかし「悪いことを考えている人はいない」と話した時、思わず射竦められる程に双眸は清く澄んでいた。それでいて綺麗なものだけを見てきたわけではない強さがあり、しかし荒んでいるわけではない。信じてみてもいいかもしれない。というより、信じておきたい。実際、ここまでの聞き込

みで怪しいと思えた相手はいなかった。だから不心得者はいないということにする。それをもって探偵業は仕舞いだ。どうせならレーテも楽しみたい。

まずはスペシャルクリスマスパフェを味わっておこう。

◇スタイラー美々

祭りの後。魔法少女達は三々五々家路につき、最後に三人が残された。

ウィッグをクリスマスカラーに染めたスタイラー美々は首を右に傾げ、左に傾げ、ごみ袋が整然と並ぶ中を縦断、ソファーへ近寄り、足を上げ、躊躇も遠慮もなく蹴り飛ばした。ソファーの上で高いびきをかいていた二人の魔法少女、エイミーはくるくると回転し、複数ある大きな尻尾を広げてふわりと着地した。もな子は一瞬姿を消し、怒りを露(あらわ)にした表情で美々を睨みつけながらソファーのあった場所に膝立ちで姿を現した。

ソファーが壁にぶつかって跳ね返り、床を転がる。もな子が怒鳴った。

「なにしやがる！」

「こっちのセリフですよ！」

もな子は錫杖を鳴らして顔を寄せ、美々は両手を腰に当てて顔を寄せ、二人は額をがつんと接触させて睨み合った。エイミーが場にそぐわない間延びした声で尋ねた。

「なんでそんなに怒ってんの？」

「怒るに決まってるじゃないですか！」

「唾かけんなスタイラー！」

「嫌なら顔離せ！」

「ああ？」

「死ね」

「まあまあ、まあまあ」

いきり立つ両者の間に割って入ってエイミーが宥め、今にも飛びかからんばかりのもな子を背に、両腕を広げて美々の方を向いた。怪訝そうな表情だ。

「で、どうして怒ってんの？」

「約束忘れてますよね」

美々の言葉から十秒後、エイミーが手を打ち、もな子が「ああ」と声をあげた。美々は氷のように冷たい表情で横を向き「やっぱり忘れてた」と吐き捨てた。

「いや、これはね」

「マイヤが悪い。あのババア、わんこそばみたくシャンパン寄越しやがって」

「約束忘れて酒かっくらってる馬鹿が一番悪いに決まってるでしょうが」

呼び出したメンバーがある程度集まり次第、エイミーともな子の合図で魔梨華が現れる手筈になっていた。魔王塾を追放された魔梨華を嫌う者は多い。ある種の仮想敵扱いしている魔法少女さえいる。その魔梨華が出現することによって大乱闘が勃発、クラムベリーショックで元気のない魔王塾にカンフル剤を投与する……そういう筋書きになっていた。

エイミーともな子が泥酔して合図ができなかったというのは言い訳にもならない。嫌がっていたのを無理やり参加させられた美々であっても怒る。主導した魔梨華は怒る――違う、怒るのではなくフラストレーションを発散させようとするのではないか。しょうがない、この場にいるやつらだけで遊ぼうぜといい出しそうだ。絶対にいう。目に浮かぶ。

苦心が徒労に終わったどころか罰まで受けるのか。魔王塾関係者、それ以外にも強者と名の知れた魔法少女、最近名が売れ始めた期待の新人枠まで作って案内状を作り、使われていない別荘をこっそりと借りて飾り付けをし、酒だの食事だのを魔梨華製の小麦や砂糖から作り、準備に準備を重ね――

「全部台無しですよ」

「なんだよ偉そうに。じゃあお前が合図すりゃよかったろうが」

「私は外でコスチュームチェンジの出店やってたから無理ですよ」

「どうせ乱闘に巻き込まれたくないからって表にいただけだろ」

「勝手に決め付けてんじゃ」

なにかが、ミシリ、と軋んだ。美々は恐る恐る振り返った。モミの木が植わっている鉢にヒビが入っている。仮死状態の魔梨華が目覚めたのだ。音は大きくなり、ヒビが広がる。破壊音がホールに響く。植木鉢のサイドから手が生え、下からは足が生えて立ち上がり、全身のヒビが一つに繋がって粉々に砕け、土と瀬戸物が散開した。美々の知る魔梨華の植物の中でも最大に近いサイズだった。モミの木を頭から伸ばした魔梨華は中華料理で見た冬虫夏草に似ていた。背筋を伸ばし、腕を回す。その度にモミの木が揺れ危なっかしい。

ひときわ大きな、猫のような伸びをし、魔梨華は笑顔を見せた。

「今、喧嘩しようとしてたやつらがいなかったか？　なんかそういう気配感じてさ」

「……気のせいじゃないですかね」

モミの木を一振り、二振りしながら魔梨華は周囲を見回した。

「誰もいないじゃねえか」

「それは……まあ」

曖昧な美々の言葉に、

「色々あってさ」

ともな子が続け、それを受けたエイミーが、

「美々、説明よろしくね」

と振り、もな子は、

「頼んだ」

と締めた。美々は内心で叫んだ。

——投げやがった！　ボケアンドゴミ！

素早く計算した。ボケとゴミに責任を被せてしまうのも危険だ。責任とってお前ら相手しろよなんてことになれば、この場にいる美々が巻き込まれないわけがない。

どうすることが最も美々を幸せにしてくれるのか。追い詰められた時にこそ魔法少女の真価が発揮される。乏しい選択肢の中から最善を選ばなければいけない。

一つ咳ばらいを挟み、いかにも気の毒そうな表情を作って美々は話し始めた。

「それがですね。誰も来ませんでした。準備はしたものの寂しいクリスマスになりまして」

魔梨華は不審そうに周囲を見回し、整然と並ぶゴミ袋を指差した。

「パーティーしてたように見えるぞ」

「残念会みたいなノリでボケ……エイミーもな子と一緒に飲み食いしまして」

「そうそう、残念会残念会」

「マジ残念だったぜ」

「ああ、そういうのかあ」

「流石は魔王塾です。怪しいお誘いにもけしてのらない慎重さがあるんでしょうね」

心底から残念に思っているという顔で何度も頷いた。エイミーともな子はいたって軽々しく追従して美々の心を波立たせ、魔梨華は重々しく腕を組んだ。

「連中の警戒心を少し舐めてたってとこか。お祭り騒ぎが大好きなやつらなのになあ」

「時節柄ということがあるかも……あとは、ほら、魔王が警戒を促したとか」

魔梨華は腕を組んだまま足元に目を向けた。美々は内心はらはらしながら、それはおくびにも出さず、あくまでも残念に思うという体を崩さない。しばしそのままで向き合い、不意に魔梨華は顔を上げ、ぶんと振り上げられたモミの木がパラパラと葉をこぼした。

「それじゃ反省を次回に活かすってことで締めにしようぜ。次は……新年会だな！」

豪傑のように大笑する魔梨華を前に、エイミーともな子は心から嬉しそうに快哉を叫んだ。美々は凝然と立ち尽くした。地獄パーティーはまだ終わらない。

幼き姫ののぞみ

『魔法少女育成計画limited』の物語が始まるけっこう前のお話です。

初出
「このマンガがすごい！WEB」内
「月刊魔法少女育成計画」

◇姫野希

その広告を目にした瞬間、拳を握っていた。セミナー開催という見逃してしまいそうな一頁が、悩み続けてへとへとに疲弊した姫野希の心をがっちり掴んだ。希は広告が掲載されているフリーペーパーの両端をぎゅっと掴んで文面を読み返した。

コミュニケーション能力と人間関係。なにをいわれても折れない心。強い精神力。
外見にコンプレックスをお持ちの方、ぜひおいでください。

ここまではありがちといってもいい。しかし、そこから先、セミナーを受けた者の体験談コーナーには「実年齢と外見年齢のギャップに悩んでいたAさん」のリポートが掲載されていた。彼女はあまりにも幼い外見のせいで人間関係をうまく構築することができず、職場でも浮いていた。だが、このセミナーを受けてコミュニケーション能力を身に着け万事が解決したのだという。Aさんのような方も大勢いらっしゃるんですよというスタッフのメッセージは希を興奮させ、知らず知らずのうちに大きな声を出し、台所でコーヒーを沸かしていた母を不審がらせた。「なにかあったの?」という問いに「なんでもない」とおざなりに返し、心の中で母に詫びた。「あなたから受け継いだあまりにも幼い容姿、私は苦手に思っているのです……すいませんお母さん」と。

姫野希は、幼稚園、小学校、中学校、高校、と、特になんの問題もなく過ごしてきた。

自分が恵まれているなど露にも思わず、というより気付かず、これが当たり前なのだ、あるべき日常なのだと勝手に思い込んでいた。足場が崩れたことも割れたこともないという幸運を当然のものと考え、薄い氷の上ではしゃぎ続けていたのだ。

父はどこまでも寡黙で物静か、母は細かい気配りができる。タイプは違えど、両者ともに言葉で誰かを傷つけたりはしない。生まれた時からそういう両親であったため、家族に恵まれているという自覚はまるで持たなかった。

父母だけでなく友人にも恵まれていた。希を可愛がり、名前の通り姫扱いをするように身を挺してでも危険から遠ざける、という友人が男女問わず多く、小中高一貫なものだからそういったクラスメイトばかりという環境で十二年も過ごした。思えば柔らかな綿で包まれたかのように優しい学校生活だった。毎日笑っていた。

学校の先生達は、中には厳しい先生や意地悪な先生もいたけれど「姫野は駄目そうなら無理しなくていいから」「お前に限っては無茶やめとけな」くらいには甘やかされていた。

当時は甘やかされているなんて思いはしなかったが、大学生になった今思えば十分に甘やかされていたといっていいだろう。ある意味では学校のマスコットキャラクターであり「そういう存在」として周囲に認識され、誰も疑問に思うことなく「希ちゃんはちっちゃくて可愛いね」で終わっていた。

小中高ととても幸せに過ごした。高校卒業後は地元の大学へ進学し、そこで初めて不都合が生じた。それによって今までの自分がいかに恵まれていたかを思い知らされた。

大学では広く人を集めている。地元とはいえ同じ高校から進学してきた友達はそこまで多くない。つまり姫野希という異形が日常の一部だった者は少数派なのだ。すれ違えばクスクス笑われ、学食で指差され、こそこそひそひそと噂話をされるに及び、希は自分の容姿が悪い意味で人目を引くものだったことを思い知らされた。

じっくり見てもらえば小学生とは違うとわかる。目元が大人びていたり、頬の赤みが薄かったりする。だが世間というものはじっくり観察したりはしない。面白そうだな、だったら笑ってやろう、で終わりだ。相手が傷ついているかもしれないとか、自分の行為がみっともないのではないかとか、そういった気遣いができる人もいるのだろうが、目立つのは気遣いをしない方だ。希の心を傷つけ、傷つけたことをなんとも思わない人達だ。

こうして希は世間の厳しさに晒されたが、一緒の学校から進学した友人達がいた。気にすることないよと慰めてくれたり、クスクス笑う人達に直接抗議しようというのを希が止めたり、もっと暴力的な手段をとろうとしたのを希が止めたり、ということを繰り返すうちに友達の友達とも知り合い、輪は広がり、いつしか希がクスクス笑われることもなくなっていた。単に慣れたとか飽きたとかいうこともあったように思う。

結局大事に至ることなく騒動ともいえない騒動は収束したが、一連の出来事は希に「思い出しては溜息を吐く程度のダメージ」を与えた。もっとも悪いことばかりではなく、ちょっとだけだがいいこともあった。考える機会を与えてくれたのだ。

大学には友達がいた。しかし就職したらどうか。就職活動が本格的に始まる大学三年生はすぐそこまで迫ってきている。遠い未来でも遥かな将来の話でもない。

実家を出て県外に移り住んだとして、そこに希を助けてくれる人はいるのか。父も母も友人も、ちょっとした知り合いさえいない。たった一人だ。考えるだけでも寒々しい。

入浴中、通学中、就寝直前、細々と時間を見つけては世間と折り合うためにどうすべきかを考えた。一学年目、二学年目と考え続け、思いあぐねたところでモデルケースがごく身近にいたことを思い出した。

母だ。既に四十代だが、初対面の人なら九割五分が希の姉だと考える。当然希と同じような目にも遭ったことはあるはずだが、いつだって明るく楽しく、そんなことをまるで感じさせない。友達も多く近所付き合いも濃く密だ。つまりコミュニケーション能力が優れているということなのだろう。話しかけても「ああ」か「おう」か「んん」か「今度な」しか返事をしない夫のことを気に病んだりもしない。心が強いからだ。

残念ながら母の容姿はともかく気質は遺伝しなかったらしいが、コミュニケーション能力や精神の強さは後天的に手に入れることができる――と、セミナーの概要に記されている。セミナーにいけば変わることができる。クスクス笑ったりひそひそ話したりする人達のことを気にしないですむようになり、むしろ彼ら彼女らと友達になることだってできる。なにはなくともまずセミナーだ。

日時、それに開催場所をメモし、期待と不安を胸に希は日常へと戻った。

時間は流れてセミナー当日。運動もできる動きやすい服装でお越しくださいということだったため、もうちょっとフォーマルな方がいいのではないか、でもそう書いてあるからなあと煩悶し、まあいいかとコットンのパンツとTシャツで活動的に揃えた。

電車で二駅を跨ぎ、そこから五分程スマートフォンの地図で確かめながら田舎道を歩く。

――大丈夫、大丈夫。きっと上手くいく。きっと、絶対、たぶん……。

大きな期待と僅かな不安に胸を躍らせながら歩き、目的地へ到着、一つ大きく息を吸い込んでから小学校の校門を抜け、グラウンドに足を踏み入れた。

と、よろめき、思わず雲梯を掴み身体を支えた。期待感故だろうか。グラウンドに入った瞬間、胸がざわめいた。熱い――言葉にはできない「なにか」が胸を突き抜けた気がする。

今の自分がどれだけセミナーに期待しているのか、ここまで来てようやく理解した、かもしれない。雲梯から手を放し、掌についた赤い錆を払い、体育館に向かって歩き出した。一歩進む度に高揚感が層を作り、胸やけを起こしそうなくらいに折り重なっている。

興奮を抑え、抑制した笑顔を浮かべて入口から中を覗き見た。希は何度か目をしばたたかせ、繰り返し周囲を見回した。

――こ、これは……。

セミナーという言葉から受けるお堅い印象が一目で打ち壊された。まずうるさい。騒がしい。高い笑い声がそこかしこで響き渡り、走り回る音、ボールが床にバウンドする音、危ないことはしないようにという叫び声のような太い声が続く。小さな姿が体育館狭しと遊びまわっている。壇上で鬼ごっこをする者あり、バスケットボールをする者あり、ドッジボールをする者あり、隅の方で会議用のテーブルを広げてカードゲームをする者、携帯用ゲームで協力プレイだか対戦プレイだかをして熱くなっている者もいる。

希が想像していた「セミナー」と目の前の光景が結びついてくれない。ただ子供が遊んでいるように見える。ひょっとすると開催場所を勘違いしていたのだろうか。もう一度確かめておこうとスマートフォンを手に取り――

「こんにちは」

上から声をかけられ狼狽した。声が上擦ったりしないよう、慌てていることが態度には出ないよう、出来得る限り気を付けて「こんにちは」と挨拶を返すと、人好きのする笑顔を浮かべた六十代くらいの男性は何度か頷いた。

「初めて来たのかな？」

「ええ、はい……そうですね」

「緊張するこたないさ。一緒になってわいわい騒いでればすぐに仲良くなれるよ。親戚の子だの友達の友達まで集まるからね、集まりが良過ぎて毎回赤字になるんだ。ボランティアで手伝ってくれる人もいるんだけどねえ」

言葉ほど辛そうではなく、むしろ楽しそうに笑い、とん、と希の背を押した。希はたたらを踏むように前へ出た。甲高い喧騒が、より一層大きな音になって希を包む。耳を塞ぎたくなるような音だ。それでも希は耳に触ろうとすらせず、大騒ぎする小さな姿を見た。皆、一生懸命だ。希の方を見ようともしない。こちらを指差してクスクス笑ったり、ひそひそ囁いたりもしない。

なぜか気持ちが高揚してくる。グラウンドに入った時と同じだ。会場はここで本当に正しいのかなんてことがどうでもいいことのように思えてきてしまう。くだらないことでちまちまと悩んでいた自分の小ささえ笑い飛ばしてしまえそうな気さえするのだ。

アール・ヌーヴォーの少女絵から抜け出してきたかのように可愛らしい女の子がドッジボールの内野陣で所狭しと走り回っていた。他の子達は「のっこちゃん危ない！」「のっこちゃん避けて！」と呼びかけている。ボールを持つ方も、逃げる方も、皆が笑っている。皆の楽しさが希にまで伝わってくるようだ。見ているだけで楽しい、どころか、参加したいという気持ちが心の底から湧き上がってきて止まらない。見た目中高生くらいの体格がよい女の子が審判をしながら「ナイスディフェンス」「惜しい、もうちょっと」と声をかけている。希は彼女の声が自分にかけられているかのような錯覚を覚えた。

――そうか。これは、そういうことだったんだ。

動きやすい服装。外見年齢にコンプレックスを抱いている人間。ここにいるのは小学生にしか見えないが小学生ではない。希にしても小学生にしか見えないといわれるが小学生ではないのだから別におかしなことではない。よく見れば長いもみあげが髭（ひげ）のように見えなくもない男子もいるし、ほうれい線ががっちり濃い女子もいる。皆、小学生に見えることを悩みに思っている、あるいは思っていた、いい年齢の男女で、このセミナーをきっかけに立ち直り、今では同じ悩みを抱えていた仲間達と童心にかえって遊んでいる……ということを考えている間にも希の心は「楽しい」「遊びたい」という気持ちが広がり続け、広がるだけではなく深さと濃さも加わり、もう考えていることさえ億劫（おっくう）で、手荷物を体育館の隅に投げて子供達にしか見えない大人達の群れに飛び込んだ。

「パスパス！」

「へーい、こっちこっち！」

中学生まではバスケットボール部だった。主に身長のせいでスタメン入りはできなかったが、だったらとドリブル、それにパス回しに関してはみっちり練習を積んだ。その分野においては部内でもトップだったと自負している。そして今日は体格差で負けるということもない。「すごい」「速い」それに「かっこいい」という称賛の言葉を一身に浴び、スポーツの分野でここまで褒められたのは小学校以来かもしれないと楽しい思いが加速した。

「ドロー！　メインステップ！」

「そちらのメインに伏せカードオープン！」

カードゲームはマジカルバトラーズだった。希が小学生の頃に大流行していて、カードゲームなんて特に興味がなかった希でさえ大会に参加するくらいには猫も杓子もマジカルバトラーズだった。あれからずっと流行っているものだろうか、と疑問に思いかけ、そういえば全員小学生に見えても小学生ではなかったのだと思い出し、世代が同じくらいなのかなと親近感がわいた。ルールはおぼろげにしか覚えていなかったが、デッキを借りてプレイするうち徐々に思い出し、当時好きだったキャラクターのモノマネをしながらバシンと決めカードをプレイしてギャラリーを大いに沸かせた。希が小学生の頃は、真面目ちゃんやスポーツマンでもモノマネの一つや二つは持ちネタとして抱えていたものだ。きっちりと練習し、それをここぞという時に決める。まさか大学生になってからも役に立つとは思っていなかった。人生なにが幸いするかわからない。「あれって初代のライバルキャラだよね。再放送で見た」といっていた男子はリアルタイムで見損ねた口なのだろう。

「ボール回していけ！　一人で決めようとすんな！」

「避けろのっこちゃん！」

ドッジボールでは、残念ながら前二競技ほど活躍することはできなかった。希がどうこうではなく「のっこちゃん」があまりにも凄過ぎた。まるで人間とも思えないどころか猿でもここまでのやつはいないだろうという華麗な身のこなしで襲いくるボールをかわし、目にも止まらない速球でビシビシと敵チームを外野送りにしていく。将来はスポーツ選手か、いやそもそも将来もなにも実際は二十歳過ぎてるんだろうから現役のスポーツ選手かもしれない。美貌を活かしてアクション女優、バレリーナなんて可能性もある。希も小学生の頃、当時連載していたクラシックバレーの漫画に影響を受けてバレリーナに憧れていたことがあった。のっこちゃん、デビューしたらまた会おうねと心の中で呼びかけ、ドッジボールエリアから離れた。実際に声をかけるのは気後れしたのでやめておいた。

「カバディカバディカバディ！」

「鬼さんこちらー！」

壇上で行われていたのは、鬼ごっこ、ではなく高鬼だった。高低差によって捕まったり捕まらなかったりする鬼ごっこの一バリエーションだ。ルールはシンプルだがとにかく走らされた。エリアが限定されているなんていうのはおためごかしにもならず、狭いエリアの中で延々動き続けなければすぐに捕まってしまう。ドロ刑のエッセンスが加わっているため、一度捕まってしまうと仲間に救ってもらうまでは解放されることがない。それではつまらない。とにかく走りたい。なぜかはわからなかったが、走りたい、楽しみたいという欲求が胸の内側でパンパンに詰まり、今にもはちきれそうになってしまっている。だから希は走った。逃げた。跳んだ。登った。捕まってたまるか、捕まるにしてもそれは最後の一人になってからだと逃げまわった。中身が見えてもかまわないとばかりにスカートを翻(ひるがえ)して走っている女性もいたが、流石にもう少し慎みを持つべきだろう。

「よーし、ジュース入ったぞー」

子供にしか見えない大人達がわっと湧いた。希の背を押してくれた男性――この人も外見年齢とのギャップに苦しんでいるのだろうか。だとしたら案外二十代や三十代なのかもしれない――が押してきた台車には大きなプラスチック箱が載せられ、中には水、そして大きな氷、なによりも見る者を魅了する缶ジュースがぷかぷかと揺蕩(たゆた)っていた。

飲みたい、喉を潤したい、爽やかな気持ちになりたい、という思いが胸の内側から浮かんでは消えていかない。皆が一斉に走り出してとりついたものだから転んだり泣き出したりする者までいる。希は転んだ人を助け起こしたり、泣いた人を泣き止ませたりし、その間にも人気のある順で飲み物は消えていく。まあ缶入りのお汁粉があるわけでもないだろうし、多少好みから外れるものに当たってもいいだろうと割り切り、自分のトートバッグからタオルを出して汗を拭き、もう群がる者もいなくなったプラスチック箱へ悠々と向かった。残るは数本のジュースばかり、できれば炭酸のやつがいいなと上から横から眺めてみたが、それらしい影がない。炭酸は諦めるかと顎に指を当て身体を捻ると視界に飛び込んできたのは氷の陰に隠されるようにして沈んでいた缶ビールだった。見れば台車を持ってきた男性も、他の大人に見える人達数人の中にも、美味しそうに缶ビールを傾けている者がいる。希の喉が鳴った。アルコールは左程好きというわけでもないが、運動をした後のビールとなれば別だ。麦茶は大好きだが麦酒も好きだ。スカッと爽やかに喉を鳴らして小半らくらいを飲んだらきっと美味しく気持ちのいいことだろう。幸いにして希が求めていた炭酸もたっぷりと入っている。

熱に浮かされたように意識することなく身体が動き、ビールを手に取っていた。発泡酒や第三のビールではない、国内の有名メーカーでよくCMを流している銘柄だ。プルに爪を立てて封を切り、溢れ出そうとする液体に自分から口を寄せた。一息でごくんと口に溜めることなく喉へと送り、誰かが悲鳴をあげた。

◇のっこちゃん

さっきまで一緒に遊んでいたお姉さんが正座で小さくなっていた。大人達は、困ったような、怒ったような表情でお姉さんを囲み、さらに子供達がざわつきながら遠巻きにして見ている。大人達は運転免許証を回し見しながらひそひそと言葉を交わしていた。運転免許証を何度も見返し、納得したような納得していないような顔で頷き、しゃがんでお姉さんに免許証を差し出した。お姉さんは精一杯申し訳なさそうに両手でそれを受け取った。

「まあ、本物らしいから飲酒についてはいいけど」

「はい」

「よく確認もしないで通したのも悪いし、手の届く場所にビール置いたのも悪いけど」

「はい」

「でもね、セミナーだと思ってましたはちょっと通じないんじゃないの」

「はい……すいません」

「今さ、市役所の方に問い合わせてみたけど、なんたらいうセミナーやってるのって田乃中町町営体育館らしいじゃないか。ここは田乃中小学校の体育館でしょ」

「ええ、はい、勘違いで」

「勘違いにしてもね、入ってきたらおかしいってわかるでしょ。どう見てもセミナーやってるようには見えないよね。三町合同お楽しみ会にしか見えないよね」

「なんか、こう……よくわかんないテンションになったっていうか……心の声に誑かされたっていうか……普通に考えてわかることがわかんなくなったっていうか……」

のっこちゃんは服の胸元をぎゅっと握った。魔法少女の力で本気を出せば破り取ってしまうため、そこそこに手加減して握った。そう、魔法少女である必要はなかった。変身しているからこんなことになってしまった。ドッジボールにエキサイトし、魔法のコントロールを怠り、浮かれた気分を駄々洩れさせて周囲の人達に影響を与えてしまった。

父の知人に「今の季節は渓流釣りが面白い」と誘われ一家揃って訪れた田舎町で思わぬイベントに遭遇し「大きな子ばっかりだな。これなら魔法少女に変身して混ぜてもらった方がおみそ扱いされたりしないだろうな」と自己中心的な判断を下したのが運の尽きだった。変身したのっこちゃんはお楽しみ会を楽しみ、エキサイトし、うっかり紛れ込んでしまった大人の女性の心を乱してわけがわからない状態にさせてしまった。今、彼女がとても追い詰められてしまっているのは大体のっこちゃんのせいだ。

「……なにか精神的に患ったりしているの？」

「そうではないはずなんですけど……」

どうしよう、と考えたが答えが見つからない。正直に申し出るわけにもいかないし、大人の方にフォローする方法も思い浮かばない。小学生にしか見えない大学生はがっくりと項垂れ、それを見たのっこちゃんは申し訳なさで消えてしまいそうになった。責められるべきはのっこちゃんなのに、助け舟を出すことさえできない。ごめんなさい、ごめんなさい、ごめんなさい、ごめんなさい、ぎゅっと目を瞑って一心に詫び、言葉に出さない謝罪はなにかが床を打つ音で中断した。慌てて目を開くと両膝を床につけ、スケッチブック片手に突っ伏している人がいた。ドッジボールの審判をやってくれていた高校生か中学生くらいのお姉さんだ。

大人達も、ざわついていた子供達も、しん、と静まった。なにが起こっているのかわからず、混乱していた。

「すいませんでした……！」

大人も、子供も、怒られている人も、怒っている人も、なにがなんだかという顔をするしかできない。謝っている方は土下座の体勢で縮こまり、とにかく謝罪の言葉を繰り返すだけだ。

「すいません……でした……本当に……」

「どうしたの、茶藤さん」

「謝りたい……とにかく謝りたいんです」

「そんな、あなたがなんで謝るの。報酬もなしに手伝ってくれて有難いくらいだよ」

「違うんです……私は……別の目的が……ああ……すいません……！」

「むしろ申し訳ないと思わないといけないのはこっちの方だよ」

「いや……私が謝るべきだ。ちょっと色々言い過ぎたと思うし……」

「そんなこといったら俺なんてビール目当てで来ただけだよ」

「家で寝てたいけど母ちゃんに蹴りだされて嫌々来た俺よりマシだよ……」

「いや……一番罪深いのはあたし……」

大人達がなんと呼びかけようと茶藤さんは顔を上げようとせず、次第に大人達の方もいつしかそれは「悪いのは自分だ」「いや私が悪い」と謝罪の言葉を口にするようになり、いつしかそれは子供達の方にも伝播し、皆が「申し訳ない」「ごめんなさい」「すいません」「弟のおやつを食べたのは僕です」と謝罪合戦が勃発した。泣き出す子供もいる中、「ごめんなさい」という気持ちを皆に広げた感染源――のっこちゃんは、誰よりも大きな声で自分が悪いんだと主張していた子供に見える大学生のお姉さんに背後から近づき、「チャンスです。逃げましょう」と囁いた。

驚き振り返ったお姉さんに頷き、心の中で逃げなければと念じて相手の精神に干渉する。ほどなくお姉さんは力強く頷き返し、バッグを胸に抱いて出口へと駆け出した。のっこちゃんはその背中に向けて「挫けないでください！」と呼びかけ、見送った。どのくらい役に立つかはわからなかったが「誰にも負けるな！　強く生きるんだ！」と心に念じた。

学び舎の観察者

『魔法少女育成計画restart』の物語が始まるだいぶ前のお話です。

初出
遠藤浅蜊公式Twitter(@asariendou)

「絹乃宮（きぬのみや）」という一見高貴な名字（みょうじ）とは裏腹に、我が家は祖父の代から中流くらいの家だった。祖父より前は知らないが、食うのもやっとの農家と聞いているのでたぶん中流より悪いくらいだろう。なぜこんな名字になったのか、今となっては誰もわからない。

中流家庭の子の常として、私は、小学校、中学校、と公立の学校に通った。公立校は金持ちの子でも貧乏人の子でも一応は受け入れてくれることになっている。

だから色々なやつがいた。好きなやつが三割、どうしても好きになれないやつは一割いた。頭のいいやつが二割、頭の悪いやつは六割五分いた。性格がいいやつは四割、性格が悪いやつは二割いた。性格が悪い二割の代表が私だ。常にクラス内権力者が誰かを探り、パワーバランスを察知しながら擦（す）り寄ったり離れたりしつつ楽しい学校生活を送ってきた。

そして品のないやつも四割強いた。下品なやつは、特に男子には多くて、でも上品なやつというのはいなかったように思える。

育ちのよさを感じさせる子、お嬢様っぽい感じのなんとかさんというのはいたはずなんだけど、高校生になって本物のお嬢様というやつがいっぱいに詰まった学校に通ってみると、真の意味で上品だったクラスメイトはいなかったんだな、と知った。

ごく自然に、冗談でもなんでもなく「お上手」「ごきげんよう」「あら嫌だ」「殿方」「あそばす」といった言葉が出てくる彼女達は生まれながらのお嬢様だった。

そう、私は高校からお嬢様学校に通うことになった。なぜ中流一本槍の私が高校での上流階級デビューを飾ることができたのか？　別に大した理由ではない。このご時世に脱サラをキメた父の事業が奇跡的に成功した。もとより学力に関して私が入れない学校は近隣になく、それに加えて学費の高い私立校にも通えるようになった。ならば、と以前から秘かに憧れていたお嬢様学校に潜り込んだ。それだけのことだ。

後から入ってきた異分子に対して先住民達が攻撃を加える、という事態があるかもとビクビクしていたけれど、実際そんなことは起こらなかった。お嬢様たちは優しく大らかでのんびりしていた。見苦しさやみっともなさを好まれず、つまり見苦しさやみっともなさの権化である陰口や陰湿ないじめなど考えることさえ嫌だったのかもしれない。

「どんな層であれ、いじめる人間がいないはずはない」という僻み混じりの自説は早々に覆された。と思いきやそういうわけでもなかったらしく、過去にいじめめいた真似をした生徒もいるにはいたが、例外なく学校を去ることになったらしい。入学時のオリエンテーリングで既にお嬢様のふりをすることが上手くなっていた私は「まあ怖い」と小さく震えて見せた。

怖がったのはふりではない。実際に怖いと思えた。あるかもな、と思えた。そういうことをさせかねない人間に心当たりがあったからだ。

私の父が脱サラして輸入雑貨の貿易商を始めたばかりの頃、近所に大型ショッピングモールがやってくるという話が持ち上がり、すぐに消えた。ある土地持ちの娘が裏から手を回して進出計画を潰したのだ、と根拠のない噂話が囁かれていたそうだ。その噂話によれば、お気に入りのチョコレートパフェを出すカフェがショッピングモールによって窮地に立たされるかもしれない、という理由から行動を起こしたらしい。私の父は、そのカフェを始めとした商店街の店と小さな、しかし多くの契約を結び、そんな話を仕入れてきた。

人小路庚江。一言でいえば土地持ちの娘だが、一言でいえるような人物ではない。

県内で石を投げれば人小路の土地に当たるといわれている大地主の家に生まれ、学業は常に学年でトップ、運動神経は抜群で、陸上部でもないくせにクラスの陸上部よりも足が早い。容姿端麗で弁舌爽やか、動作の一つ一つ、それこそ瞬き一つとっても品のよさが匂い立つ。お嬢様の群れの中にあってさえ頭一つか二つは抜きん出、皆より高い位置でふんぞり返っている……というわけでもなく、自然体が偉そうなお嬢様の中のお嬢様だ。

ご立派なだけの人物ではない。嘘か真か、よくない手合いに苛烈な制裁を加えたという武勇伝のような噂が少なからず存在した。大型ショッピングモールに関するエピソードの他にも、隣町散策中の庚江をナンパしようとした「悪いはしゃぎ方をする大学生数名」がその日を境に数日間大学に来なくなり、久々に戻ってきたと思えば別人のように大人しくなっていたとか。お嬢様方にとってはそういう恐ろしいエピソードでさえ庚江様の魅力の一部らしく、きゃあきゃあと年齢相応に、しかしお淑やかに騒いだりする。

私は強者に阿ることで楽しい学校生活を送ってきた人間だ。このクラスで、というよりこの学校で一番の強者は誰が見ても人小路庚江で、それなら庚江に擦り寄ればよいということになるはずだが、彼女は今まで私が接してきた子供達、「教室の強者」とは違う。大人の世界に出しても強い「本物の強者」だ。今までと同じ安易な手段で接近すれば、痛い目を見ることになりかねない。噂の数々が危険度数を示している。噂の中の真実が一割だとしても相当に危ない。

しかし擦り寄るなら庚江だ、とも思う。危険であると同時に得も大きく、ここで見過ごすにはあまりにも惜しい。やるなら慎重に、と私は考えた。

庚江に気付かれないよう庚江を観察し、我が身に危険が及ばない距離感をしっかりと測り、その上で近付くのがいい。幸い、庚江を見てきゃあきゃあ騒ぐお嬢様方は少なくない。彼女達に混ざって素敵だの麗しいだのといっておけば紛れることができる。同性同士できゃあきゃあ騒いでも全く楽しくはないが、この際楽しさは二の次三の次だ。

このように私は入学以来人小路庚江に注目、観察していた。けっこうな期間を観察に費やし、その結果、副次的な成果として彼女の従者、魚山護が中々に面白い存在であると気付くことができた。

従者。時代錯誤にも程度というものがあるが、彼女、魚山護のことを言い表すならば「従者」以上に的確な言葉はないだろう。人小路庚江の後ろについて回り、日常の雑事や面倒事を担当する。季節が変わり、その間に席替えが何度あろうと彼女達は常に隣同士で、つまり担任でさえ忖度していることが見て取れる。

庚江の護に対する態度は自慢のペットといったところだろうか。我ながら品のない喩えだ。しかしあれは自慢のペットなんじゃないかとやっぱり思う。

庚と護をセットで「お似合い」ときゃっきゃ騒いでいるお嬢様方がいるように、二人はお互いを引き立て合っている、と私には見えた。ふわふわの巻き毛やきめ細かい白い肌といった「柔」の庚江、機能的に切り揃えられた黒髪に威圧的な長身という「剛」の護、この二人は全く不揃いであり、同時にお互いのパーツを埋め合うかのように揃っている。庚江が自慢するのもわかろうというものだ。

自慢気な庚江に対し、護の方はそこまで忠実というわけではないらしく、案外ずけずけと物をいう。誰にも聞こえないような小声で――庚江観察者である私は度々聞き耳を立てていた――庚江に嫌味や皮肉を漏らしていたり、なんてことが二度三度あった。

「言い方が酷い？　よりによってお嬢がそれをいいますか」

「優しさなんて言葉、お嬢が知っていたなんて驚きですよ」

「なんですかもう気持ち悪いなあ。いえ、思ったことをそのまま口にしただけです」

だいたいこんな感じだ。聞こえていない時を加えれば十倍や二十倍では利かないだろう。

初めて聞いた時はぎょっとした。聞き間違いではないかとさえ思った。クラスメイトでしかない私であっても恐ろしい相手なのに、直接の主従関係がある彼女にとってはそれ以上のはずだ。怖くはないのかと彼女の顔を盗み見た。しかし護はいつもの涼しい顔で全く悪びれた風はなく、庚江の方も愉快そうに笑っていた。

　護は学業でも運動でも並程度で特別優れているわけではない。庚江に勝っている点があるとすれば身長くらいだ。笑ったり喜んだりすることはない。少なくとも私は見たことがない。いつ見ても面白くなさそうな顔をしている。

　下手にへりくだらない気安さが庚江の好みなのだろうか。それともこれは護だからこそ成功しているのだろうか。前者が四割、後者が六割。このままでは分の悪い賭けだ。

　一定期間観察を継続し、仮の結論が出た。庚江に対する切り口の一つとして、魚山護はとても興味深い。

　庚江のファン、もしくは庚江と護コンビのファンに比べればごく少数であるものの護単独のファンもいて、飾り気のない、悪くいえば不愛想な態度に「ああいうのがいいんだ」とばかりに熱意を込めて頷いていたりする。だが庚江を押しのけてまではいかないらしく「あの方が幸せならそれでいいの」と見(けん)に徹するのだ。

　物の見方があまりにも一面的だ。護は庚江にとって忠実なだけの従者ではない。人小路庚江という人物に近付くキーになり得る重要な存在だ。

　可能な限り冷静な目をもって観察すれば新たな発見があるかもしれない。いや、それよりもこちらから接触を試みてみるか。庚江よりは危険度が低く、試しにやってみる価値はあるだろう。よりよい学校生活を送るための布石だ。ここで手間暇を惜しむわけにはいかない。

人小路庚江が危険人物だということは胸に留め置き、気付かれない間合いをとって観察する。庚江だけではない、護もだ。むしろ六対四で護に重きを置くくらいでいい。相手の隙を見出せばなんらかの形で意思疎通を試みる。

だいたいの方針はこれでいい。よし、これからも頑張ろう。

私が誰に語ることもない――語ることなどできるわけがない――決意を胸に秘めたその日の午後、五限から六限に至る五分間休憩の時間に事件は起こった。

この学校に通うお嬢様はトイレで群れたりしない。お嬢様のふりをしている私も一人で行く。文字通り、お花摘みに出かけるかのような優雅さをもってトイレまで歩き、空いている個室の中に入り、さて扉を閉めましょうというところで影が差した。

魚山護が普段通りの涼しい顔で私と向かい合っていた。個室の中に二人以上で入らないというのは大前提であり、この学校のお嬢様がトイレで群れない以前の話だ。抗議するなり、叫ぶなり、なんなりできたはずだが、私は動けず、固まっていた。私の中で唯一動いていたのは心臓だけで、いつもにも倍して全身に血液を送らんとしていた。隙があれば接触を試みるとは考えていたものの、向こうから接触してくるのは想定外だ。

護は後ろ手に扉を閉め、私にぐっと身体を寄せた。私は反射的に後ろへ下がろうとしたが、便器に阻まれて足が動かず、バランスを崩した。みっともなく転びかけたが、護は更に寄り、私の腰に手を回して抱き留めた。

「すいません。こんな場所で、唐突に」

息が耳にかかる。制服の上から掌を感じている。指が長い。私が観察によって得ていた魚山護の情報が、今度は肉体的な接触を伴って流れ込んでくる。

「他の人の目がある場所で話すことが危険だったもので……仕方なく」

囁きに等しい抑えられた声は普段に比べて優しみを感じる。人小路庚江に対してはツンケンしている護の声が、私に対しては優しみ！　を含んでいる。心拍数が上がる。体温はそれ以上の加速度をもって上昇している。

「絹乃宮さん、最近、よく人小路のことを見ていますよね？」

いいえ、どちらかといえばあなたのことを見ていたんですよ、とは、私が平静であったとしても口にはできない。

「いえ、見てる人は他にも大勢いるんですが、あなたの視線が他と少し違っていて……あまり好意的には思えなかったのがどうしても気になってしまって」

一方的に見ているはずだったのに、向こうからも見られていた。観察者だと思っていた私こそが観察されていた。魚山護――この世の全てに興味がありませんという態度の女が、私のことを気にして、ずっと見ていた。

「お気持ちは痛いほど理解できます。ですが、あからさまな敵意を向けるのは本当に危険です。嫌なやつだと思われてもアウト、面白いやつだと思われたらもっとアウトです。もし本当にどうしても我慢ならないということがあれば、どうか私に」

護は右手で私を支え、今度は左手でぎゅっと手を握ってきた。私の頭の中はぐるぐると回り続け、まともにものを考えることができていない。普段の三割以下に低下した思考能力で「手の汗に気付かれたら嫌だ」なんて益体もないことで困っていた。気付かれないわけがないのに。

「それでは……重ね重ね失礼しました」

護は手を離し、狭い空間の中で小さく頭を下げた。私より一段高い場所にあった頭が下げられ、近付き、ふわりと匂いが——恐らくはシャンプーの爽やかな香りが鼻腔をくすぐった。外されたばかりの手が、目の前の髪に触ろうと泳ぐように前に出、私は慌てて制止した。

私の奇妙な動きは、頭を下げた護には気付かれなかっただろう。護は、来た時と同じように後ろ手で扉を開き、僅かな隙間から忍者のようにするりと外に出、ぱたんと閉めた。

私は肺から空気をなくそうという勢いで息を吐き出した。頭がくらくらし、立っていられず、洋式便器の上にへたり込んだ。

冷静さを失ってはならない。不意打ちを受けた時ほど落ち着きをもって考えることこそが肝要だ。ハンカチを取り出し、額を拭った。落ち着け、落ち着け、と自分に言い聞かせる。私は観察者だ。向こうでも私を見ていたという想定外の事態に少々たじろぎはしたものの、観察者であることを辞めたわけではない。

◇◇◇

朦朧(もうろう)としたままどうにか放課後までやり過ごし、家に帰り、一晩経ってようやく冷静さを取り戻すことができた。通学バスに揺られながら、私は考える。

昨日起こった出来事の背後に人小路庚江がいるだろうか。いない気がする。護のいっていることを全て信じていいわけではないが、しかし庚江が噛んでいるにしては色々不自然だ。つまり、私の胸が苦しくてたまらないのは九割九分護のせいということになる。

今後マークすべきは庚江ではない。護だ。六対四の割合は、今日から十割護に割くようにしよう。それなら護の忠告を守ることもできるし、一石二鳥というところだ。

私はスマホを取り出し、予定表を修整した。まずタイトルをTMからMCに変更する。魚山護でTMなのを護ちゃんでMCに変更した。これは最終的にちゃん付けで呼び呼ばれるくらい仲良くなることを目指す、という決意の表れだ。同時に予定を変更、六対四になっていた庚江との観察レートを護十割——護ちゃん十割にしてしまう。

今日からは放課後も護ちゃんの行動を観察したい。もとい、観察しなければならない。

私は知的で冷静な観察者なのだから。

二年F組弁当合戦

『魔法少女育成計画「黒」』の物語が始まるちょっとだけ前のお話です。

初出
「このマンガがすごい！WEB」内
「月刊魔法少女育成計画」

◇雷将アーデルハイト

魔法少女学級二年F組は異常なまでにイベントが多い。一ヶ月足らずの間に、夜間行軍、読書感想コンクール、班対抗合唱コンテスト、遠足、それ以外に細々としたレクリエーションも加えれば二桁を越えているだろう。

まともな学校に通うのが初めてというアーデルハイトにも、これが普通ではないということくらいわかる。魔法少女の適性を測るべく様々なイベントを体験させているのか、個性が強くぶつかりがちな魔法少女達を結束させるため学校行事を前半に集中させたのか、運営側の趣味なのか、いずれにせよ一生徒の与り知るところではない。

「いやそれにしてもおかしいやろ」

「連休前にも遠足ありましたよね。それでゴールデンウィーク終わってまた遠足って」

「ゴールデンウィーク明けて早々に明日は遠足ですってなんだよそれ。普通、予定ってのは決まってるから予定ってんじゃねえのかよ。なんで急に遠足が挟まんだよ」

「ともかく……全力を尽くす……べき、だと思う」

二年F組二班メンバー、班長メピス・フェレスを筆頭に、クミクミ、クラシカル・リリアン、そしてアーデルハイトの四人は旧校舎の裏手にしゃがみ込んで談合していた。担任であるカルコロが発表した「遠足」について、である。

「考えられるとすれば……前回の遠足とは、性質が、違う……とか」

「遠足は遠足じゃん。なにが違うんだっての」

「前回は近所の山に登りましたよね。次は動物園でしたっけ」

「ああ、確かにいわれてみれば性質は全然違うわな」

「いうほど違うかよ。山登りなんつったって幼稚園児でも頂上行けるようなちゃちい山で体力勝負もクソもねえし。動物園と大して変わんねえって」

「まあ、なににせよ、全力を……そう、尽くすべき」

「あのさあ！　クミクミさあ！」

メピスは眉間に皺を寄せ、おさげ髪を振るってクミクミへ向き直り、人差し指を突きつけた。クミクミは多少鼻白みながらも動じることなくメピスの視線を受け止め、

「なにか」

「さっきからさあ、全力尽くすっていってっけどさあ、遠足の全力ってなんだよ？」

クミクミの目が泳ぎ、リリアンが首を傾げた。

二年F組の魔法少女達にとって卒業後の立身出世が最終的な目標だ。そのためには在学中の評価こそが重要となる。意図が読めない遠足といえども全力を尽くそうとするのは当然であり、読めない意図を解き明かさねばならない。

アーデルハイトは腕組みし、空を見上げた。一つ閃いた。

「センスを見せるってのはどうやろ」

「遠足でどういうセンスを見せんだよ」

「おやつに使っていい金額は三百円までいうてたやん。三百円の中でどんなお菓子を揃えるか、かなり個人差……つまりセンスが見えるとこや思うで」

「菓子のチョイスでセンスが試されるってのは小学生までだろ」

リリアン、クミクミ、共に、普段の凸凹ぶりが嘘のように揃って頷いた。

アーデルハイトはまともな学校に通う機会がなかった。物心ついた時は魔王塾の中にいて、猛者揃いの先輩達についていくだけでやっとだった。魔王塾に演習や調練はあっても遠足はない。当然金額制限を設けておやつを用意する機会もない。

そんなアーデルハイトにとって「おやつ三百円分」はワクワク感に溢れていたが、娑婆の小学校に通っていた他三名にとっては既に飽き飽きするような事柄だったらしい。

少なからぬ疎外感を覚え、しかしそれを顔に出すことなく、腕組みのまま顎を引いた。

三人には否定されたが、おやつはいい線を突いていたのではないか、と思う。食は生物にとって必要不可欠なものだ。魔法少女に贅沢な食事は不要と軽んじる者は魔王塾にもいたが、単純な栄養補給と侮って痛い目を見ることもある。

ただ、背伸びをしたがる中学生女子にとって「おやつ」は少々幼かった。中学生女子の背伸び願望を満たしつつ、とするならば――アーデルハイトは手を叩いた。

「お弁当や」

「……弁当？」

「いかしたお弁当こさえていけば皆が一目置くようになるやろうね。やるやん、って」

アーデルハイトの提案に、メピスは「ふん」と鼻を鳴らした。

「変わんねえだろ。おやつも弁当も」

「んなことないやろ。前回、メピスもビビっとったやん」

「ああ？　あたしがいつビビったっつうんだよ」

「ライトニングの巨大おにぎりにビビってなかったとはいわせへんで」

クミクミが苦い表情で重々しく頷いた。

「ああ……あれ、か」

リリアンも溜息交じりで項垂れる。

「ライトニングのあれ、ですね」

リュックサックの中からリュックサックと同じ大きさのおにぎりを取り出し、抱えながらむしゃむしゃと食べていたプリンセス・ライトニングの姿は見る者を唖然とさせた。異常なまでに整った容姿とのギャップとかそういう次元の問題ではない。アーリィドリィ姉妹は怯え、テティは息をのみ、同じ三班の魔法少女達でさえ見るからにたじろいでいた。

魔法少女に変身してのことではない。変身する前のことだ。当然人間並みの消化器官しか持たないはずが、ライトニングは食べ始めから一向にペースを崩すことなく食べ続け、昼食の時間が終わる前には巨大なおにぎりが海苔の端さえ残らなかった。

あの時、間違いなくプリンセス・ライトニングが最も目立っていた。班毎に分かれて昼食をとっていても、皆がちらちらと三班の方に目を向け、三班のメンバーでさえ終始気圧されていたようだった。魔法少女にとっては精神的に圧倒されること即ち敗北である。あの瞬間、二年F組所属の魔法少女達は、残らずライトニングに敗北していたのだ。

二班の魔法少女達はコンビニで購入した弁当を持ってきていた。アーデルハイトのサンドイッチ、クミクミの幕の内、メピスの唐揚げチャーハン、リリアンのオムライス、いずれも平凡だ。対抗し得るレベルに達していない。昼の弁当なんてどうでもいい、と軽んじていたツケが回ってきた格好で、つまり食とは甘く見ていいものではなかった。

魔王塾の先輩にも料理の腕がプロ級という変わり種が一人いた。彼女は腕を磨くためと塾の外では屋台を引き、塾の中でもなにかといえば好きな料理の話を捲し立てるせいで他塾生から敬遠される傾向にあったが、たとえ周囲から浮こうと己の意志を通す姿は、今思えば正しい魔法少女の在り様だったかもしれない。クミクミが重々しく俯く。

「ライトニングには、インパクトが……あった」

メピスは憤然と、クミクミに食ってかかるような勢いで鼻から息を吐き出した。

「ビビってんじゃねえって。なんだ弁当ごとき、大したことねえじゃんあんなの」

「ほほう。あれが大したことないいうんか」

「なんだよ。大したことねえよ。あんなもんにビビってどうすんだよ」

「つまりメピスはもっとインパクトあるお弁当用意できるいうことやね？」

アーデルハイトは殊更意地悪そうな顔を作ってメピスに向けた。メピスは口を開きかけ、閉じ、唸り、勢いよく頷いた。

「そんなの……できるに決まってんだろ！」

挑発にはきちんとのってくれるのがメピスのいいところだ。おやつ、弁当、と二度に渡って意見を蹴られた鬱憤を多少なりとも晴らし、アーデルハイトは微笑んだ。

「じゃあ明日の遠足楽しみにしとくわ」

「ちょっと待て。お前らもやれよ。あたしだけとかないからなそんなの」

クミクミはぎょっとした顔でメピスに向け、次いでアーデルハイトを見た。リリアンは信じられない物を見る目をメピスに向け、次いでアーデルハイトに向けた。

アーデルハイトは二人から素早く目を逸らし、足元に目を落とし、ゆっくりと視線を上げ、恐る恐るメピスに向けた。頭に血が昇っているからか、彼女の顔は真っ赤だった。

「いやいや……ちょっと待とうや。なんでそないな話になっとんねん」

「全員サイッコーの弁当作ってくること。ドベは罰ゲームだから覚悟しろよ」

ライトニングに対抗するという話が、いつしか班内での争いになっていた。挑発にのってくれるのはメピスのいいところだが、暴走しやすいのは玉に瑕だ。そしてその暴走を止めるのは難しく、三回に一回くらいしか成功しない。

◇クミクミ

クミクミにとっての料理とは既製品に等しい。料理のコツは？　と問われれば、閉店間際まで粘って値下げシールが貼られるのを待つ、と答える。

そんなクミクミにお弁当のアイディアなどあろうはずがない。ないならば他の誰かを頼るのがいい、というところまではわかるが、では誰を頼ればいいいか。二班内で争うのだから班員は論外だ。かといって相談できるほど仲のいいクラスメイトは二班の外にいない。ならば近衛隊の先輩になるが、クミクミは喋りが流暢とはいえず、つまり直接話を持ち掛けるよりはラインなりメールなりを使った方がいい。

世話好きだったり面倒見がよかったりする先輩に頼ろうか、と考えていたが、そういった先輩だけに連絡を入れた場合、連絡を入れられなかった先輩は気を悪くするかもしれない。そんなことを考えたため、一斉送信で一度にメッセージを送ることにした。

送って一分、返信がきた。一つを確認しようとする前に次が、その次が、止まることなくメッセージボックスが膨らみ続ける。

近衛隊所属の魔法少女は式典のある時以外は訓練くらいしかやることがない。なにか変わったことがあれば嬉々として首を突っ込んでくる。人間関係を気にして一斉送信したのは悪手だったかもしれない、とクミクミが気付いた時には大変なことになっていた。

クミクミは枕にしていた座布団を跳ね飛ばして立ち上がった。先輩を待たせるわけにはいかない。走りながら「今参ります」と返信し「少々お待ちください」と返信し「ありがとうございます」と返信し「今度おごらせてください」と返信する。

メモ帳を片手に先輩達の家から近衛隊の宿舎まで駆けずり回り、全て回り切った時には日も沈み、魔法少女の脚力、体力を限界ギリギリまで酷使し、最早メモしたこともろくに覚えてはおらず、後で読み直せばいいとベッドの上に倒れ込んだ。

変身を解除し、少し休んでから情報を纏め直そうとベッドの上でうたた寝をし、魔法の端末が震える音に気付いて跳び起きた。

「やあやあ、はじめまして」

魔法少女だ。見覚えがない。床まで届く長い髪にはグラデーションがかかり、コスチュームはパジャマ、大きな枕を抱いている。にこにこと楽しそうな笑みを浮かべていた。

クミクミは周囲を見回した。調理室のような場所――しかし床やテーブルが雲のように白くふわふわとした物体でできている、という不可思議な場所にいる。いくつかの大テーブル、ガスレンジや流し、俎板、冷蔵庫、電子レンジ、必要な物は――全てふわふわしていたが――一通り揃っているようだった。ここであれば弁当を作るに不足はないだろう。

「ええと……そう、弁当を」

「わかってるわかってる。お弁当を作るんだよね。困った魔法少女を抽選でお助けするねむりんタイムはあなたを見捨てませんよー……はい、今日は先生方をお呼びしました」

じゃじゃーんとファンファーレを口で表現し、パジャマの魔法少女は後ろの人影へ両手を向けた。そこには三人の魔法少女がいた。

一人目はテンガロンハットに拍車(はくしゃ)付きブーツというウェスタンスタイルで、上半身のコスチュームは水着のように露出度が高い。そしてその露出度に全く負けることがない大きな胸がゆさゆさと揺れている。パジャマの魔法少女は、ウェスタン魔法少女の胸の辺り――まだ揺れている――を掌で指し示した。

「まずは綺麗なカラミティ・メアリ」

「料理は得意よ。専業主婦歴長いからね。旦那と娘には逃げられたけど」

自虐を交えてあははと笑った。素直に笑って失礼にならないものかと迷いながらクミクミは追従で小さく笑っておいた。

「そして理想のシスターナナ」

「食べることに関しては任せてくださいね」

シスター風コスチュームの魔法少女は推定体重が三桁キログラムを超えていた。体型を見るに彼女の発言も自虐のように思えたが、追従で小さく笑っておいた。

「最後は理想のヴェス・ウィンタープリズンだよー」

「王国騎士団では調理番が新人の仕事でね」

コートの魔法少女は涼やかに微笑んだ。王国も騎士団もクミクミの知るところではなかったが、少なくとも自虐は入っていなかったようなので素直に笑みを返した。

「あの……それで……ええと……」

「お弁当を作るためここに来たんでしょ。忘れちゃダメよ。そのために……ええと……うんと……そのために……やってきたんだけど……」

パジャマの魔法少女は腕を組んでうんうんと唸った。どうやら言葉が出てこないらしい。傍らに立っていたウェスタン魔法少女――カラミティ・メアリが腰を落とし、パジャマの魔法少女の耳元に口を近付け囁いた。

「あなたはねむりんでしょ。夢の平和を守るキュートな魔法少女」

「ああ、そうだそうだ。ねむりんが助けに来てあげたんだよ。お弁当要るんでしょ？」

「お弁当……ああ、はい、そうです」

パジャマの魔法少女――ねむりんは腕組みのまま納得顔で頷いた。

「大丈夫、料理勝負に勝つためのコツは完璧だから。ねむりんはね、料理漫画なら五十……いや百……ええと、何タイトルくらい読んでたっけ。どうも昔のことがあやふやで」

「読み切りや短期連載も合わせれば百は超えているはずよ」

「メアリ、フォローありがとね。というわけで百を超えるタイトルを読破しているんだよ。だいたい後攻の方が勝つけど、先攻が勝つこともないわけじゃないから気を付けようね」

「その漫画知識に実戦的な料理テクが加わって完璧というわけね」

「出来上がるお料理を想像するだけでお腹が空いてきますね」

「それは大変だ。ナナ、今のうちに栄養補給しておいた方がよくはないか？」

「はいはい、食事は後にしようねえ。作る方が先だよー。クミクミだってそう思うよね」

「はあ……ええと」

「料理は愛情。というのが大前提だけど、それだけじゃ勝てないの。食材が必要よ」

「夢の中だからなんでも用意できるよー……といいたいところなんだけど、残念ながらねむりんの力は衰(おとろ)えてしまっているのです。自分の名前を思い出せなくなっちゃうこともあるくらいなのです。だからなんでも用意するというわけにはいかないんだよねえ」

ねむりんは力なく肩を落とし、メアリがそれを支えた。ナナとウィンタープリズンは両脇から心配そうな眼差しを向けている。

「でもね」

ねむりんの双眸(そうぼう)に力が籠る。彼女の髪を飾っている雲のようなアクセサリーに同じような表情が浮かび、揃って大きな口を開けた。

「自分で作れないなら借りてくればいいのです！　それでは綺麗なメアリ、用意しておいた物をぜーんぶ出してください」

メアリはしゃがみ、大きな卓の下から次々に物を取り出しては卓上に置いていった。

「金の卵を産むガチョウがなぜか産み落とした鶏卵、一滴垂らせばご家庭でも料亭の味が楽しめる醤油、ソドムとゴモラの跡地付近で産出された塩、悪魔合体の手法で作られた合いびき肉、老人の墓にふりかけられていた種もみから作られたお米、核の直撃でも無傷の弁当箱、聖杯と呼ばれたこともある水筒、それ以外にも曰くのある品々を取り揃えたわ」

「え、なに、これ」

「心配はご無用です。どんなに胡散臭くても全部鑑定書付きですからね」

「鑑定書などなくともシスターナナがいうなら全幅の信頼をおいていい」

「ええ……」

「それじゃクミクミも準備してねー。ねむりんのパジャマ型エプロンをどうぞー」

◇メピス・フェレス

本部の書庫は関係者以外の立ち入りを禁じている。近衛隊のヒラ隊士は無条件で関係者と見做されるほど偉くはない。届け出からの許可を得て係員の監視付きでようやく入室を許されるが、その許可が下りるまで少なく見積もっても三日、上の方の忙しさ次第で一ヶ月以上は要する。

遠足は明日だ。許可を待っていては間に合わない。だからといって素直に諦めるのは魔法少女メピス・フェレスの主義に反する。ならばやることは一つしかない。

入口近くに誰もいないことを確認後、するりと身を潜(ひそ)ませ、音を立てずに戸を閉めた。防犯意識の低さは皆が心得ている。忍び込むのもメピスに限った話ではない。

用途もわからない物が左右の棚に積まれた中を忍び足で進む。魔法少女に変身していれば照明すら必要ない。音無しでガラクタの山を抜け、最奥の扉のノブに手をかけた。この先に書庫がある。ノブをゆっくりと回し、扉を引き、後ろから声をかけられた。

「あなたが落とした斧は、金の斧ですか？」

心臓が口から飛び出すかと思ったが、幸いメピスの心臓は胸に収まったままだった。気配がなかった。まるでいきなりそこに染み出したかのようだった。右手奥、ガラクタの山の手前に魔法少女が立っていた。身体ごと振り返り、身構えたメピスに対し、左右の手に持つ大きな斧の刃をぐいと向けた。

「それとも銀の斧ですか？」

メピスは依然混乱していたが、身体は勝手に動いていた。斧を持った魔法少女に対して距離をとるべく左へ跳び、途中にあった棚を倒し、それにも構わずさらに跳んだ。斧の魔法少女はうっすらと浮かべていた笑顔を崩し、焦った表情で崩れようとしていた棚を支え、物が落ちないようゆっくりと元の位置に戻し、ふうと息を吐いた。

「あっ、あっ、あっぶな！　こんな狭い所で暴れないでくださいよ！　物が落ちて壊れて弁償しろなんてことになっても私なんてろくに貯金もなくて」

「手前（てめえ）コラナニモンだオイ」

「そんな酷い言い方……だって、ちょっと、ここ、関係者以外立ち入り禁止ですよ」

「関係者様だコラ。近衛隊所属特攻隊長メピス・フェレスをナメんじゃねえぞ」

近衛隊に特攻隊長という役職は存在しない。だが景気付けに名乗るくらいは許されるだろう、とメピスは考えている。不本意ながらこの魔法少女に対しては「ビビらされている」のだから気合いを入れて向かわなければならないのだ。

魔法少女は首を傾（かし）げ、同時に斧の刃も斜めに傾いだ。

「あれ？　おかしいなあ。近衛隊でも立ち入り禁止なはずなんですけど」

「オメーの方こそなんなんだよ。まさか盗みに入った賊じゃねえだろうな」

「や、やめてくださいよ賊とかそんな物騒なこと……もう、まいったなあ」

金色の髪を分けてがりがりと頭をかき、白いトーガに落ちた埃を返す手で払い落とした。二本の斧を壁に立てかけ、みしりと嫌な音を立てて壁が軋（きし）み、慌てて手に取り、右脇に二本纏めて挟み込む。

メピスは目を眇めて魔法少女を見た。異様な存在感だ。圧倒的な力が内側から溢れているかのようにすら感じる。にも関わらず、存在を気付かせなかった。一切の気配を断って潜んでいた。戦えば確実に強いと断言できる。なのに仕草が妙に庶民的というか人間臭く、態度と言葉は強さに無頓着といえるほど弱々しい。

右手を口元に寄せ、ひそひそ話の態で魔法少女が囁いた。

「ええとですね、他所でいわないでくださいね？　一時預かりの押収品がここに保管してあったんですよ。それがなぜかなくなっていてですね、どうも横流しされたらしくて。一滴垂らせば料亭の味が楽しめるお醤油とか、金の卵を産むガチョウとか、知りません？」

「知らねえよ」

「知らないならいいんですけど。で、これ以上物がなくなってしまわないように私が見張りを仰せつかったというわけなんです。お引き取り願えますよね？　ね？　お願いしますよ、仕事できないやつめって怒られるの本当に辛いんですよ」

「事情は理解したよ。でもさ、あたしが行きたいのって奥の書庫なんだよね。倉庫の方には用事ねーからさ、通してもらいたいんだけど」

「ええ……それはちょっと……書庫の途中に倉庫があるんですから」

相手は頑なだ。だからといって武力により押し通ろうとすれば九十九パーセント返り討ちに遭うし、一パーセントで勝ったとしても無駄に問題は大きくなる。となれば採るべき方針は一つ、懐柔しかない。メピスは声のトーンを一段高くし、普段なら絶対に使わないような、甘えた調子を意図して込めた。

「そんな杓子定規に考えんなよぉ。倉庫の見張りしてんでしょ？　書庫は違うじゃん」

「いや、でも……うぅん」

漫画以外はろくに本を読まないメピスが書庫を訪ねたのには理由がある。立ち入り禁止が原則の物置に入ったところを見つかり、咎められたとしても、メピスの魔法であれば誤魔化しが効く。目の前の魔法少女、どこの誰とも知れない斧を持った怪人物も、困ったような顔でうんうんと唸っている。堕ちるのは時間の問題だ。

「ねえ、頼むよぉ。あたしだけの問題じゃないんだって。友達のためでもあるんだ」

「はあ。友達の」

魔法少女は斧をガチャつかせて腕を組みなおし、難しそうな顔つきで顎を引いた。

「それはいったいどのような事情があるんです？」

「弁当を作らないといけなくてさ。それもとびっきりのやつをね。となればレシピが欲しいじゃん？　書庫ならそういうのがあるかもしれないじゃん？　書庫行きたいじゃん」

「なるほど。そういうことであれば問題はありません」

闇の中で魔法少女の両目が鈍く光った。脇に抱えていた斧を一動作で構え直す。あっと思った時には刃がメピスの目前に置かれていた。会話によって事を解決するという流れに入っていたため、戦いに備えようという気持ちを失っていた。己の不明を歯噛みしてももう遅い。構えをとる暇もない。文字通り、喉元に刃を突きつけられている。

たとえ事ここに及んでも諦めるのはメピスの流儀に反する。ここから逆転するなら肉体的ではなく、精神的、即ち言葉を使う。しかしメピスが口を開くより先に、敵が話しかけてきた。表情は不気味な薄ら笑いに戻っている。

「お弁当の作り方なら私が心得ています。一人暮らしの料理テクを教えてあげますよ」

◇クラシカル・リリアン

自室に籠ってネットで検索するのはリリアンの性に合っていた。先輩達に相談したり、書庫に忍び込んだり、そんなもの想像するだけで気が滅入る。自分の中だけで完結し、誰からも文句をいわれはしない。これほど素晴らしいことはないだろう。

勿論いい加減な仕事をするつもりはない。その辺のレシピ検索サービスから持ってきて終わりではまず最下位、そしてメピスに怒鳴られるだろう。メピスはなんだかんだ優しいため罰ゲームは左程苛烈なものではないはずだ。が、怒られるのは御免だ。

得るところがなかろうとも、一生懸命働けばいい。一生懸命働いた者を怒鳴りつけることは、たとえ喧嘩上等のメピス・フェレスであってもやり難い。

リリアンは成功したくて全力を尽くすのではなく、怒られるのが嫌で全力を尽くす。動機が何であろうと全力には変わらない。ならばそれでいいではないか、と密やかに思う。

まずは近衛隊のパスを使って魔法の国の専用検索エンジンに入り、それっぽいワードを使って検索する。弁当、作り方、魔法少女、美味しい、思いついた言葉を足していく。試行錯誤を繰り返し、底のない海へ潜るように、深く、より深く、深みの下を目指す。

美味しい料理を作る魔法からある事件の記録へ移ろうとし、そこでパスを要求された。どうやら関係者以外は閲覧禁止らしい。リリアンはしばし腕組みして画面を睨み、魔法の国のパスワードとして最もよく使用されているといわれている四桁の数字——始まりの魔法使いを示すといわれている——を入力してみた。

白衣を羽織った眼鏡の少女と思しきアイコンが笑顔に変化した。どうやらパスが通ったらしい。魔法の国のネットリテラシーの低さに感謝し、リリアンは先に進んだ。

タイトルに弁当とある——これは、動画だ。弁当の作り方を動画に残しているのかとクリックしてみる。が、なぜか野球の練習が始まった。

金属バットでボールの芯を捉えてかっ飛ばす。お前がいるとボールが足りなくなりそうだと監督がぼやき、チームメイトが笑う。大人並かそれ以上の体格で、しかし顔には幼さの残る少年が一緒に笑っている。

少年は練習後に近くの公園へ走り、そこで可愛らしい少女から手製の弁当を渡され、蓋を開いたところで動画が終わった。どういうことなのか、意味がわからない。

他の弁当動画もチェックしてみる。どうやら弁当を作っている少女は野球少年に恋心を抱いているらしい。将来はプロ確実といわれている才能豊かな野球少年にはファンが多く、その中で頭一つ抜けるべく弁当を作って差し入れをしているのだ。

動画は続く。少女が魔法少女であること、弁当が魔法によって作られていること、次々に明らかになっていく事実にリリアンは眉根を寄せ、微笑み、唸り、笑い、いつしか少女の恋心の行方を手に汗握って見守っていた。

最後の動画は少女が少年の頬に口づけするところで終わった。ここから先はない。終わりというにはあまりにも中途半端なエンディングだ。打ち切りでもされたのか。

リリアンは頭を振った。遅れて髪がついてくる。机の上の時計は三時五十分。ちらと見てからまじまじと見直した。夕方から検索を始め、特に得ることもないまま時間だけが過ぎ、気付いた時には遠足当日の早朝というのは大変まずい。一生懸命やったという痕跡さえ残っていない。どうするか、と髪をかき上げようとし、頬に触れた手がそこで止まった。

頬が濡れていた。知らず知らずのうちに涙が流れ落ちていた。

怒られることばかりを気にしている自分の小ささに奥歯を噛み締めた。そうではないだろう、と自分を叱りつけ、リリアンは立ち上がった。まだ間に合う。弁当を作るだけの時間はある。少女の半分、三分の一でもいい、食べる相手への愛情を込めることができれば、きっと素敵な弁当になるはずだ。

◇雷将アーデルハイト

バスではカラオケで魔法少女メドレーを皆で合唱、居眠りしていたプリンセス・ライトニング以外は大いに楽しんだ。降りてからは子猿のじゃれ合いに笑い、だらけ切ったハイエナにヤジを飛ばし、カピバラの潜水に心を和ませ、さて次は、と時計を見るともう正午近い。楽しい時間は早く過ぎる。魔法少女に変身していなければ猶更だ。

一同は一旦バスに戻ってリュックサックを手に、園中央の広場へと向かった。平日ということもあり、広場はまずまず空いている。芝生の上にビニールシートを敷き、昼食休憩と相成った。一班、二班、三班と班毎に一メートル程の距離を開け、それぞれが車座を作って座り、談笑しながら弁当をつかう。

アーデルハイトは、まず一班の方へ目を向けた。テティはごく普通の中学生らしいお弁当、ミス・リールは多少量が多い以外はごく普通、ラッピーは高そうな重箱を使っているものの中味は特筆すべきところもなし、アーリィとドリィはバーを齧っている。

予想通り、一班は問題なさそうだ。弁当に気合いを入れてきたわけではないらしい。

問題はこっちの方、とアーデルハイトは目だけ動かし視線を三班へ向けた。出ィ子とランユウィはコンビニのパン、プシュケはバナナの束、そしてライトニングは――前回と同じく、巨大なおにぎりだ。

だがそれで終わりではなかった。ランユウィが驚きの声をあげてサリーの弁当箱を指差した。他の班の生徒達も立ち上がり、サリーを取り囲んで弁当を見下ろす。そこには海苔やそぼろ、桜でんぶを使って描かれたキャラクター――キューティーパールとキューティーオニキスがポーズを決めていた。

「うおっ……キャラ弁！」

「すっごいっす！　プロみたいっすね！」

「悪くない出来ね」

アーリィ、ドリィが手を叩いて喜び、ミス・リールは感心し、ラッピーはきゃっきゃと騒いでいる。カルコロが生徒達の間に顔を挟み、感心したような顔で弁当を見下ろしていた。あの教師が生徒に対し演技でなく感心するところを初めて見たかもしれない。

確かに、出来がいい。照れたように頭を掻くサリーもどこか得意そうだ。箸を動かし、パールとオニキスを食べていき――再びランユウィが驚きの声をあげる。パールとオニキスの下からまたキューティーヒーラーが現れた。今度はベガとアルタイルだ。

「次はギャラクシーかよ！」

「ダーク……キューティー、は？」

「いやあ、手ェかかってるなあ」

二層に渡って描かれたキューティーヒーラーのキャラ弁はギャラリーを大いに沸かせている。あれに勝つのは難しい、と考え、すぐにかぶりを振った。問題は二班内で勝つか負けるかだ。サリーに構う必要はない。恐らくは似たようなことを考えていたのだろう、難しい顔で踵(きびす)を返したメピスに続き、二班班員は元居た位置に座り直した。

「じゃあ、あたしからいくぞ」

メピスの弁当箱は三つに別れ、一つにはフルーツが、一つにはミートボールを主軸としたおかずが、一つにはふりかけのかかった白米が詰まっていた。

「いや、ちげーんだよ。普通じゃねえんだって。マジすげーの。くそでっかい斧二本使って料理してんだって。ハンパねえよ。なんなんだよあれ雑技団かよ」

「……普通やね？」

「意味が……わからない……」

「調理の過程が普通やないいうても、弁当として出されたら食うもんにはわからんやろ」

「なんだ皆で文句つけやがって。じゃあアーデルハイトはなに用意してきたんだよ」

アーデルハイトは熱湯の入った魔法瓶とインスタントラーメンのカップを取り出した。

メピスは右の拳をレジャーシートに叩きつけた。ぺしゃんと気の抜けた音がした。

「お前マジふざけんなよ！　他人(ひと)の弁当に文句つけといて自分はカップ麺ってさあ！」

「違うんやて！　これ双龍オリジナルブランドの超美味しいやつで」

「そうやっておふざけに逃げてウケ狙うスタイルが寒いんだよ！　滑ってんだよ！」

「滑ってるとかいうなや！　こっちは真面目にやっとんねん！」

魔王塾の卒業生で料理上手といえば誰か、と探していった結果、一人の魔法少女に行き当たった。彼女は周囲から疎んじられながらも——熱過ぎて引かれながらも——食への熱い思いを抱き続け、その情熱は他の誰もが認めるものだった。

と、その点は疑いようもなかったのだが、彼女の専門はラーメンだった。ラーメンを弁当として持ち運ぶためにはインスタントが最もいい、ということになる。料理上手の先輩は「屋台を出そうか」と親切心から提案してくれたが、流石にそれはと断った。角が立たないようお断りするためにアーデルハイトが背負った苦労が無駄だったとは思いたくない。

「てことはアーデルハイトが暫定ドべか」

「決めつけんなや！　せめて食べてから判定しろや！」

「食べなくてもわかりそうなもんだけどな。まあいいや、それじゃリリアンは」

そちらに目をやると、抱え込むようにして弁当をかき込んでいた。目が据わっている。

「おいちょっと待て。なんでもう食い始めてんだ」

「リリアン、どんなお弁当作ってきたん？　ちょっと見せてや」

リリアンはきっぱりと首を横に振った。弁当を離そうとすらしない。

「嫌だ。このお弁当は誰の物でもない。私の物だ。私が食べなきゃいけないんだ。あの子のために、あの子の思いのために、誰にも盗られたらいけない、いけないんだ！」

普段の気弱さが嘘のように力強く言い切った。目の下には濃い隈、手入れの足りない長い黒髪を振り乱し、肌は病的に白く、目は据わり、涙まで浮かべている。まるでホラー映画の登場人物のようだった。アーデルハイトはそっと視線を外し、メピスに囁いた。

「あんまり構わん方がよさそうやね……」

「なんでこんなことになってんだよ……」

「ネットでレシピ探すいうてたな……たぶんネットの闇に触れてしもうたんやろね……」

「怖っ……なんだよそれ……」

「何日か経てば元のリリアンに戻っとると思うからそれまで辛抱や……」

最後にクミクミは、とそちらに目をやると、青い顔でリュックサックを漁っている。

「……どうしたん？」

「……見つからない。弁当が、作った、持ってきた……はず、なのに」

「はあ？　お前、なんだってこの肝心な時に」

「いや、でも、確かに持ってきた……はず、なんだけど……ひょっとして……夢……」

「いや夢でお弁当こさえたってそりゃあかんやろ」

メピスとアーデルハイトも手を貸し、リュックサックを逆さまにして中身を出したが、どこにも弁当はない。クミクミは肩を落として切なそうに溜息を吐いた。アーデルハイトは声をかけようとし、差している影に気付いて顔を上げた。

三分の二くらいに目減りしたおにぎりを抱え、もぐもぐと口を動かしているライトニングが二班の大騒ぎをじっと見下ろしていた。つばの広い大きな帽子、いわゆる女優帽を被り、本来はもっと対象年齢の高い帽子だろうに、中学生とは思えないほどよく似合っている。むしろ普段使いの制服の方が浮いているように見えた。

「どうしたの？」

「いや、大したことじゃねえよ。てかなんでこっち来てんだ」

「そんなことどうでもいいわ。それよりお弁当忘れてきたんでしょ？　大変じゃない！」

初めて聞いたかもしれないライトニングの大きな声に、他の生徒達も反応し、わらわらと集まってきた。ミス・リールがクミクミを慰め、テティが先導して「少しずつでいいからおかずを集めよう」と提案、皆が少しずつ提供することでクミクミの前には山盛りのおかずが積み重なった。中でも最も大きな物はライトニングのおにぎり四分の一で、当人の方を見ると我が事のように喜び「お昼がないのは辛いものね」と微笑んでいた。

◇ランユウィ

席の配置は行き帰り共に同じ、つまりランユウィの隣にはライトニングが座った。彼女は酷く疲れているようだった。座席に腰掛けるなり深々と息を吐き、しなやかな仕草で長い睫毛をすっと撫でた。疲労が美しさを損ないはしない。が、今にも眠ってしまいそうだ。眠ってしまう前に訊いておきたいことがあった。ランユウィは小声で訊ねた。

「クミクミが弁当忘れてきたっすね」

「ええ、そうね」

声の調子が「話すより眠りたい」と強く主張していたが、ランユウィは続けた。

「ライトニング、おにぎり四分の一くらいプレゼントしてたじゃないっすか」

「ええ、そうね」

「プレゼントが過ぎたんじゃないっすか？　今疲れてんのもお腹空いてるせいっすよね」

ライトニングは食いしん坊だ。遠足の時は巨大なおにぎりを貪っていたし、給食で余りが出れば、それがなんであろうと手を挙げる。クラスメイトが困っているくらいで自らの食欲を抑制しようと思うような優しさや労りはない。食への執着は恐るべきものだ。

そのライトニングが四分の一ものおにぎりを提供した。貰ったクミクミも持て余していたようだった。あまりにも多過ぎる。少しずつ集めて一人分の量にするというのが弁当集めのコンセプトだったはずなのに、ライトニング一人で一人前以上の量を出した。

食欲がなかったわけはない。今も眠そうにしているし、行きのバスでも居眠りして寝言を呟いていた。「夢のお弁当……外に出せない……大変……」と夢の中でも弁当の心配をしているようだったのでよく覚えている。

そんなライトニングがおにぎりを四分の一も分け与えるなど有り得ない。

「なんであんなにたくさん……」

ライトニングは気怠そうに右手を振った。もう目は閉じられている。

返事はない。ライトニングは眠りの世界に落ちていた。

◇ねむりん

魔法少女達がぐるりと円卓に座り、今日も反省会が始まった。

「はい、それでは反省会になるわけですけどもー。綺麗なメアリさん、なにかあるかな」

「夢の中の物を外に出せない、なんて大前提を忘れていたのはよくないと思うわ」

「確かに確かに。では理想のシスターナナさん」

「悲しい出来事でしたが、フォローできたのはよかったと思います」

「うんうん。クミクミちゃんのクラスメイトさんが居眠りしててくれたのは運命を感じたよね。そのお陰で『クミクミちゃんがお弁当忘れたから助けてあげて！』って夢の中で伝えることができたし。おかず集めるって解決法には友情パワーを感じたよねえ」

「ええ、美しい友情でした」

「それでは次、理想のウィンタープリズンさん」

「そのクラスメイトだが……いいのか、これは」

ねむりん、メアリ、シスターナナの三人はウィンタープリズンの隣に座る少女に目をやった。まるで魔法少女のように顔立ちが整った人間の少女だ。白磁のように艶やかな頬をいっぱいに膨らませてクミクミの弁当をかき込んでいる。

クミクミがまたこの世界に来られるとは限らない。だからこの弁当が無駄になってしまう可能性は高いのだが、それにしてもなぜこのクラスメイトは狙ったように戻ってくることができたのか。狙ったのか。偶然にしては出来過ぎていないか。当たり前のようにクミクミの弁当を食べているところを見るに、初めからそのつもりだったとしか思えない。

ねむりんはアンテナと共に首を横に振り、メアリは肩を竦めてみせ、シスターナナはウィンタープリズンと謎の美少女の並びにうっとりと頬を緩ませた。

少女は自分が注目されていることに気付き、なにかを口にしようとしたが、口の中は食べ物が詰まっているため、話すことはできない。ろくろを回すような手ぶりを示した後、右手の親指をぐっと立てて前に出し、また弁当にとりかかった。

クイーンズ・プレフロップ

『魔法少女育成計画JOKERS』の物語が始まる前のお話です。

初出

本書のための書き下ろし

◇プク・プック

プク・プックはK県某デパートの地下で開催されている「とても美味しいチョコレートフェア」なるイベントの存在を三賢人の集まりで知った。

グリムハートが意味のわからない鳴き声で喚いているところへ「そうなんだ」「へえ」「ふうん」と適当な相槌を打ち続けているうちに、いつもと同じく徐々に彼女のいわんとすることが伝わってきた。今回のお茶会に用意したお菓子の数々は大変に素晴らしいのだ、ということを恐らくは主張しているらしい。

実際、彼女が持ち込んだ色とりどりのチョコレートはどれも美味だった。どこで購入したのかを訊いたところで鳴き声が返ってくるだけだったが、振り回している一枚の紙きれを見て聡明なプク・プックは察することができた。その紙切れには「とても美味しいチョコレートフェア」と可愛らしいフォントでプリントされていた。つまりはパンフレットだ。

グリムハートが自分でフェアに行ったとは思えない。レーテが買ってきたものをせしめたか、部下に命令して買ってこさせたか、どちらかだろう。プクはグリムハートと違い外に出ることを厭わないため、買うなら自分の目と舌で確かめて、だ。

プクは衣食住に並々ならぬ拘りを持つ。チョコレートフェア、行かねばならない。

「魔法の国」から屋敷に戻ってすぐに行動を開始した。ミルフィーユのように層を重ねたクローゼットからお気に入りのドレスなりトーガなりを取り出し、速やかにベストな装いを決定した後「どこにでもありどこにもない屋敷」から「門」とその他公共交通機関を使ってチョコレートフェアに出向き、たっぷりお菓子を購入するのだ。

心の中では既にイベント会場へ駆け出していたが、残念ながらスムーズに事は運ばなかった。クローゼットルームの前で野暮ったいフード付きローブに身を包むいかにも不吉な老婆——侍従長が待ち構えていたため足を止めざるを得なかった。

「聞きました」

「なにをかなぁ？」

侍従長は口に手を当てしばしの間咳をした。

「体調が悪いなら無理しちゃダメだよ？」

「先の短い老人の繰り言でございます」

瘦身の老魔法使いが、一本の杖にしがみつくように立っている。なにも知らない者が見れば「先が短い」という言葉にも納得しかないだろう。だがプク・プックは侍従長が五十年前から「先が短い年寄り」と自称していたことを知っている。

「先は短くないと思うけどなあ」

「長かろうが短かろうが聞いてください。世界のお菓子展でしょう」

「とても美味しいチョコレートフェアだよ」

「オスクかカスパか知らないが、まったくもう本当に余計なことを教えてくれた。プク師が外に出るなど百害あって一利なし。菓子云々の出し物と聞けば行こうとするに決まっているのだから気を利かせて黙っていればよいものを」

不敬な物言いを多分に含んでいたが、アヴ・ラパチ・プク・バルタ第一の弟子であり、長年仕えてきたやかまし屋に注文をつけられる者は、プクを含めてこの屋敷にいない。

「親切で教えてくれたんだからそんなこといっちゃかわいそうだよ」

「とにかく私は反対です」

「プクは行きたいな」

侍従長は、恐らく反論を口にしようとし、しかし果たせず、苦しそうに呟き込んだ。プクは後ろに回って優しく背中を撫でさすってやりながら冷静に考えた。先が短いかどうかはともかく体調を損ねているのは間違いない。このまま自室まで連れていき、寝かしつけてやり、鬼の居ぬ間に洗濯といけばチョコレートの海で溺れることができるだろう。

侍従長はプクの手を押しのけ、きっと睨みつけてきた。

「悪しきことをお考えになっていたでしょう」

「そうかな？　そんなことないと思うけどな」

「あなたはいつもそうです。思いつけば押し通す。魔法を悪用する。好悪は問題にしても善悪は問題にしない。止める者がいなければどこまで暴走することか」

「お説教長くなるの？」

「プク師お気に入りの三姉妹ではまだ足りません。もっと経験を積まねば、思うがまま動くプク師を止めることなどできようはずもない。魔法すら必要ないでしょう。三賢人という偉大な魔法使いが持つ歴史、そこからくるカリスマ性が逆らうことを許さない」

プクは意識して侍従長に魔法を使わないようにしていた。侍従長もそれを知っているから好き放題にものをいう。その際、彼女のいうカリスマ性とやらは全く機能していない。

「せめて私がもう少し長生きしてあの三人を仕込んでやらねば」

「プク忙しいんだけどな」

「諫言を呈する臣こそが真に必要というのは古今東西どこの国でもどんな王でも」

侍従長はまたも咳き込み、プクはよいしょと彼女を抱き上げた。以前背負った時に比べて随分と軽くなっている気がした。侍従長の部屋に向かって歩き出す。

「ゆっくり休まなきゃね」

「プク師」

「はいはい」

「反対はしておりますが、行くなとはいいません」

プクは歩きながら首を傾げた。

「そうなの？」

「下手に反対しようものならプク師はこっそりやるか無理やりやるかどちらかを選びます。私めがどれほど泣かされてきたか、知らないとはいわせません。その度、事後処理だけでも四苦八苦……だから反対はいたしません。しかし！　条件は呑んでいただきます。プク師がそのまま出立されれば、たとえ抑えようとも魔法の影響は漏れ出し、増えたお友達によって下界に大混乱が巻き起こります。オスク派なりカスパ派なりが混乱に乗じて動けばそれはもうよくないことが起こりましょう」

「そんなの嫌だなあ」

「かといって今回は人払いをすることも難しい。民が楽しむ機会を奪うことになりますゆえ。だからこその条件付きです。混乱を起こさない装いでお出かけください。見目も、言葉も、名前も、魔法も、外に出るからにはプク・プックであってはいけないのです」

◇うるる

右を見ればチョコレート。左を見ればチョコレート。

「すごい！　すごい！　聞いたことがある気がするチョコ、たぶん見たことがあるチョコ、難しい名前のチョコ、なんて読むのかわかんないチョコ、色々ある！」

「うるる姉、興奮し過ぎて語彙力ヤバイことになってるよ」

「あれ美味しそう！　あれも！　プク様もそう思……あれ？」

うるるは振り返った。キャンディーを持っている宇宙美は呆れた表情を浮かべ、ソフトクリームを持っている幸子は今にも泣き出しそうな顔だ。前後左右、ついでに天井を見上げてみたが、いるはずのプク・プックがいない。そういえばいつもと違う姿だったと思い出し、もう一度見直してみたが、やはりいなかった。

「ちょっと宇宙美。プク様どこに行ったの」

「隊商を見つけた野盗みたいな声出してすっ飛んでったよ」

「なんで止めないの」

「止められるわけないじゃん。それにいつものことだし」

「今どこにいるの」

「いやあ、それがなんともかんとも。ここ人の出入り多過ぎてほぼ常時閉じてることないから魔法が上手く働かないし、それにさっきからプク様の端末に連絡入れてるんだけどスルーされてて」

「それ大変なんじゃないの」

「だからいつものことだって」

「ねえねえ……どうしよう。ちょっと持っててってソフトクリーム渡されたんだけどこれ食べていいと思う？　このままじゃ溶けてどろどろになっちゃう……ああ垂れてきた」

「よおしプク様探索隊結成！　出動！　みんなうるるに続け！」

◇シャドウゲール

タルト。フォンデュ。ムース。クッキー。クレープ。スコーン。ブラウニー。エクレア。ブッシュ・ド・ノエル。ボンボン。ザッハトルテ。オペラ。モーレンコップフ。

手を変え品を変え、デパ地下のどちらに行ってもチョコレートがあり、逃れることはできないし、そもそも逃れようと思う者はこの場にいないし来ない。スナック菓子から有名ブランドまで、プフレとシャドウゲールは存分にチョコレートを堪能した。

今日のシャドウゲールは黒いナースではなく、プフレも車椅子を使わず自分の足で歩いている。人の中に紛れるため装いは普段着だ。「魔法少女なら人間より味覚は鋭い。それに摂取カロリーを気にせずチョコレートを食べ続けることができる。だから変身していくべきだ」というプフレの提案に、私利私欲のため変身をするようなものではとシャドウゲールが迷ったのは時間にして二秒程度だった。

普段着とはいえニットのカットソーもシェフパンツも魔法少女の行動に耐えられる強度と動きやすさを兼ね備えている、つまり特別誂(あつら)えであるため、チョコで汚すなどもっての外、ということで慎重と大胆を使いこなして食べ歩いている。二人揃って購入と飲食コーナーに入っての食事を繰り返し、魔法少女でなければこれ以上一滴でもチョコレートを摂取すると同量の鼻血になるだろう、というところでようやく食べる手を止めた。

ここから先は別行動になる。プフレは飲食コーナーでのんびりと待つ。こき使われる側のシャドウゲールはメモ書き片手にお土産を仕入れてくる。魔法少女の素早さで人込みをするすると抜け、ちゃっちゃと買い物を続け、ふと振り返った。

少女がシャドウゲールを見ていた。外見年齢は一桁、流れる水のように艶やかな黒髪を腰の辺りまで伸ばして赤いリボンで先を纏めている。英字――ではない、外国語のTシャツとパーカー、ショートパンツにカラフルなソックス、速く走れることが売りの有名なキッズスニーカー、そして双眸は好奇心で光り輝き、こちらを見詰めていた。

知らない人が見ればただの美少女だが、同業者にはわかる。あれは魔法少女だ。コスチュームを脱ぎ、普段着に着替え、魔法少女の身体能力と魔法を持ったまま活動している。

つまり今日のシャドウゲールと同じだ。

どうすべきか。こうなるとシャドウゲールには判断がつきかねる。プフレならばと彼女がいるはずの方に顔を向けると、先回りしたのだろう、先程の魔法少女が至近距離でこちらに笑みを向けていた。シャドウゲールは悲鳴を飲み込み、誤魔化すべく咳払いした。

「ええと……なんの御用かな？」

「プ……ボクちょっと困ってるんだけど助けてもらえないかなあ」

可愛らしく首を傾げている。

「ボクの名前はプ……ショコラ・グラニテ。一緒に来た子達とはぐれちゃって」

「ははあ。それは大変だねえ」

迷子ステーションが頭に浮かび、しかし魔法少女を連れていくのも問題ではと考え、悩んだ末に「ではこちらへ」と手を引いた。なにか珍しそうな物を見るとそちらにふらふら歩いていこうとするため、強く手を引き、しかし向こうの方が力強く、仕方ないと腕時計を外した。こんなこともあろうかと使い潰してもいい機械類をいくつか身に着けてきている。それでも多少惜しい気持ちになりながら腕時計を材料に改造、ロボットを作ってみせた。女の子向けではないが短時間で造ったなりに見栄(みば)えはいい。

「わあ、すごい！」

「すごいでしょうすごいでしょう。ほらどんどん変形しちゃうからね」

「すごい！　すごい！　お姉ちゃんの指、くるくる動いてすごい！」

「え？　そっち？」

「綺麗でカッコよくて可愛い指だねえ」

「ああ、うん。ありがとう」

どうにか誤魔化しつつ前に進む。そして目的地、飲食コーナーの隅には一人お茶会をしている魔法少女がいた。そこに座っていたプフレは薄く微笑み、紙コップをテーブルの上に置いた。白いボウタイブラウスの袖ボタンがテーブルに触れ、かちり、と音を立てた。飲食物の持ち込みが禁止であるため、人小路家仕様のバカ高い紅茶ではなく、売店で買った紅茶を飲んでいる。彼女は目に見えている場所ではルールを守る。

「随分と時間がかかったね」

「お土産の量が多過ぎるんですよ」

二抱えある荷物をテーブルの上に置き、シャドウゲールは手の甲で額を拭った。労働をアピールした仕草だったが、プフレはシャドウゲールの労苦を労うでもなく肩を竦めた。

「私は君とお茶を楽しむつもりでいたのだけれどね」

「妙な言い方しないでください。お嬢も手伝ってくれれば買って回る時間は半分で済むはずなんです。どうして私ばかり……お嬢、義理事を軽んじてるでしょう」

プフレはたっぷりとチョコレートソースのかかったスコーンを手に取り、上品に齧った。仕草そのものはどちらかといえば下品なはずだったが、なぜか上品に見える。

「軽んじているわけではないよ。君が生き生きと働いてくれるから任せているんだ」

「物はいいよう……」

「ところでそちらはどなたかな」

シャドウゲールの後方に控えていた魔法少女が元気よく右手を挙げた。

「はあい！　ボクはショコラ・グラニテ！　魔法少女だよ」

声が高く大きい。あまり公共の場で魔法少女と口にしてほしくはない。シャドウゲールはより声を抑えて「迷子だそうです」と彼女——ショコラの身の上を説明した。

「店内放送で呼びかけてみたりはしましたか？」

シャドウゲールはぎょっとしてプフレの方を見た。涼しい顔でショコラを見ている。シャドウゲールとは違い、プフレは礼儀作法を心得た上で無視する。本来、初対面の魔法少女相手に年齢がわからない程度で敬語を使ったりするような優しい人物ではない。我々の邪魔をするなとは口に出さないまでも態度で示すくらいはする。声を抑えて会話ができないデリカシーに欠ける人物相手であれば猶更だ。

「できれば目立ちたくないなあ」

「魔法の端末で連絡を取ってみては」

「それが上手く動いてくれなくて」

ショコラがテーブルの上に置いた魔法の端末は電源が通っていないのか、画面は黒いまま動く気配がない。シャドウゲールは小さく頷いた。

「それなら私が修理できると思います」

プフレが右眉をひくりと動かした。あの仕草、なにかをいわんとしている。どうせ面倒くさいことをいわれるだけだとわかっていたため、いわれる前に動いた。シャドウゲールの魔法は機械類の改造だ。基本的に魔法の端末は改造を受け付けないようになっているが、入念な下準備があれば「通す」ことはできなくもないし、簡単な修理ならこの場でやれる。どうやら普段の扱いが乱暴だったらしく、少々配線がズレている。これなら時間はかからない。

さっと修理し、サービスでさっきのロボットと合体させ、ショコラに手渡した。

「わあ……ありがとう！」

起動した端末の画面にはメッセージがずらずらと並んだ。彼女の連れが連絡を取ろうとしていたのだろう。心配しているようだ。ショコラは立ち上がり、ぺこりと頭を下げた。

「本当にありがとう！　素敵な魔法だね」

「いえいえ、本当に大したあれでは」

少女は笑顔で手を振り、消えた。魔法少女ならではの速度で移動したのだろう。同じ魔法少女とはいえ、シャドウゲール程度では見ることも難しい速度で動く者もいる。魔法の端末が乱暴に扱われていたことを思うとあまり力の調節が上手いタイプとは思えず、なにかにぶつかったり壊したりしないことをシャドウゲールは願った。

いいことをした、とスコーンに手を伸ばす。触れる寸前、横合いから掻っ攫われた。プフレは掠め取ったスコーンに食いついた。乱暴だ。今度は見るからに下品にやっている。

「どうしたんです」

「どうしたもなにもない。固有の魔法は可能な限り見せてはならないと普段から口を酸っぱく教え諭(さと)してやっていたはずだろう」

「いや、それは……ええと、そういえばお嬢。珍しく敬語使ってましたね」

「敬語を使った方がいい相手だからだよ」

「今会ったばかりの魔法少女が？　あの喋り方からしてたぶん年下ですよ」

「身体能力になにかしらの調整を受けているのだろう。酷(ひど)く動き難(にく)そうにしていた。認識阻害の魔法がかかっているのか、見た目にも若干違和感がある。こちらも調整されていると見ていい。名前はあからさまに偽名臭い。服装はカジュアルに見えるが上から下までフルオーダーだよ。職人の腕のよさがパッと見でわかるというのは相当なものだ。つまりどういうことかといえば、偉い人がお忍びでやってきたんだろう」

よくも見ているものだと感心したが、それを素直に表現するのも癪(しゃく)に障ったため、シャドウゲールは「むう」と唸った。プフレはそれをどう解釈したものか、額に手を当てた。

「護(まもり)。君はね、そういう手合いに対して惜しげもなく魔法を見せてしまったんだ」

「それはつまり……偉い人からヘッドハンティングされる可能性があるかもって夢を持っていいんでしょうか」

プフレはいよいよ隠すことなく溜息を吐いた。

◇プク・プック

幸子は――クリームで口元を汚していた――泣き顔で縋りつき、うるるは心底からほっとした顔でぺたりと耳を伏せ、宇宙美は後ろに回って二人の肩を叩いていた。三者三様の可愛らしさがあったが、この中で頼みごとをするなら最も冷静な宇宙美だろうな、と思う。プクを助けてくれた魔法少女を探してきて、と頼むべきだろうか。

可愛らしさ優先がプクの主義だ。あの指の動きは可愛らしかった。魔法の働きも可愛らしかったし、正確な動きも可愛らしいポイントが高い。ついでにロボットも無骨ながら可愛らしかった。仲良くなりたい。もう一人いた方は――まあ見た目は可愛らしかった。

プク・プックは腕を組み、首を傾げ、考えた。だがチョコレートも捨て置けない。三姉妹に無理をさせるよりは、後から人海戦術で二人の身元を照会する。どこの誰かがわかれば御礼をすることもできるようになるし、お友達になることもできる。

今は全力でチョコレートを買うべきだ。

「それじゃここで別れて違う売り場回ろうね」

「えっ……今ようやく合流できたばっかりなのに」

「お一人にはできません」

「ここ、閉鎖されてるわけじゃないから魔法も上手く働かないんですよ」

「大丈夫だよ。しっかり修理してきたからね」

魔法の端末を掲げてみせた。涼やかな駆動音が鳴り、瞬時に変形し、人型になった魔法の端末がボディーを開いて画面を見せてくれた。幸子はすごいと手を叩き、うるるは驚きに目を見開き、宇宙美は不審げに目を細めた。不審ではあるだろう。ついさっきまでこんな機能はなかったのだから。

——ううん、すごい子と知り合えちゃったかも。

先の楽しみを一つキープし、プク・プックは売り場へと急いだ。チョコレートは元々薬にもされていたというし、美味しいチョコレートをお土産にすれば侍従長の体調もきっと元通りよくなるだろう。

あとがき

短編集の遠藤浅蜊でございます。本編が進むほどにキャラクターが増えていき、それだけ短編に登場させる魔法少女の選択肢が増えていきます。この短編集が出版されればすぐに魔法少女育成計画十周年です。そりゃ選択肢だって増えます。ありがたいことです。

そしてすぐに本編の続きである「赤」も出ます。出るはずです。それほど長くお待たせしないはずです。今度こそ嘘ではないです。黒、白、と来て魔法少女学級編のラスト、そしてスノーホワイトの締めくくりの物語になります。こちらもよろしくお願いします。

そしてこちらは注釈になります。

短編で夢の中の住人として登場した増量されたシスターナナと見た目は変わらないウィンタープリズンの二人ですが、彼女達はとらのあな様から発売されたオリジナルドラマCD『魔法少女育成計画 in Dreamland』の購入特典である短編がデビュー作になります。シスターナナの理想を具現化した「理想のウィンタープリズン」はちょっと設定が変わってファンタジックになり、ウィンタープリズンの理想を具現化した「理想のシスターナナ」はちょっと体重が増えて横方向に広がりました。

出してから若干マニアックな存在であると気付いたため、ここで補足しておきます。いい魔法少女達なので、初見となる方も仲良くしてあげてください。

もう一点、アニメDVD用の短編は作中の季節設定をアニメに寄せています。本編とアニメでは時期のイメージに多少のズレがあるためです。まあ本作の季節感は元々ふわふわしているのであまり問題はないかと思います。すみませんご容赦ください。

ご指導いただきました編集部の皆様、確定申告について色々と教えていただきました経済通のS村さん、ありがとうございました。

マルイノ先生、素敵なイラストをありがとうございました。お陰様でハムエルのトレーナーぶりに深みが増しました。そして絹乃宮さんがまさかのビジュアル化ですよ。されてみれば「なるほど絹乃宮さんだ」と唸らされました。

そして読者の皆様、ありがとうございました。ファンレターと応援のメッセージにはとても勇気づけられています。それ以外にも感想やファンアート、素敵な贈り物等々、一つ一つが私の力となっております。

それでは「赤」でお会いしましょう。

お嬢は二重幅が広くて
何もしなくてもまつ毛が上に
上がっている人の
イメージです。
（HAW●I FIVE-Oの
マク●ャレット役の
俳優さんみたいな…）
カリスマ性のある人は
このパチパチまつ毛の
イメージだなぁ…
ありがとう
ございました！

魔法少女育成計画「赤」
『魔法少女育成計画』から始まった
魔法少女スノーホワイトの物語、
ついに終幕へ！
遠藤浅蜊
イラスト／マルイノ
このラノ文庫
定価890円（税込）

本書に対するご意見、ご感想をお待ちしております。

|あて先| 〒102-8388　東京都千代田区一番町25番地
株式会社 宝島社　書籍局
このライトノベルがすごい！文庫　編集部
「遠藤浅蜊先生」係
「マルイノ先生」係

この物語はフィクションです。実在する人物、団体等とは一切関係ありません。

KL!
このライトノベルがすごい！文庫

魔法少女育成計画episodesΣ

（まほうしょうじょいくせいけいかくえぴそーず・しぐま）

2022年4月22日　第1刷発行
2024年3月27日　第2刷発行

著　者　遠藤浅蜊（えんどうあさり）

発行人　関川 誠
発行所　株式会社 宝島社
〒102-8388　東京都千代田区一番町25番地
電話：営業 03(3234)4621／編集 03(3239)0599
https://tkj.jp

印刷・製本　株式会社広済堂ネクスト

ISBN978-4-299-02861-7